Chapitre 1

Adam Carmichael leva machinalement les yeux du dossier qu'il étudiait et sursauta : derrière la paroi vitrée de la salle de réunion directoriale, une jeune femme en longue robe blanche et à l'air désespéré était train de longer le couloir aussi vite que le lui permettaient ses imposants jupons.

Aïe ! une des mariées qui prenait la poudre d'escampette ! Cette journée calamiteuse allait-elle tourner à la catastrophe ?

Sortant précipitamment de la salle, il intercepta sans peine la jeune femme : jetant des regards paniqués par-dessus son épaule, elle oubliait de regarder devant elle et se jeta directement dans ses bras.

Il sentit contre son torse la pression douce et ferme de sa poitrine, et un flot de cheveux dorés lui caressa le menton.

— Excusez-moi, marmonna-t-elle d'un ton rageur, je ne l'ai pas fait exprès. Ravie de vous avoir rencontré.

Puis elle se retourna afin de surveiller ses arrières, avec un geste gracieux pour rassembler ses jupes qui révéla des mollets délicats au-dessus d'une paire de souliers en soie.

Un appel retentit dans le haut-parleur du couloir.

— Casey Greene est priée de revenir au maquillage. Casey Greene au maquillage, immédiatement ! lança une voix qu'Adam reconnut, malgré son agressivité inhabituelle, comme celle de la directrice de production de *Channel 8*, la chaîne télévisée de Memphis.

Impossible de se tromper sur le sens du gémissement qui s'échappa des lèvres de la jeune mariée en fuite, ni sur la panique lisible dans ses yeux d'un gris-vert évoquant les eaux du Mississipi par un soir d'orage.

— On dirait qu'on vous cherche, déclara-t-il en la prenant par le bras.

— Je ne veux pas y retourner, protesta la jeune femme en se débattant pour lui échapper.

Il caressa un instant l'idée de la laisser partir. Mais même s'il haïssait ce concept inepte de mariage télévisuel, il ne pouvait pas se permettre de saboter l'émission. Le direct commençait dans une heure, et il y avait fort à parier qu'on avait lancé des recherches dans tout l'immeuble pour débusquer la mariée évadée. Dans son affolement, elle avait dû prendre l'ascenseur vers le sommet du bâtiment au lieu de descendre vers la sortie, aussi allait-il falloir quelque temps à ses poursuivants pour arriver jusqu'ici, mais ils finiraient par la débusquer. C'était inéluctable.

— Vous ne pouvez pas partir comme ça, objecta-t-il. Vous êtes dans tous vos états… — hum ! la formule manquait de tact — plutôt, dans tout votre éclat ! se reprit-il en lui lançant un coup d'œil enveloppant pour vérifier si le compliment était justifié.

Plutôt, oui ! La jeune femme n'était pas grande, loin de là, à peine un mètre soixante, les talons hauts compris, mais la robe révélait des courbes très intéressantes.

— Venez donc vous asseoir, le temps de retrouver vos esprits, lui ordonna-t-il en l'entraînant vers l'un des canapés de la salle de réunion. Je présume que vous êtes Casey Greene ?

La mariée acquiesça, avant de se pelotonner craintivement sur le sofa en entendant des bruits de pas dans le couloir.

— Ce n'est que ma secrétaire, la rassura Adam en prenant une chaise pour aller s'asseoir en face d'elle.

Visiblement à demi morte d'angoisse, la jeune femme semblait sur le point de bondir sur ses pieds pour détaler comme un lapin.

Il avait bien dû s'écouler une minute depuis l'annonce au haut-parleur, et sans doute un bon quart d'heure depuis que la jeune femme avait échappé à la vigilance de ses chaperons. Où étaient-ils donc passés, tous ?

— Alors comme ça, vous participez à *Embrassez la mariée* ? demanda-t-il d'un ton léger.

— Plus maintenant.

Cette réponse ne pouvait satisfaire Adam. Il venait de passer une nuit entière à ficeler le travail bâclé par son cousin Henry, l'initiateur du projet. Il avait fallu reprendre tout le concept de l'émission afin de lui donner un semblant de cohérence. Malheureusement, il n'avait pas eu le temps de vérifier si son cousin avait prévu un couple de remplacement en cas de défection. Mais il était prêt à parier que non.

Or, d'une minute à l'autre, l'équipe de *New Visage Cosmetics*, le nouveau sponsor de *Channel 8*, allait arriver pour assister au début de « son » émission !

Le soutien de *New Visage* était d'une tout autre portée pour la chaîne que celui de leurs autres sponsors. Le parrainage de la marque pouvait attirer sur *Channel 8* l'attention des grands manitous de l'industrie, aussi ne pouvait-il pas se permettre le moindre faux pas.

Il allait reconduire cette femme par la peau du cou jusqu'au bureau de la production. Quand on était assez stupide pour accepter de faire un mariage surprise à la télévision, on méritait d'en subir les conséquences.

— Que vous ayez le trac est très compréhensible, la rassura-t-il. Vous devez cependant garder à l'esprit que c'est le plus beau jour de votre vie.

Au regard furibond qu'elle lui décocha, surprenant chez une future mariée, il jugea qu'il n'avait pas dû se montrer très convaincant.

— C'est ça, oui ! J'ai abusé mon fiancé en le faisant venir dans ce studio sous un faux prétexte, et c'est seulement quand on sera à l'antenne qu'il va découvrir qu'on est là pour se marier. Vous parlez d'un jour de rêve !

Quelle erreur d'avoir confié la direction de la chaîne à Henry pendant son séjour à New York ! Pour avoir réussi à mettre sur pied cette émission insensée en quatre semaines, son cousin devait l'avoir dans la tête depuis des mois. Quand Adam était rentré, deux jours plus tôt, toute la station ne parlait plus que d'*Embrassez la mariée*.

Il aurait, bien sûr, pu annuler le programme, mais les actionnaires de la famille l'auraient encore accusé de vouloir tout régenter. Il avait donc jugé qu'il valait mieux laisser les choses suivre leur cours, pour convaincre ensuite *New Visage* d'investir son argent dans un programme de meilleure qualité.

Le son étouffé du haut-parleur leur parvint depuis le couloir.

— Casey Greene est attendue sur le plateau. Si quelqu'un a aperçu Casey Greene, il est prié d'en avertir la production immédiatement.

Il jeta un coup d'œil au téléphone posé sur la grande table.

— Vous n'allez pas faire ça, se récria Casey.

Oh que si ! Et il l'aurait fait derechef, s'il n'avait pas été persuadé que la jeune fille terrorisée allait prendre ses jambes à son cou. Il avait une heure d'émission en direct à assurer, bon sang ! On avait promis ces mariages en direct aux téléspectateurs, et il allait s'employer à leur offrir le meilleur show possible. Pas question donc qu'une mariée manque à l'appel !

— Ça vous embêterait que je rassure l'équipe sur votre sort ?

— Qui êtes-vous ? demanda-t-elle d'un ton méfiant.

— Adam Carmichael, répondit-il sans éveiller la moindre lueur d'intérêt dans le regard de la jeune femme.

Elle ne devait pas lire la presse people, qui venait de l'élire « le célibataire le plus en vue de Memphis » !

— Je suis le directeur de la chaîne, ajouta-t-il.

Aussitôt, elle bondit joyeusement sur ses pieds, le sourire aux lèvres et les yeux pétillants, tandis qu'une délicieuse fossette se creusait sur sa joue.

— Alors vous allez pouvoir me sauver, me faire quitter l'émission ! s'exclama-t-elle avec espoir.

— Dites-moi plutôt quel est votre problème, éluda-t-il.

— Ah ! vous refusez de m'aider, répondit-elle, subitement assombrie. Oh, mais ne vous inquiétez pas, je trouverai bien une solution, ajouta-t-elle en se rasseyant.

Sa vulnérabilité n'échappait cependant pas à Adam. Il n'avait aucun goût pour ce genre de créature fragile.

— Alors vous ne voulez plus vous marier, c'est ça ?

Il aurait fallu qu'il trouve quelqu'un, peut-être une femme, en tout cas quelqu'un d'heureux en ménage — donc sûrement pas lui — qui puisse discuter avec elle pour la convaincre.

— Non, ce n'est pas ça. C'est que je me suis trouvée dans une situation désespérée. Sinon, vous vous doutez bien que je n'aurais pas eu recours à *Embrassez la mariée.*

A première vue, Casey n'avait rien d'une désespérée. Les yeux humides et brillants, les joues rougies par le tour intime que prenait la conversation, elle était au contraire très attirante. Elle devait avoir une foule de prétendants à ses pieds. Une créature plus fatale que fataliste...

— C'est votre fiancé qui pose problème ?

— Joe est presque parfait, objecta-t-elle en

secouant la tête. Il est gentil, mignon, honnête... On s'amuse bien tous les deux.

— Ça paraît formidable, dites-moi ! fit chaleureusement Adam. Et si on retournait au studio pour que vous puissiez épouser cette perle rare ?

D'accord, cela manquait peut-être de subtilité.

— Et qu'est-ce que vous faites de l'amour ? demanda-t-elle, piquée, en lui adressant un regard plein de reproches.

Pris d'une migraine subite, il tourna la tête vers le couloir désert. Qu'attendait donc l'équipe pour la débusquer ? Tous des incapables.

— Et vous ? commença-t-il avec circonspection pour gagner du temps. Comment voyez-vous *l'amour* ?

Il observa avec soulagement qu'à cette question la jeune femme se laissait aller contre les coussins, plus détendue, comme s'il venait de l'entreprendre sur son sujet favori.

— J'aime Joe, et il m'aime aussi. Sinon, on ne se serait pas fiancés, n'est-ce pas ? déclara-t-elle avec une moue.

— Sans doute, répondit Adam.

— Quelquefois, les gens vous aiment plus pour ce que vous pouvez leur apporter que pour ce que vous êtes vraiment. Et c'est difficile de voir la différence. Moi, j'ai toujours rêvé d'un mari qui m'adorerait pour ce que je suis et que j'adorerais pour les mêmes raisons. Je désire vivre un amour désintéressé, libéré des contingences, et si je suis honnête avec moi-même je dois reconnaître que ce que nous partageons, Joe et moi, n'y ressemble pas, conclut-elle en suivant machinalement du doigt la couture d'un des coussins.

Adam se rembrunit.

Pauvre Joe, dont on attendait qu'il « adore » cette femme pour le restant de ses jours. Alors que, certainement, comme la plupart des hommes, il n'aspirait qu'à une vie tranquille !

— Vous ne croyez pas qu'on doit s'accrocher à ses rêves ? reprit Casey avec une lueur d'inquiétude dans le regard.

— Je crois qu'on doit d'abord découvrir ce qu'on veut, et ensuite faire ce qu'il faut pour l'obtenir. Mais « un homme qui vous adore », « un amour libre et désintéressé », ce sont des rêveries d'adolescente, affirma-t-il en secouant la tête.

— Vous voulez dire qu'adolescent vous rêviez d'épouser une femme qui vous adore et que, quand vous avez mûri, vous avez abandonné cette idée ? le questionna-t-elle après avoir réfléchi.

— La dernière chose dont rêve un adolescent, c'est d'être adoré par une fille pour le reste de sa vie, rétorqua Adam en jetant un coup d'œil au téléphone. Et la plupart d'entre nous n'en démordent jamais. Ce dont rêvent les garçons à cet âge, c'est de compétitions de stock-cars.

— C'était votre cas ?

S'il suffisait de lui faire part de ses ambitions mort-nées pour la faire revenir sur le plateau, il était prêt à se sacrifier.

Il acquiesça.

— Croyez-moi, je n'ai jamais regretté d'avoir abandonné cette chimère pour rejoindre l'affaire familiale.

De toute façon, ce n'était pas en s'enfuyant à Charlotte, la capitale du stock-car, qu'il aurait pu échapper aux harcèlements incessants de sa famille.

— Etes-vous marié ? demanda Casey.

Est-ce qu'il avait une tête de masochiste ?

Elle n'attendit pas sa réponse pour continuer sur sa lancée, comme si c'était un soulagement pour elle de confier ses doutes à quelqu'un.

— Joe et moi, nous avons commencé à sortir ensemble au lycée et on s'est retrouvés fiancés après notre diplôme. Il y a sept ans de ça. On disait qu'on attendait pour se marier d'avoir les moyens de s'acheter une maison.

— C'était très avisé, déclara Adam en tendant la main vers le téléphone.

— Chaque fois qu'on a planifié une date de mariage, il s'est passé quelque chose pour venir tout chambouler. Mais moi je n'en peux plus. J'ai besoin que ma vie avance. Il *faut* que je me marie.

De surprise, il abandonna le téléphone.

Il jeta un regard en coin à la silhouette de la jeune femme, à la recherche d'une protubérance suspecte qui aurait échappé à son attention. Mais non, aucun signe apparent de grossesse qui aurait expliqué le désordre émotionnel dans lequel elle se trouvait.

Il la sentait prête à craquer de nouveau.

Immunisé contre les larmes par la fréquentation d'une cohorte de parentes éplorées, il s'apprêtait à attendre stoïquement que ce mauvais moment soit passé. Cependant, quelque chose dans la façon dont elle écarquillait les yeux en faisant tous ces efforts pour ne pas craquer l'émut, et il sortit un mouchoir de sa poche pour le lui tendre.

La jeune femme le prit sans mot dire, et il s'absorba dans la lecture du panneau des consignes d'incendie punaisé au mur, s'efforçant d'ignorer les émotions bizarres que remuaient en lui les reniflements de Casey. Il finit par déclarer forfait et lui décocha un regard en biais, tout en tapotant maladroitement l'épaule d'une blancheur d'albâtre qui se trouvait à proximité.

Casey se raidit à son contact et, trouvant tout à coup assez de ressources en elle pour refouler ses pleurs, elle le fixa droit dans les yeux.

— Excusez-moi, dit-elle en se mouchant une dernière fois.

— Vous devriez m'en dire plus sur Joe, dit Adam,

qui espérait que mettre l'accent sur les qualités de son futur époux lui remonterait le moral.

— Il est très gentil, et on a beaucoup de goûts en commun, répondit-elle. Il a décidé de s'engager dans la marine, ce qui veut dire qu'il sera souvent parti, mais c'est quelque chose dont je pourrais m'accommoder.

Adam hocha la tête. Il était prêt à parier que son mariage avec Joe avait beaucoup plus de chance d'être réussi que si elle s'unissait à quelqu'un sur la base chimérique d'une adoration réciproque.

— A moins que je stoppe tout, reprit-elle, songeuse. Et que j'attende de trouver l'homme qui m'adorera.

Il aurait nettement préféré qu'elle arrête d'évoquer le sujet, car, à chaque fois qu'elle prononçait les mots « amour » et « adoration », ses yeux se mettaient à briller comme des étoiles. En outre, si Casey était enceinte, il fallait absolument qu'elle épouse le père de son bébé : c'était l'homme idéal en la circonstance.

— Vous risquez d'attendre longtemps, si vous êtes à la recherche d'un homme qui vous adore, déclara-t-il, un peu étonné du sentiment de culpabilité qui naissait en lui au fur et à mesure. Cet oiseau rare n'existe probablement pas. Epousez donc Joe et contentez-vous de ce que la vie vous offre.

— Casey ! s'exclama d'une voix furibonde une

des assistantes de production, depuis le pas de la porte.

Pas trop tôt, pensa-t-il tandis que Casey se levait d'un bond.

— Vous voilà enfin ! claironna l'assistante en jetant à Adam un regard de complicité exaspéré. On vous attend au maquillage. Dépêchez-vous.

— Vous avez raison, déglutit péniblement la jeune femme en se tournant vers lui. C'est certainement la meilleure solution…

En réponse à la légère pointe d'interrogation qui perçait dans sa voix, Adam opina d'un air rassurant.

— J'ai adoré discuter avec vous, déclara-t-elle, révélant soudain un franc sourire qui révéla l'éclat particulier de ses yeux gris-vert.

— Moi aussi et… Bonne chance pour le bébé, lança-t-il après une seconde d'hésitation.

Il vit alors ses yeux s'élargir comme des soucoupes et y lut d'abord de la confusion, puis l'émergence d'une compréhension qui se transforma en amusement.

— Mais je ne suis pas enceinte ! s'esclaffa-t-elle. Qu'est-ce qui a pu vous faire croire ça ?

— C'est vous qui m'avez dit que vous deviez absolument vous marier ?

Son visage s'illumina.

— Des histoires de famille compliquées, répliqua-t-elle d'un ton enjoué en lui adressant un petit signe de la main. Au revoir, Adam.

— Au revoir, Casey. Bonne chance.

Etait-ce parce qu'il savait à quelles extrémités désespérées peut vous conduire une famille, ou bien parce qu'il se sentait inexplicablement soulagé qu'elle ne soit pas enceinte, ou encore parce qu'elle était vêtue d'une façon si solennelle et sophistiquée ? Toujours est-il qu'il exécuta alors la chose la plus surprenante du monde : au lieu de lui serrer la main, il porta celle-ci à ses lèvres et lui déposa un baiser sur le bout des doigts, résistant à la tentation de ne pas s'arrêter en si bon chemin et de remonter avec ses lèvres tout le long du bras de Casey Greene.

A présent Casey était plus sereine. Elle avait réussi à se persuader qu'elle avait retrouvé le contrôle de ses nerfs et que la crise de folie passagère qui l'avait poussée à s'écrouler en pleurs devant un parfait étranger était surmontée. Elle en avait terminé avec le maquillage, les derniers ajustements de sa coiffure et la fixation de son voile, et était presque convaincue que la poursuite de son rêve justifiait des mesures aussi extrêmes.

Pourtant, elle ressentait à présent une nouvelle vague de panique et serrait de toutes ses forces le siège du haut tabouret placé au centre du studio de télévision surchauffé. L'émission n'était pas encore commencée, et l'espace bruissait des conversations du public installé autour du plateau.

— Je t'en prie, rappelle-moi les raisons qui me poussent à faire une chose pareille, demanda-t-elle à voix basse à la mariée située à sa droite, sa meilleure amie, Brodie-Ann Evans.

Entendant la question, la troisième mariée se mit à rire stupidement. Dans sa robe blanche, cette fille originaire de Truberg et qui s'était présentée sous le nom de Trisha ressemblait de façon inquiétante à une grosse meringue gloussante.

— Je n'ai que deux mots à te dire, répondit Brodie-Ann : avance et ne renonce pas devant l'obstacle.

Oui, elle avait raison. Elle n'était pas une faible, en tout cas plus maintenant, se dit Casey en se remémorant la façon dont Joe avait continuellement différé leur mariage et comment leur projet d'installation avait toujours été repoussé. Puis elle se souvint de la lettre qu'elle avait reçue de sa sœur Karen, le mois précédent, lettre qui avait déclenché en elle l'envie pressante de fuir Parkvale, sa ville natale. Il était plus que temps que sa vie parte sur de bonnes bases, et ce soir était l'occasion ou jamais.

— Merci, souffla-t-elle à son amie.

L'idée de s'engager pour l'émission pilote

d'*Embrassez la mariée* venait de Brodie-Ann, mais Casey avait tout de suite reconnu le trait de génie de son ami. Si celle-ci était prête à épouser son petit copain après l'avoir fréquenté six mois, qu'est-ce qui pouvait l'empêcher, elle, d'épouser Joe ?

Voilà pourquoi elle se retrouvait dans ce studio, affublée d'un déluge de dentelles et de soie qu'elle n'aurait jamais eu les moyens de se payer dans la vie réelle.

Le directeur de plateau, qui avait fait les présentations quelques minutes avant, vint à leurs côtés.

— On commence dans deux minutes, mesdemoiselles. Apprêtez-vous à nous offrir vos plus beaux sourires, et souvenez-vous qu'il ne faut pas regarder la caméra quand on vous interviewe.

Instinctivement, Casey décocha un regard nerveux à la caméra la plus proche, qui se trouvait justement pointée sur elle.

— Gardez le regard fixé sur Sally, la réprimanda le chef de plateau. C'est la caméra qui viendra vous trouver, expliqua-t-il en plaquant ses écouteurs contre son oreille pour écouter ce qu'on lui disait. Puis il les regarda en souriant. J'ai le plaisir de vous apprendre que vos hommes sont bien arrivés, qu'ils sont fin prêts et qu'ils vous attendent derrière le plateau. Personne ne s'est dégonflé, déclara-t-il avant de leur adresser un bref signe d'encouragement et de se dépêcher de rejoindre Sally.

Il n'y avait rien de surprenant à ce que les garçons ne soient pas inquiets. Pour sa part, Casey avait raconté à Joe qu'ils avaient été sélectionnés pour un jeu télévisé et qu'ils avaient des chances de gagner beaucoup d'argent. Cela leur avait pris trois heures, ce matin-là, pour venir jusqu'à Memphis. Joe, Steve, l'ami de Brodie-Ann, et un troisième larron aussi ignorant qu'eux avaient été invités à déjeuner par l'équipe de la chaîne qui leur avait fourni de fausses informations sur le jeu auquel ils devaient participer. On avait dû leur faire croire que leurs partenaires féminines recevaient le même traitement.

Comment Joe aurait-il pu imaginer qu'elle était en train de choisir une robe de mariée et qu'on la maquillait parce qu'elle avait projeté de l'épouser devant des millions de téléspectateurs ?

Elle frissonna. Dieu merci, ce n'était qu'une télévision locale. Hors des frontières du Tennessee, personne ne serait témoin du parcours du combattant qu'elle avait dû effectuer pour réussir à se marier.

— Je ne suis pas en train d'arnaquer Joe, affirma-t-elle à Brodie-Ann avec véhémence. Je ne fais qu'avancer légèrement la date du mariage.

— Tu me l'as déjà dit une douzaine de fois, rétorqua son amie.

Casey ferma les yeux pour tâcher de se persuader

qu'elle n'était pas en train de commettre une folie.

En revanche, ce qui était fou, c'était que ses doigts frémissaient encore du baiser d'un étranger. Pire, bien qu'elle fasse tous ses efforts pour avoir devant les yeux l'image de Joe, c'était celle de cet homme qui n'arrêtait pas de ressurgir.

Elle se consola en se disant qu'Adam Carmichael était le genre d'homme qui aurait obsédé n'importe quelle femme. Ces épaules larges, ces mains puissantes qui l'avait rattrapée et empêchée de tomber… Alors qu'elle avait d'abord trouvé ses yeux d'un bleu glacial, elle avait découvert, quand il lui avait embrassé la main, qu'ils pouvaient scintiller d'un éclat azuré très chaleureux. Pourtant, il semblait continuellement sous pression, comme l'indiquait son perpétuel froncement de sourcils.

Quand elle rouvrit les yeux, elle découvrit qu'Adam Carmichael se trouvait juste dans son champ de vision, tout près de la caméra qu'elle était supposée ne pas regarder. Il la fixait d'un air soucieux. Même sans le regarder, elle savait qu'il fronçait les sourcils. Il devait s'inquiéter de ses éventuelles réactions, maintenant qu'il lui avait fait perdre ses illusions romantiques.

Elle réunit tout son courage pour lui adresser un sourire rassurant qui signifiait « ne vous inquiétez pas, je ne vais pas m'effondrer », agrémenté d'un petit signe de la main.

Il lui retourna son salut d'un geste bref et nerveux.

Un assistant de production vint alors fixer un micro sur sa robe, cachant Adam à sa vue. Quand il se retira, celui-ci avait disparu.

Elle ressentit alors un étrange sentiment de solitude.

Puis vint le compte à rebours.

Sally Summers, l'animatrice, s'examina une dernière fois dans la glace, et… le direct commença.

Il fallut à Casey un terrible effort de volonté pour ne pas s'esquiver du plateau, tandis que Sally se dirigeait vers Trisha pour commencer l'interview.

— Trisha, depuis combien de temps sortez-vous ensemble, Martin et vous ?

La jeune femme lui ayant répondu que cela faisait cinq ans, qu'ils étaient fiancés depuis trois ans et que les deux familles ne réussissaient toujours pas à se mettre d'accord sur la date du mariage, Sally convoqua Martin Blake sur le plateau tandis qu'un roulement de tambour s'élevait crescendo. Le jeune homme émergea des coulisses aux accents de la *Marche nuptiale* et, au signal, le public se mit à applaudir.

Martin eut un sursaut, mais, au grand soulagement de Casey, il surmonta le choc initial.

Cela n'allait peut-être pas si mal se passer, en fin de compte ?

Sally se mit à expliquer au jeune homme qu'il pouvait épouser Trisha sur-le-champ, qu'un représentant officiel du tribunal du comté de Shelby leur procurerait une licence de mariage et qu'un prêtre était présent pour conduire la cérémonie. Trisha et Martin pourraient ensuite s'esquiver pour une lune de miel de conte de fées.

— Maintenant ? Ce soir ? questionna Martin, perplexe, en se grattant la tête.

Sally renouvela son offre, en insistant sur le fait que tous les frais de la lune de miel étaient pris en charge.

— Réfléchis, chéri, l'encouragea Trisha. On n'aura plus à se disputer avec ta mère pour cette histoire de mariage, ajouta-t-elle, avant de glousser en se tournant vers la caméra : Oh ! excusez-moi, madame Blake.

Cela devait constituer un argument massue, car, au grand soulagement de tout le monde, Martin déclara aussitôt :

— Ouais, tu as raison. Marions-nous.

La licence de mariage fut remplie pendant les publicités, et quand ils furent de nouveau à l'antenne le prêtre entra en scène. Cinq minutes plus tard, le vœu le plus cher de Trisha était exaucé.

— Ouf, ça s'est bien passé, chuchota Casey, pendant les applaudissements du public.

Brodie-Ann ne répondit pas. On aurait dit qu'elle

était paralysée sur son siège, comme si elle venait juste de comprendre l'enjeu réel de la soirée.

Après une nouvelle pause publicitaire, Sally présenta Brodie-Ann aux spectateurs et l'invita à leur parler de Steve.

— C'est l'homme le plus merveilleux que j'aie jamais rencontré, dit celle-ci, d'une voix dont le tremblement était perceptible. Cela ne fait pas très longtemps que nous nous connaissons, mais j'adore tout chez lui et je sais que c'est lui que j'attendais.

Le public émit un murmure d'approbation, tandis que Casey ressentait une pointe d'envie. Elle ne se souvenait pas d'avoir jamais aimé Joe comme cela.

Puis ce fut le tour de Steve de monter sur le plateau. C'était un garçon futé, et il comprit en un éclair ce que signifiait la *Marche nuptiale* et la robe blanche de Brodie-Ann. Un large sourire se dessina sur son visage, et, s'étant dirigé droit sur elle, il s'agenouilla à ses pieds pour déclarer :

— Mon amour, veux-tu m'épouser ?

Emportée par un vent de folie, la foule hurla son enthousiasme. Et quand, à l'issue de la brève cérémonie, Steve et Brodie-Ann échangèrent un fougueux baiser, la température du studio grimpa encore de plusieurs degrés. Puis les nouveaux M. et Mme Pemberton allèrent rejoindre Trisha et son mari sur le canapé du studio.

— Dis-moi que ce n'est pas une sinistre daube, s'enquit Adam auprès de son ami Dave Dubois, qui se tenait près de lui au fond de la salle de contrôle.

Consultant indépendant, Dave élaborait occasionnellement des programmes pour *Channel 8* et, bien qu'il ne se soit pas occupé de la préparation de cette production, il était curieux d'y assister. Devant eux se trouvait le réalisateur de l'émission, les yeux fixés sur un écran géant où apparaissaient les multiples prises de vues des différentes caméras. L'image qui était diffusée occupait la grande fenêtre centrale de l'écran, tandis que celles qui provenaient des autres caméras étaient éparpillées tout autour sur des fenêtres plus petites. A cet instant, Adam apercevait d'ailleurs Casey dans l'une d'elles. C'était la dernière mariée.

— Ce n'est évidemment pas ton genre d'émission, répondit Dave, sans exprimer le mépris qu'Adam attendait.

— Ce n'est le genre d'émission de personne. Il n'y a que mon cousin Henry pour apprécier ça.

— C'est toujours toi le patron, ici, non ?

— Si tu veux dire par là que ma charmante famille me considère comme un dictateur, alors tu as raison. Mais si tu penses que cela empêche mon cousin d'imposer des émissions idiotes dès que j'ai le dos tourné...

— Hum, soupira Dave. Et où en êtes-vous, sur le plan légal ?

Dans les circonstances présentes, Adam avait autant envie de réfléchir au sujet que de se pendre. Il décocha à son ami un regard furieux.

— Caméra 2, prêt à faire un gros plan sur la mariée numéro 3, lança le réalisateur dans son micro. Soyez prêt à ouvrir les micros et à lancer le signal.

Le technicien effectua obligeamment un zoom sur le visage de Casey, qui allait bientôt prendre place au centre de l'écran. Sa mâchoire semblait si contractée qu'on avait l'impression qu'elle allait se briser les dents.

— Pourtant, regarde, s'exclama Dave en pointant le doigt sur l'image de la caméra 3. Tu sais, cette émission n'est pas si mal, au fond. Quoi qu'en disent les oiseaux de mauvais augure, la téléréalité est toujours en plein boum.

On voyait bien en effet que le public était captivé par toute cette mise en scène de mauvais goût.

Adam le foudroya d'un œil noir, irrité de constater que son ami ne renchérissait pas sur l'incompétence d'Henry.

Si Dave comptait là-dessus pour le distraire des poursuites intentées contre lui par Henry et sa mère, il se trompait complètement.

— Bon, bien sûr, on ne peut pas dire que cette émission soit le comble du bon goût, concéda son ami. Mais il y a des jolies filles — la troisième mariée, par exemple, qui est charmante —, et ce show joue à fond la carte du romantisme et du « happy end ». Qu'est-ce qu'il te faut de plus ?

— Qu'une danseuse m'apporte la tête d'Henry sur un plateau.

Ayant attentivement considéré cette suggestion, Dave conclut avec sérieux :

— Tu as raison. Ce qui manque à cette émission, c'est du drame, du suspense…

Après une nouvelle pause publicitaire, se retrouvant à l'antenne seule au milieu du plateau, Casey eut un moment de panique et tenta vainement d'apercevoir Adam.

— Mesdames et messieurs, annonça alors Sally, je vous présente Casey Greene, qui arrive directement de Parkvale pour participer à notre émission.

La foule l'acclama, tout excitée à l'idée des bonnes surprises que ne manquerait pas de leur réserver une seconde citoyenne de Parkvale.

— Casey a vingt-cinq ans. Elle est journaliste, elle étudie la psychologie et souhaite devenir romancière, ajouta Sally. Que souhaiteriez-vous écrire, Casey ?

— Des livres, répondit-elle, la tête à l'envers.

— Et votre fiancé, Joe Elliot ? Parlez-nous donc un peu de vous deux.

— On s'est rencontrés au lycée et on s'est fiancés quand on a eu nos diplômes, débita-t-elle, raide comme une marionnette.

Elle inspira lentement par le nez, tandis que Sally se tournait vers le public, essayant sans succès de soulever son enthousiasme.

— Qu'est-ce que vous dites de ça, les amis ? Ils sont amoureux depuis le lycée !

Mais l'animatrice ne réussit qu'à déclencher quelques applaudissements polis. Les gens devaient sentir que ce n'était pas l'histoire d'amour du siècle.

— Casey, dites-nous ce que vous aimez chez Joe.

— Euh, il est… euh…, bégaya-t-elle, l'esprit vide, tandis que le sourire de Sally se transformait en rictus. Il est très honnête, finit-elle par dire. Et très beau aussi.

Il y eut un grand silence.

Pour l'amour du ciel, qu'est-ce qu'ils voulaient de plus ?

— Je le connais depuis toujours et… j'ai du mal à imaginer être avec quelqu'un d'autre.

En fait, ce n'était plus vrai depuis une heure. Depuis que cet inconnu avait laissé sur ses doigts l'empreinte de ses lèvres.

Elle jeta un bref regard sur sa main, sans y

trouver, naturellement, aucune trace des lèvres d'Adam.

— Je désire absolument me marier, reprit-elle, avant d'ajouter avec une emphase ridicule et bien tardive : et avec Joe.

La pénible interview était enfin terminée. Le studio retentit une fois de plus des accords de la *Marche nuptiale*, tandis que Joe faisait son entrée de l'autre côté de la scène.

Il sembla soudain transformé en statue de sel, effectua des yeux le tour du plateau, aperçut les deux couples installés sur le canapé, entendit la foule scander : « Joe, Joe, Joe » et, découvrant enfin Casey, il se mit à progresser vers elle au ralenti, comme s'il était traîné par une force implacable.

— Joe, roucoula Sally. Soyez le bienvenu à *Embrassez la mariée*, l'émission où l'on peut épouser la femme de ses rêves, ajouta-t-elle en désignant Casey. Est-ce qu'elle n'est pas somptueuse ?

Joe fit un effort démesuré pour réussir à articuler un mot.

— Oui.

Casey, soulagée, sentit les battements affolés de son cœur retrouver un rythme plus normal.

Ouf ! Tout allait bien se terminer.

— Joe, votre grand moment est arrivé, déclara Sally. Il vous suffit de faire votre demande, et vous pourrez épouser Casey immédiatement, l'encouragea-t-elle chaleureusement.

Joe semblait hésiter.

Casey lui adressa ce qu'elle pensait être un sourire plein d'amour, en espérant que cela n'apparaisse pas comme une supplication pathétique.

Mais il n'avait toujours pas l'air de se décider.

— Joe, est-ce que vous n'allez pas demander à Casey de vous épouser ? protesta Sally, du ton d'une mère qui tance un enfant récalcitrant.

— Non ! répondit enfin Joe, haut et clair.

Chapitre 2

— Oui ! s'exclama Dave en donnant un grand coup de poing dans le vide. C'est ce que j'attendais ! Ne me dis pas que ce n'est pas dix fois mieux que « la tête d'Henry sur un plateau ».

Adam jura en voyant que le réalisateur sautait désespérément d'une caméra à l'autre à la recherche d'un plan diffusable sur l'écran central, chacune des fenêtres n'affichant que des visages hagards. Pour prouver à *New Visage Cosmetics* que *Channel 8* avait toutes les capacités de créer une émission originale et sophistiquée, c'était réussi !

Dave sur les talons, il se rua hors de la salle de contrôle et pénétra dans le studio, où un brouhaha surexcité avait succédé au silence de mort initial.

Sur le plateau, où le fameux sourire inoxydable de Sally Summers s'était évanoui, Joe s'approcha de Casey pour lui parler à voix basse. C'était sans compter sur le micro fixé à la robe de la jeune femme.

— Je suis désolé, Casey, mais je n'ai pas envie de t'épouser, commença-t-il. Je ne t'aime plus assez pour ça, mais je ne voulais pas te blesser, poursuivit-il avant de s'arrêter, réalisant soudain que ses propos étaient en train d'être diffusés dans tout le Tennessee et peut-être même dans tous les Etats-Unis.

Sur un des côtés du plateau, Adam aperçut la chargée des relations publiques de la chaîne, en grande conversation sur son portable, qui enjoignait sans doute l'un de ses assistants de transmettre la nouvelle aux informations du soir. Dès demain, elle aurait vendu le programme dans le pays tout entier, et la déroute de Casey deviendrait le scoop du moment.

— Je suis désolé, répéta Joe à la jeune femme avant de lui tourner le dos, sans toutefois quitter le plateau, comme s'il n'avait pas fait assez de dégâts comme cela !

Pendant ce temps, Sally tapotait la main de la jeune femme, un geste qui, s'il se voulait réconfortant, n'en paraissait pas moins complètement absurde.

Se dirigeant droit sur son cousin Henry, près de la caméra numéro 3, Adam dut pour ce faire passer devant la première rangée de spectateurs parmi lesquels l'équipe dirigeante de *New Visage* au complet, regroupée en conseil de guerre, tenait un grand conciliabule.

— Adam ! s'exclama Henry, paniqué. Je te jure que je n'avais pas imaginé qu'une pareille chose puisse se produire.

Aïe ! Cela confirmait qu'il n'avait pas prévu de plan de secours.

— Tu crois qu'elle va s'évanouir ? demanda Henry pour détourner la conversation.

Suivant le regard de son cousin, Adam vit Casey chanceler sur son tabouret et papillonner des paupières. Il s'efforça de faire abstraction du vacarme incontrôlé qui s'amplifiait dans son dos pour réfléchir aux mesures à prendre pour sortir d'urgence du chaos.

Premièrement, rétablir le calme dans le studio, deuxièmement, sauver le spectacle pour que *New Visage* ne coupe pas la pompe à finances, troisièmement, sortir Casey de ce traquenard. Il ne faudrait pas qu'il lui vienne à l'idée de poursuivre la chaîne en justice pour humiliation publique.

— Ordonne à l'équipe de suivre mes instructions, lança-t-il à Henry, qui se hâta servilement de transmettre ses consignes au directeur de plateau, en contact radio permanent avec le réalisateur dans la salle de contrôle. Est-ce que tu es bon acteur ? reprit-il en se tournant vers Dave.

— J'ai joué un arbre dans *Le Magicien d'Oz* en CM2.

— J'espère que tu as du talent, répondit Adam. Attends-moi ici, jusqu'à ce qu'on t'appelle pour monter sur scène. Ensuite, tu suivras mes instructions à la lettre.

Les membres du service de sécurité laissèrent Adam monter sur le plateau, et Sally, dès qu'elle se rendit compte de sa présence, s'approcha de lui d'un pas hésitant.

— Monsieur Carmichael, lança-t-elle en retrouvant son sourire le plus éblouissant. Bienvenue à *Embrassez la mariée*, l'émission où…

Il fonça sur elle en lui intimant l'ordre muet de couper son micro.

— Nous allons rétablir la situation… Et plus vite que ça, ordonna-t-il dès qu'il fut certain que personne ne pouvait l'entendre.

— Mais comment ?

— Cette jeune femme, dit-il en désignant Casey, va se marier ce soir. Même si c'est moi qui dois lui passer la bague au doigt, ajouta-t-il d'un ton résolu.

— Vous ne pouvez pas…

— Et vous allez m'aider.

Par-dessus son épaule, l'animatrice lança un regard angoissé au téléprompteur et secoua la tête d'un air découragé en voyant que rien ne s'y affichait.

— Je compte sur vous ! trancha Adam en baissant soudainement la voix. Les négociations pour la prolongation de votre contrat ont bien lieu à la fin du trimestre ?…

On ne pouvait dénier à Sally de solides qualités de pragmatisme. Il put presque voir les dollars clignoter dans ses yeux quand elle se tourna à nouveau vers le public en affichant un large sourire, qu'ils étaient les seuls à savoir complètement artificiel.

Elle ouvrit son micro et s'élança.

— Eh bien, les amis, comme vous pouvez le constater, l'amour n'est pas un long fleuve tranquille. Qui mieux que Casey pourrait en témoigner ? Mais ne dit-on pas « un de perdu, dix de retrouvés » ? Il se trouve que notre Casey a un admirateur dans ce studio, un homme qui attendait son heure en coulisse — c'est le cas de le dire — pour saisir sa chance de bonheur.

Quelle avalanche de clichés ! Mais il ne pouvait reprocher à l'animatrice d'utiliser de grosses ficelles, puisqu'elle orientait les choses dans la bonne direction.

— Mes amis, déclara-t-elle avec une exaltation presque sincère — on voyait qu'elle commençait à se prendre au jeu —, permettez-moi de vous présenter Adam Carmichael, « le célibataire le plus en vue de Memphis » et, si elle le veut bien, le futur époux de Casey Greene.

La clameur qu'émit le public semblait plus marquer la confusion que l'enthousiasme, quand Adam se dirigea droit sur Casey, toujours rivée à son tabouret, pour lui prendre les deux mains. Elle s'agrippa à lui comme à une bouée.

— Casey, déclara-t-il d'une voix forte pour compenser l'absence de micro, veux-tu m'épouser ?

Il y eut un cri dans l'assistance. Casey le fixait sans rien dire, l'air éberlué.

Il se pencha, effleurant de ses lèvres la tendre chair de sa joue.

— Nous allons procéder à un faux mariage, lui chuchota-t-il à l'oreille, avant de reculer et de répéter plus fort, au bénéfice de la foule : Casey, je t'en prie, veux-tu m'épouser ?

La jeune femme demeura si longtemps sans réaction qu'il se demanda si elle avait compris de quoi il retournait. Enfin, elle exhala un long soupir et lui adressa un faible sourire, tandis que ses yeux aigue-marine se remplissaient d'espoir.

— Oui, Adam, je le veux.

Alors, le public explosa frénétiquement dans un tapage monstrueux, tandis que Sally se mettait à hurler dans le micro pour se faire entendre et qu'on annonçait une pause de publicité.

Durant une seconde, Adam eut un pincement au cœur, comme s'il venait réellement de proposer le mariage à la femme de sa vie. C'était idiot, car il ignorait complètement ce qu'on pouvait ressentir dans ces moments-là.

Cinq minutes plus tard, les lois du Tennessee ne requérant ni publication des bans ni tests sanguins, le fonctionnaire du comté avait déjà fini de remplir la licence de mariage.

Adam annonça qu'il comptait utiliser son propre célébrant pour la cérémonie et convoqua Dave sur le plateau.

D'abord un peu perturbé, son ami comprit rapidement où il voulait en venir, et quand il les rejoignit sur scène, il arborait un air de dignité solennelle qui contrastait avec la lueur ironique aisément décelable dans ses yeux.

— Je crois que j'ai oublié ma bible, prétendit-il en tapotant ses poches vides. Puis-je vous emprunter la vôtre ? demanda-t-il en se tournant vers le premier officiant, juste avant d'ouvrir son micro et de commencer la cérémonie.

— Adam James Carmichael, voulez-vous prendre..., hésita-t-il en jetant un regard interrogateur à Casey.

— Casey Eleanor Greene, lui souffla celle-ci.

— Casey Eleanor Greene pour épouse ? Pour l'aimer et la chérir, pour...

— Oui, coupa Adam.

— Parfait, déclara Dave en tournant les pages. Casey Eleanor Greene, voulez-vous...

— Oui, répondit Casey.

— ... prendre Adam James Carmichael pour époux ?

— Elle a dit oui, s'irrita Adam, tandis que Casey répétait, angoissée :

— Oui, je le veux.

Dave avait compris le message, il entreprit de boucler l'affaire rapidement.

— Alors, euh…, hésita-t-il, un peu perdu, avant de se mettre à improviser. Marché conclu. Vous êtes mari et femme. Vous voilà mariés. Vous pouvez…

— *Embrasser la mariée !* hurla le public en délire.

Pourquoi pas ? Ne venaient-ils pas de parcourir toutes les étapes d'un véritable mariage ?

Adam se tourna vers Casey, qui levait vers lui un visage plein d'attente.

En fait d'attente, Casey espérait surtout en finir. Après ce baiser, le cauchemar serait terminé, se dit-elle pour se donner du courage.

Profondément humiliée, elle n'aspirait plus qu'à fuir ce maudit plateau et aller se barricader pendant les prochaines décades dans sa maison de Parkvale. La poursuite de son rêve lui avait vraiment coûté cher.

Se tournant vers Adam Carmichael, elle se dressa sur la pointe des pieds pour lui faciliter la tâche et en finir au plus vite avec cette mascarade.

Elle ne s'attendait certes pas à ressentir de nouveau la décharge qui l'avait électrisée quand Adam lui avait baisé les doigts tout à l'heure. Or, quand leurs lèvres se joignirent, le phénomène fut décuplé !

Profondément ébranlée, elle dut, pour ne pas chanceler, se retenir aux bras de son partenaire, dont elle sentit les muscles se contracter sous l'étoffe du costume. Comme il accentuait son étreinte pour l'attirer contre lui, elle eut un choc en réalisant qu'un désir dévorant l'embrasait tout entière. Elle écarquilla les yeux et croisa le regard d'Adam où elle lut le reflet de son propre désir.

La situation devenait embarrassante. Très embarrassante.

Il recula à regret, et, en entendant le murmure d'appréciation de la foule, elle se mit à rougir.

— Chers téléspectateurs, aucun d'entre nous n'imaginait un pareil dénouement quand nous sommes arrivés sur ce plateau il y a une heure, proclama Sally, très détendue maintenant que l'émission touchait à sa fin. Mais nous y voilà : Casey Greene et Adam Carmichael sont dorénavant mariés, et ça s'est passé ici, sur le plateau d'*Embrassez la mariée* ! Maintenant, nos trois charmants couples vont bénéficier d'une lune de miel offerte par *Channel 8*. Alors, ne ratez surtout pas la prochaine émission, car tout peut arriver dans *Embrassez la mariée* !

Par un accord tacite, Casey et Adam n'attendirent pas d'être harcelés de questions pour fuir directement vers les coulisses et, de là, droit dans la salle de réunion où ils avaient fait connaissance deux heures plus tôt.

Casey se laissa choir sur le canapé, essayant vainement de contrôler les tremblements incoercibles qui l'avaient saisie depuis qu'ils avaient échappé aux regards du public.

Comment était-ce possible ?

— Ça va ? lui demanda son sauveur en la scrutant d'un air méfiant, comme s'il avait affaire à une arme potentiellement dangereuse.

Elle prit une profonde inspiration pour tenter de se calmer.

— Ça pourrait difficilement être pire, répondit-elle en s'esclaffant nerveusement.

— Je suis désolé, dit-il. Je n'aurais jamais dû vous encourager à vous marier.

— Je l'aurais certainement fait de toute façon, rétorqua-t-elle en se passant la main sur le visage d'un air las. C'est moi qui suis complètement folle d'avoir accepté de venir à cette émission.

— J'aurais dû annuler ce programme à l'instant même où j'en ai entendu parler !

Un homme entre deux âges entra dans la pièce, grand et maigre et vêtu d'un austère costume sombre.

— Quand vous aurez fini de vous disputer tous les deux pour savoir sur qui rejeter la responsabilité de ce désastre, peut-être pourrez-vous réfléchir à une solution pour vous tirer de là ? lança-t-il d'une voix bourrue.

Adam présenta à Casey Sam Magill, le conseiller juridique de la chaîne et son avocat personnel.

Celui-ci l'observa avec tant d'acuité et de défiance que ses yeux rivés sur elle n'étaient plus que des fentes.

— La façon dont vous conduisez votre vie privée ne concerne que vous, Adam, mais je suis surpris que vous vous soyez marié sans établir de contrat préalable, dit le juriste.

— Hé ! Qu'est-ce que ça peut faire puisque c'est un faux mariage ? répliqua Casey, vexée des soupçons de l'avocat. D'ailleurs, je ne suis pas une femme intéressée, ajouta-t-elle, tout en réalisant que si Sally Summers avait déclaré qu'Adam était « le célibataire le plus en vue de Memphis », c'est que sa fortune devait être considérable.

— Mademoiselle, toutes les femmes sont intéressées quand la somme à la clef est intéressante, répliqua l'avocat. Je compatis à ce qui vous est arrivé tout à l'heure, mais si vous comptez prendre avantage de la situation pour plumer mon client, je vous avertis…

— Ça suffit, Sam, coupa brusquement Adam. Ce n'était pas un vrai mariage, et dès que nous aurons trouvé une porte de sortie acceptable pour Casey, nous ferons une déclaration dans ce sens.

Eberlué, l'avocat contempla Adam pendant quelques secondes, avant d'éclater d'un rire asthmatique de fumeur invétéré qui mit Casey profondément mal à l'aise.

— Qu'est-ce qu'il y a de si drôle ? demanda Adam.

— Si je ne m'abuse, c'est bien Dave Dubois qui a pratiqué la petite cérémonie à laquelle nous venons d'assister ? objecta Sam, avant d'ajouter, dès qu'Adam eut acquiescé d'un hochement de tête : Le même Dave Dubois qui, il y a quelques années, remplissait les fonctions d'adjoint au bureau exécutif du comté de Fayette ?

— Je crois bien, répondit Adam.

— Alors, mon ami, j'ai une nouvelle pour vous : l'Etat du Tennessee autorise les anciens membres des bureaux des comtés, autant que les membres en activité, les juges, les pasteurs et *tutti quanti*, à célébrer les mariages, débita Sam, les yeux au plafond, comme s'il récitait la loi par cœur. Et contrairement à la plupart des autres Etats, dans le Tennessee les anciens membres des bureaux exécutifs des comtés n'ont même pas à avoir exercé leur mandat dans celui où se déroule le mariage. Jusqu'à la fin de ses jours donc, votre ami Dave Dubois peut marier légalement n'importe qui dans tout l'Etat du Tennessee, tant qu'est établie une licence de mariage, conclut-il en posant les yeux sur Adam avec un léger sourire, avant d'asséner le coup de grâce : Il me semble que vous en aviez une, non ?

Puis il éclata de nouveau de son rire sifflant.

Casey se dit que ce son détestable allait la hanter pour le restant de ses jours.

Adam pressait la main de Casey dans la sienne dans l'attente du début de la conférence de presse.

Il se trouvait légalement marié à une femme qu'il ne connaissait même pas !

L'ironie de la situation ne lui échappait pas. Dire que, jusqu'à présent, il avait montré tant de répugnance à se marier que sa famille avait engagé des poursuites judiciaires contre lui ! Si on pouvait encore rire dans l'au-delà, son père devait se tenir les côtes.

« Désolé, papa, ce mariage ne durera pas, ne compte pas là-dessus ! » Le plus vite il se sortirait de ce guêpier pour retourner aux vrais problèmes de sa vie, le mieux ce serait, et il comptait sur Sam Magill, qui s'était déjà mis au travail, pour faire annuler cette union insensée.

— Surtout, gardez Casey sous la main jusqu'à ce que je reprenne contact avec vous, lui avait ordonné l'avocat en s'en allant.

Sam devait redouter que la jeune femme ne s'esquive dans la première banque venue pour y ouvrir un compte joint dès qu'il aurait le dos tourné.

Si Adam s'était résigné à lui obéir, c'est parce qu'il avait momentanément dû abandonner le projet d'évacuer la jeune femme du bâtiment, assiégé de toutes parts par les médias. Heureusement que Dave avait pu se glisser dehors avant l'arrivée de la presse.

Il observa que Casey, qui avait tout à l'heure rougi sous les caméras, était à présent aussi pâle que sa robe. Toujours sous le choc, elle n'avait pas discuté les ordres de Magill.

Une foule de journalistes se pressait maintenant dans le hall de *Channel 8*. C'était une véritable catastrophe, l'événement se produisait au pire moment : au beau milieu de l'été, quand les journaux n'avaient rien à se mettre sous la dent pour remplir leurs colonnes. Ce mariage allait bénéficier d'une couverture médiatique bien plus large qu'il ne le méritait. Adam n'avait fini par accepter de tenir cette conférence de presse qu'à la condition expresse que les journalistes respectent ensuite leur intimité.

— C'est moi qui parlerai, signifia-t-il à Casey.

Il avait décidé de communiquer le moins possible tant qu'il ne savait pas à quoi s'en tenir sur le plan légal. Tous deux allaient faire profil bas pendant le week-end, et avec un peu de chance le soufflé serait retombé lundi. On pouvait espérer qu'à la fin de la semaine l'annonce de l'annulation de leur mariage serait digérée par quelques spectateurs matinaux en même temps que leur café et que sa brève union avec Casey Greene passerait rapidement aux oubliettes.

— *Embrassez la mariée* est l'émission la plus excitante du moment, annonça la chargée des relations publiques aux journalistes. Nous nous attendons à une très forte demande d'achat des réseaux télévisés à travers tout le pays...

Quand elle eut fini son discours, elle lut à haute voix une déclaration concoctée à la hâte par l'équipe de *New Visage*, qui se déclarait ravie de l'émission et proclamait sa confiance dans l'élaboration d'une collaboration longue et fructueuse avec *Channel 8*.

Arriva le moment où lui et Casey n'eurent plus rien d'autre à faire que de plaquer un sourire crispé sur leurs visages et d'affronter stoïquement les crépitements des flashes et le feu roulant de questions qui déferla sur eux.

— Monsieur Carmichael, est-ce que ce mariage est un coup pour doper l'audience ?

— Casey, pourquoi lui avez-vous dit oui ?

— Adam, combien de temps durera ce mariage, d'après vous ?

— Est-ce que vous vous aimez ?

— Casey, que pense votre famille de tout ça ?

A cette question, Adam sentit les doigts de la jeune femme trembler dans sa paume, tandis qu'elle lui lançait un regard implorant. Il leva la main pour imposer le silence.

— Mesdames et Messieurs, commença-t-il, comme vous le comprenez certainement, cette soirée ne s'est pas du tout déroulée comme nous l'avions projeté.

Aux gloussements dans la foule, il comprit qu'il les avait mis dans sa poche. Tout ce qu'il avait à faire était de livrer en pâture aux journalistes de quoi satisfaire leur besoin pressant d'informations en évitant d'exposer Casey à de nouvelles humiliations, et sans toutefois proférer de mensonge.

— Nous vous prions, reprit-il, de respecter notre intimité et de ne pas chercher à en savoir plus que ce que je vais vous révéler. Je peux vous avouer que Casey et moi nous sommes rencontrés avant l'émission de ce soir — juste une heure avant, en fait — et que je l'ai tout de suite trouvée exceptionnelle.

Une femme adulte qui s'accrochait encore à ses rêves d'adolescente ne pouvait qu'être *exceptionnelle*...

Il jeta un regard à la jeune femme et remarqua que quelques mèches couleur miel s'étaient échappées de son chignon. Ses yeux brillaient de gratitude, et un petit sourire inquiet se dessinait sur ses lèvres.

— Comment pourrait-on me reprocher d'avoir sauté sur l'occasion de l'épouser ? lança-t-il en se tournant vers la presse, qui l'applaudit chaleureusement.

Heureux de son succès, il se tourna vers la jeune femme en souriant, et elle lui retourna son sourire, visiblement soulagée.

— Hé ! Carmichael, lança un vieux pigiste. Qu'est-ce que vous diriez d'embrasser la mariée ?

Aussitôt, les photographes se hâtèrent de préparer leurs objectifs. Voyant cela, Adam adressa une question muette à Casey, qui haussa imperceptiblement les épaules avant d'acquiescer d'un signe de tête.

Une fois de plus, leurs lèvres se joignirent.

Comme la première fois, il n'avait aucunement l'intention d'échanger avec elle plus qu'un baiser furtif pour satisfaire aux exigences des photographes.

Et comme la première fois, malgré la foule qui les environnait, il fut saisi d'un envoûtement étrange et ne put résister à la tentation de glisser la langue entre les lèvres de Casey pour goûter à la douceur de sa bouche. Au profond soupir qu'elle exhala, il réalisa que la jeune femme appréciait autant que lui le plaisir de la découverte.

Ce furent les cris sauvages que lançaient les journalistes qui les firent tous deux retomber sur terre.

— Très bien, les amis. Ce sera tout pour aujourd'hui, déclara-t-il.

S'armant à la fois de l'autorité de son regard et de la puissance de ses épaules, il fendit la multitude pour extraire Casey de l'immeuble et la pousser dans la limousine qui les attendait au-dehors.

Elle s'y engouffra en se pelotonnant le plus loin possible et en retroussant ses jupes pour lui faire de la place.

— Où est-ce qu'on va, maintenant ? demanda-t-elle d'une toute petite voix.

Il lui adressa un sourire mi-figue, mi-raisin, où le cynisme le disputait à la résignation.

— Nous partons pour notre lune de miel.

Chapitre 3

Il était 22 heures passées quand les nouveaux mariés entrèrent dans la suite « Roméo et Juliette » de l'hôtel *Peabody*, le fameux palace de Memphis.

Casey ou plutôt Mme Carmichael, comme l'avait appelée le réceptionniste de l'hôtel, fit le tour de l'appartement du regard pendant qu'Adam donnait un pourboire au porteur.

Cette suite dont le tarif atteignait sûrement plusieurs centaines de dollars la nuit n'était sûrement pas prévue initialement dans la lune de miel offerte par *Channel 8*. Mais une chambre normale n'aurait pas convenu à un couple de jeunes mariés n'ayant pas l'intention de partager la même pièce, et encore moins le même lit. A en juger par la masse de reporters qui les avait suivis depuis la station de télévision et qui était tenue à distance par le portier du *Peabody* — étrange notion du respect de l'intimité d'un jeune couple ! —, Adam et elle n'avaient aucune chance de filer à l'anglaise. Aussi valait-il mieux qu'ils disposent du plus d'espace possible.

Elle grimpa l'escalier en courbe qui menait à la chambre à coucher et y trouva un lit aux dimensions démesurées, recouvert d'une vaporeuse couette immaculée et de coussins artistiquement disposés. De vrais jeunes mariés auraient mérité un décor un peu plus chaleureux, à son avis.

Dans la salle de bains contigüe à la chambre, on retrouvait la même blancheur de la porcelaine et des marbres, en contraste avec l'éclat métallique des éléments en acier.

— Casey ? appela Adam depuis le rez-de-chaussée.

Le moment tant redouté où il allait lui falloir réfléchir et discuter avec Adam des implications légales de leur union était arrivé.

Résignée, elle descendit le rejoindre au salon en se demandant comment elle allait expliquer la situation à sa famille.

Qu'est-ce qu'elle allait leur répondre, quand ils exigeraient qu'elle retourne sur-le-champ à la maison ? Elle n'était pas du tout sûre d'avoir le cran de leur résister. La résolution qui avait germé en elle et l'avait poussée à prendre en main son avenir s'était complètement effritée, à l'instant même où Joe l'avait fuie. Bien sûr, elle finirait par retrouver confiance en elle, mais certainement pas ce soir.

— Il est tard et vous devez être épuisée, déclara Adam. Allez vous reposer. Nous discuterons de l'annulation demain matin, quand Sam nous aura fait part des démarches à effectuer.

— Bonne idée ! acquiesça-t-elle, soulagée d'avoir épousé un homme qui n'attendait pas qu'elle résolve tous ses problèmes.

— Installez-vous dans la chambre. Ce canapé me conviendra parfaitement.

Et attentionné, en plus.

— Merci, Adam, répondit-elle en bâillant, gênée d'accepter cette offre sans barguigner, mais trop fatiguée pour polémiquer. Bonne nuit, ajouta-t-elle en se frottant la nuque, cherchant à détendre ses muscles tétanisés par l'effort qu'il lui avait fallu fournir pour garder la tête haute tout au long de ce fiasco.

Quelqu'un frappa à la porte.

Adam ouvrit à un groom qui lui tendit une enveloppe, sur laquelle on pouvait lire : « personnel et confidentiel ».

— Ça vient de Sam, dit-il.

Dieu soit loué ! L'avocat avait déjà dû trouver un moyen de les sortir de cet imbroglio.

Adam avait déjà ouvert la lettre et l'avait lue en une seconde. Il émit un grognement ironique.

— Qu'est-ce qui se passe ? Des mauvaises nouvelles ? s'inquiéta-t-elle.

Il se contenta de lui jeter un regard sombre.

— Puis-je la lire ? demanda-t-elle en tendant la main.

— Je ne suis pas sûr que vous souhaitiez vraiment en prendre connaissance, déclara Adam, qui tenait toujours la missive hors de sa portée.

Mais elle la lui arracha et parcourut avidement les quelques mots que Sam Magill avait rédigés de son imposante écriture bleue.

« Interdiction de consommer le mariage. »

— Oh ! souffla-t-elle, choquée, en laissant retomber le papier. Comme si nous allions faire une chose pareille... C'est... C'est...

— Totalement ridicule.

— Exactement.

— Sam est très prudent, expliqua Adam, avec un petit sourire qui effaça momentanément la tension sur son visage. Je pense simplement qu'il cherche à parer à toute éventualité. L'enthousiasme que vous avez montré tout à l'heure en m'embrassant a dû l'inquiéter quelque peu.

— Moi, *je* vous ai embrassé ? Ça c'est la meilleure ! Alors que c'est vous qui en avez profité, hoqueta-t-elle, indignée, bien que le souvenir des lèvres d'Adam sur les siennes lui fît encore tourner la tête. Moi, j'ai seulement suivi, protesta-t-elle en s'accrochant à la seule explication plausible.

— Je pense qu'il est temps d'aller dormir... Et séparément, éluda Adam, dont le sourire s'était brusquement évanoui en faisant un geste vers le sofa.

Une fois dans la chambre, Casey réalisa pourquoi il avait fallu une habilleuse pour lui boutonner la robe dans le dos : la majorité de la trentaine de minuscules boutons en perle était hors de sa portée.

Après s'être débattue dans tous les sens pendant une bonne minute et avoir compris que c'était sans espoir, elle alla jeter un coup d'œil discret dans le salon, soulagée de constater qu'Adam était profondément absorbé dans ses pensées devant la baie vitrée, d'où il contemplait Union Avenue qui s'étalait à ses pieds. Ouf ! Il n'était pas encore couché.

— Adam, lança-t-elle en descendant l'escalier. Je ne peux pas déboutonner ma robe toute seule. Auriez-vous la gentillesse de m'aider ? demanda-t-elle en lui tournant le dos pour montrer l'étendue du problème.

Il lui vint obligeamment en aide.

Elle n'aurait jamais imaginé que la zone où se trouvaient les premiers boutons, entre ses deux omoplates, pouvait être aussi sensible. L'effleurement délicat des doigts d'Adam sur sa peau nue provoquait en elle des sensations inouïes.

— Vous avez froid ? demanda-t-il, d'un ton neutre, comme elle ne pouvait s'empêcher de frémir.

Elle eut un geste de dénégation et se raidit pour prévenir tout frisson intempestif, sans réussir toutefois à atténuer l'effet du contact des doigts d'Adam sur ses terminaisons nerveuses.

Terriblement consciente qu'un peu plus de chair nue se révélait à chaque nouveau bouton défait, elle avait les joues en feu et se demandait anxieusement si un dos pouvait rougir. Son trouble provenait sûrement de la lettre de l'avocat. Voilà que cinq minutes à peine après avoir reçu la consigne de ne pas consommer leur mariage, elle demandait à son mari de lui ôter sa robe…

— Je pense que vous pourrez terminer seule, annonça Adam d'une voix pincée.

— Merci. J'espère que vous ne passerez pas un moment trop inconfortable, ajouta-t-elle en désignant son lit improvisé.

Il la considéra un moment sans rien dire puis, baissant les yeux sur ses épaules, il répondit d'un air impénétrable :

— Maintenant, il est temps d'aller vous coucher.

Malgré son épuisement, Casey eut du mal à trouver le sommeil.

Après toute cette mascarade, cette humiliation publique étalée sur les chaînes nationales, cette décision insensée d'épouser un parfait inconnu, elle se retrouvait dans une situation pire que le vendredi matin à son départ de Parkvale. Sans compter que les membres de sa famille allaient devenir fous quand ils apprendraient ce qui s'était passé.

Mais le pire du pire, pour elle, c'était de réaliser qu'elle n'avait pas repensé une seule fois à Joe depuis qu'il l'avait laissée tomber. Malgré l'envie fugace de l'écharper qui l'avait saisie à ce moment-là, Joe avait disparu de son esprit quand il avait quitté le plateau. Et cela lui laissait une étrange sensation de vide.

Pas besoin d'être agrégée de psychologie pour décoder à quel point son ancien fiancé n'existait pas pour elle. Comment avait-elle pu décider d'épouser ce garçon ? Elle s'était persuadée qu'elle pourrait partager avec lui le type d'amour romantique auquel elle aspirait, alors qu'en fait elle ne cherchait qu'à fuir la maison de son père.

A la réflexion, Joe avait eu bien raison de l'éconduire — même s'il aurait pu s'abstenir de le faire en public. Elle méritait tout à fait ce qui lui était arrivé.

Elle resta au lit jusqu'à 8 heures du matin, hantée par les reproches qui s'entrechoquaient dans sa tête.

Lorsqu'elle fut sûre qu'Adam avait eu le temps

de s'habiller, elle se doucha et ouvrit la valise qu'elle avait emportée pour sa lune de miel.

Parmi ses affaires se trouvaient des articles beaucoup plus sexy que ce qu'elle portait d'ordinaire : ceux dont elle venait de faire l'emplette dans le but avoué d'affrioler Joe.

Elle repoussa un bustier à lacets en faveur d'un T-shirt blanc sans manches, tout simple, qu'elle assortit à une jupe en jean. Ainsi, il y avait peu de risque qu'Adam pense qu'elle cherchait à le séduire.

Quand elle descendit, celui-ci se tenait debout devant la table du petit déjeuner. On avait dû lui apporter ses affaires de bon matin, car il portait un jean et un polo noir au col ouvert. Tandis qu'il soulevait les couvercles des différents plats posés sur le chariot, Casey eut l'œil irrésistiblement attiré par ses bras nus bronzés, aux muscles puissants.

L'apercevant, il tira une chaise pour l'inviter à s'asseoir.

Elle y prit place en se frottant les paumes au tissu de sa jupe, un peu troublée.

— J'ai commandé le petit déjeuner dans la chambre, car mieux vaut éviter de nous rendre au restaurant, annonça-t-il. Le directeur m'a informé que plusieurs journalistes ont pris des chambres dans l'hôtel.

Refusant son offre de la servir de plats chauds, elle se contenta de fruits et de yaourts. De son côté, Adam amassa dans son assiette œufs brouillés, tranches de bacon et toasts qu'il attaqua avec appétit, après lui avoir adressé un petit salut avec son verre de jus d'orange.

Tout en sirotant son jus de fruit, elle jeta un coup d'œil distrait au journal plié à côté de son assiette et sursauta aussitôt.

— Oh, ce n'est pas possible ! s'exclama-t-elle, atterrée.

Malgré tous les clichés qui avaient été pris d'Adam et elle durant la conférence de presse, les journalistes avaient trouvé le moyen de publier une photo qui saisissait le moment précis où Joe l'avait refusée. Son visage paniqué, au regard désespéré et à la bouche béante, s'étalait en première page, sous un gros titre : « Carmichael se jette à la rescousse de la fiancée plaquée ». Cela ne pouvait pas être pire.

Ne pouvant détacher les yeux de la feuille de papier, elle saisit sa serviette pour essuyer le jus d'orange qui lui avait coulé sur le menton.

— Ce n'est pas si grave que ça, déclara Adam. Supposant que *Channel 8* avait prémédité ce coup de théâtre pour stimuler l'audience, ils ont cherché à obtenir le témoignage de votre fiancé, qui a refusé de répondre aux questions.

Dépliant le journal, elle aperçut alors un cliché de son père surpris par le photographe dans l'entrebâillement de sa porte.

— Oh, non ! fit-elle, accablée. Ils sont allés parler à mon père.

— Ce n'est pas une très bonne chose, admit Adam. Ils sont aussi allés interviewer ma belle-mère. Il paraît qu'elle leur aurait raconté que nous étions secrètement fiancés depuis des mois.

— Pourquoi irait-elle raconter une chose pareille ?

— Pour qu'on n'aille surtout pas s'imaginer qu'une chose aussi primordiale que mon mariage ait pu lui échapper, répondit-il, d'un air blasé qui donnait à penser qu'il ne devait pas porter sa belle-mère dans son cœur. Ça ne fera qu'embrouiller un peu plus la presse, ce qui ne peut pas nous nuire.

— Vous avez eu des nouvelles de votre avocat ? demanda-t-elle.

— J'ai reçu plusieurs coups de fil, mais aucun de Sam, répondit-il alors que le téléphone se mettait à sonner. Bonjour, Eloïse, dit-il en répondant à l'appel d'un air résigné. As-tu apprécié l'émission ?

Qui était cette Eloïse ? Sa belle-mère ? Une petite amie ?

Ce ne devait pas être sa petite amie, car, qui que soit cette femme, Adam buvait du petit lait en écoutant sa réaction à la nouvelle de son mariage. Il écarta le portable de son oreille en prenant un air moqueur, et Casey put saisir un flot de paroles énervé, qu'il interrompit par ces mots :

— Excuse-moi, Eloïse, on m'appelle sur l'autre ligne. Je te rappelle bientôt.

Le même manège continua un bon moment, Adam répondant à une succession ininterrompue de coups de fil, la plupart provenant de membres de sa famille anxieux de découvrir si son mariage allait d'une façon ou d'une autre grever leurs intérêts et furieux de sa réticence à leur fournir des explications précises.

Ennuyée d'attendre, elle finit par allumer son propre portable, et aussitôt un SMS l'informa qu'elle était en possession de vingt et un messages.

Ayant aussitôt rappelé le service de messagerie, elle parcourut les messages affolés de son père : cinq, de sa sœur : six et de son frère : un, puis écouta un message de Brodie-Ann et quelques autres.

Tous s'inquiétaient de savoir si son mariage allait l'empêcher de leur être utile d'une façon ou d'une autre : le chef du chœur paroissial voulait savoir si elle pourrait chanter son solo le lundi suivant, et la directrice du service de protection de l'enfance de Parkvale se demandait si elle était toujours disponible pour cuisiner deux gros gâteaux et une fournée de biscuits pour la journée portes ouvertes de la semaine prochaine.

Elle ne put s'empêcher de sourire. Et dire qu'elle s'était imaginé que le mariage lui fournirait un parfait prétexte pour échapper à tout cela ! La réalité s'avérait tout autre. En tout cas, elle n'avait pas l'intention de les rappeler. Pas avant qu'Adam et elle aient eu l'occasion de discuter. Elle soupira en entendant retentir de nouveau la sonnerie du téléphone d'Adam. Qui était-ce encore ?

Se rendant compte qu'elle n'avait toujours pas touché à son petit déjeuner, elle enfourna une cuillerée de yaourt agrémenté de morceaux de melon frais.

C'est alors que son propre portable se mit à gazouiller *You are the sunshine of my life.* Quand elle eut fini de convaincre la bibliothécaire de Parkvale qu'il lui était impossible d'animer la séance de lecture de l'après-midi pour les tout-petits, elle s'aperçut qu'Adam, qui avait déjà raccroché, la contemplait d'un air railleur.

— Vous n'aviez pas d'autre choix de sonnerie ?

— Bien sûr que si. C'est moi qui ai personnalisé mon portable en téléchargeant ce thème. C'est un moyen d'affirmer ma personnalité.

Son vis-à-vis s'esclaffa bruyamment, tandis qu'elle le toisait avec un air de dignité outragée prouvant qu'elle ne plaisantait pas.

— C'est très positif de renforcer son estime de soi par ce genre d'affirmation. Et ça marche : chaque fois que mon téléphone sonne, je me sens mieux, ajouta-t-elle en décochant à Adam un sourire éclatant, visant à camoufler le fait qu'à ce moment précis la recette ne lui semblait pas très efficace.

— Vous y croyez vraiment ?

— Bien sûr. Mais chacun doit chercher le type d'affirmation qui lui réussit, expliqua-t-elle en hochant la tête avec conviction. Moi, c'est *You are the sunshine of my life* qui me donne confiance en moi. Vous, par exemple, vous pourriez vous regarder dans la glace le matin et vous dire que vous ne serez pas stressé de toute la journée, ajouta-t-elle, inspirée par les rides soucieuses qui lui barraient le front en permanence.

— J'espère que cette psychologie de bazar ne vous a pas coûté un sou, répliqua Adam, plus renfrogné que jamais.

— Cela vient en droite ligne de l'enseignement de mon prof de psycho, protesta-t-elle.

— Vous n'allez pas me dire qu'il vous a conseillé d'utiliser votre portable pour augmenter votre confiance en vous ?

— Bien sûr que non ! *Elle* n'a pas dit ça. J'ai extrapolé.

Adam replongea dans son assiette avec une énergie renouvelée, même si son bacon et ses œufs avaient dû refroidir depuis longtemps avec toutes ces conversations téléphoniques.

— Pourquoi étudiez-vous la psychologie ? Pour surmonter les traumatismes de votre enfance ?

— Je ne suis pas en thérapie. J'étudie la psycho

pour enrichir les personnages de mes romans, répondit-elle avec patience.

Son portable avait repris son gazouillement.

— Ah, cette fois, c'est mon père, l'informa-t-elle après avoir regardé le nom affiché sur l'écran.

Après lui avoir rappelé à quel point il l'aimait, celui-ci se lança dans un monologue interminable d'où il ressortait que sa famille avait besoin d'elle et qu'il fallait qu'elle sorte de cette situation inextricable le plus rapidement possible pour rentrer à la maison.

— Comment est-ce que j'irai sans toi à ma rééducation mardi ? Tu y as pensé ? lui reprocha-t-il d'une voix plaintive.

« Tu n'as qu'à appeler un taxi », se retint-elle de rétorquer. Comme si elle n'avait que cela en tête en ce moment ! Mais comment lui en vouloir, alors qu'elle lui avait toujours affirmé qu'elle serait là s'il avait besoin d'aide ? Le signal d'un double appel la dispensa de trouver des arguments.

— Attends une seconde, papa, j'ai un double appel, dit-elle en permutant les lignes.

En reconnaissant la voix de sa sœur, elle se raidit sur sa chaise.

— Oui, Karen, je suis mariée… Non, je ne suis pas folle… Non, je ne rentre pas à Parkvale. Je voudrais que toi et papa… Allô ?

Elle reprit en vain l'autre ligne, son père avait lui aussi raccroché.

— La liaison était mauvaise, expliqua-t-elle à Adam en fixant obstinément son assiette pour lui dissimuler à quel point elle était blessée. Bon, maintenant qu'on est libres tous les deux...

— Libre est un terme très relatif, la coupa-t-il. Vous oubliez qu'on est toujours mariés.

— ... nous devrions avoir cette discussion dont vous avez parlé, continua-t-elle.

Son téléphone sonna de nouveau, mais elle jeta un coup d'œil furtif au numéro qui s'affichait et ignora l'appel.

— Vous devriez éteindre cette machine, lui conseilla Adam en prenant au même instant une communication, procurant ainsi à Casey l'occasion de retrouver un peu de sa combativité.

— Vous disiez ? susurra-t-elle dès qu'il eut raccroché.

— Moi, j'attends l'appel de Sam, répliqua-t-il en fronçant les sourcils. Il ne faut pas que je le rate.

— Et moi, je dois parler à ma famille, même si je ne sais pas quoi leur dire.

Il y eut un long silence, jusqu'à ce que son téléphone se remette à chanter *You are the sunshine...*

— Karen, je t'en prie, ne pleure pas, supplia-t-elle. Je suis désolée. Je sais que tu préférerais que je sois là, mais c'est pour ton bien, ma chérie.

Adam voyait que Casey faisait des efforts

désespérés pour retenir ses larmes, et il pouvait percevoir à distance les ondes hystériques qui émanaient du téléphone.

Il regarda sa montre. Si elle passait la matinée à discuter avec sa famille, ils ne réussiraient jamais à se tirer d'affaire. A en juger par ce qu'il entendait, sa famille n'avait rien à envier à la sienne. Il n'y avait qu'une façon de procéder avec des gens pareils : la manière forte. Or, Casey était visiblement incapable d'employer cette méthode...

D'un bond, il fit le tour de la table et lui arracha le téléphone des mains, ce qui, comme elle ne s'y attendait pas, ne présenta aucune difficulté.

— Karen, je ne vous connais pas, mais je peux vous dire que vous ne rendez pas service à votre sœur, déclara-t-il en marchant de long en large, conscient de l'ébahissement de Casey, tandis que Karen s'étranglait au bout du fil. Mon *épouse* et moi-même... — comme ça sonnait bizarrement ! — avons besoin de nous retrouver seuls. Alors, au revoir, conclut-il abruptement en se plantant devant l'énorme bouquet que leur avait adressé la direction du *Peabody* avec ses compliments.

Puis, coupant court aux couinements de Karen, il plongea le portable au fond du vase.

— Vous êtes fou ! glapit Casey qui le suivait de près.

— Vous étiez incapable de clore cette discussion, et elle était en train de vous rendre folle, alors j'ai réglé le problème, dit-il en se frottant les mains. Vous devez vous sentir soulagée.

— Pas du tout ! Comment osez-vous… Oh et puis zut ! C'est vous qui avez raison, reconnut-elle avec un petit sourire.

La sonnerie du téléphone d'Adam retentissait déjà à l'autre bout de la pièce.

— Je m'en occupe, si vous voulez bien, lança la jeune femme en se dirigeant droit dessus.

— Non, c'est inutile, je m'en charge, répondit-il en marchant sur ses talons.

Mais Casey s'était déjà emparée du portable et, ayant regardé le nom qui s'affichait, l'informa :

— C'est Eloïse.

— Ma belle-mère ! s'exclama-t-il en roulant des yeux furieux. Qu'est-ce qu'elle veut encore ? Passez-la moi.

— Je vous ai dit que je m'en chargeais, rétorqua Casey en reculant pour passer de l'autre côté du sofa.

La voyant se diriger vers la fenêtre ouverte, il lui emboîta le pas, inquiet de la suite.

— Casey, ne faites pas…

Trop tard. Quand il parvint à sa hauteur, elle avait déjà jeté le portable dans le vide.

Sous le choc, il se pencha à la fenêtre. Cette fille n'y allait pas de main morte, à l'avenir il éviterait de pousser le bouchon trop loin avec elle.

Anxieuse, Casey retenait son souffle en le regardant.

— Vous venez d'assassiner un sosie d'Elvis, affirma-t-il d'un ton sinistre.

— Ce n'est pas vrai ! s'exclama-t-elle, épouvantée. J'avais vérifié, il n'y avait personne…

Croisant son regard, elle vit qu'il riait sous cape, et ils explosèrent au même moment d'un incoercible fou rire qui fit momentanément s'envoler leurs soucis.

Plongeant son regard dans celui de Casey, qui pleurait de rire, Adam, sans réfléchir, lui effleura légèrement du pouce le coin de la paupière. Il n'avait soudain plus qu'un désir : presser ses lèvres sur sa bouche.

Sûrement une réaction à tout le stress de ces dernières vingt-quatre heures.

Chapitre 4

Dès qu'Adam la toucha, l'hilarité de Casey s'évanouit brusquement. Se mordillant nerveusement les lèvres, elle eut une seconde d'hésitation avant de se laisser aller contre lui.

Ils étaient seuls, et il n'avait pas l'intention de se limiter à une tentative avortée comme la fois précédente. Cette fois, Casey ne pouvait refuser d'entrouvrir ses lèvres pour recevoir ce baiser dont il avait tant besoin.

Quand il s'empara de sa bouche et rencontra sa langue animée d'une ferveur aussi puissante que la sienne, ne pensant plus à rien, il lâcha la bride malgré lui aux réactions impérieuses que cela suscitait en lui.

Il avait beau savoir pertinemment qu'il fallait mettre le holà tout de suite à ce baiser pour ne pas compliquer une situation déjà désastreuse, il lui fallut plus de volonté pour s'arracher à Casey qu'il ne lui en avait jamais fallu avec aucune autre femme.

Quand ils furent séparés, il se força à respirer lentement pour retrouver son calme et se passa la main dans les cheveux, comme si ce geste pouvait effacer le souvenir de ce qui venait de se passer.

Casey, dont les lèvres entrouvertes l'invitaient à recommencer, le fusillait du regard, écarlate.

— Arrêtez, Adam, haleta-t-elle d'une voix rauque. Vous *devez* cesser de faire ce genre de choses.

Il s'était peut-être trompé quand il avait cru lire sur sa bouche une invitation ?

— Je ne peux nier que ce soit très agréable, ajouta-t-elle, en détournant les yeux avec une désinvolture étudiée pour regarder une photo représentant le centre de Memphis sur le mur. Mais... Vous savez très bien ce qu'il en est.

Oui, il savait parfaitement que c'était stupide de se laisser détourner de leur tâche essentielle, qui était de se sortir de ce guêpier. Pourtant, il savait aussi qu'elle avait apprécié autant que lui ce baiser, alors pas question qu'il s'excuse.

Un léger bruissement les fit se retourner : on avait glissé un morceau de papier sous la porte.

— C'est un message de Sam, fit-il après l'avoir parcouru. Comme j'ai donné l'ordre qu'on ne me transmette aucun appel dans la suite, il attend mon coup de fil chez lui.

Comme Adam saisissait le téléphone le plus proche pour composer le numéro de l'avocat, Casey en profita pour s'esquiver le plus loin possible. Elle se laissa tomber dans un canapé rayé bleu et or, saisit le menu du room service sur la table basse et le tint ouvert devant ses yeux pour cacher sa figure cramoisie.

Qu'est-ce qu'il lui avait pris de se jeter ainsi au cou d'Adam ? Elle s'était comportée comme une dévergondée assoiffée de sexe. Sa vie sexuelle avec Joe avait beau avoir été plutôt terne ces dernières années — presque inexistante, en fait —, ce n'était pas une excuse pour sauter sur le premier homme venu. Même s'il était son *mari*.

Dissimulée derrière le menu, elle écouta sans vergogne les réponses d'Adam, trop laconiques malheureusement pour la renseigner. Pourtant, quand il raccrocha, elle devina que ce qu'il marmonnait dans sa barbe n'avait rien à voir avec : « Youpi ! On a notre annulation. »

— Un problème ? questionna-t-elle, la gorge serrée.

— Ça va être difficile d'obtenir l'annulation, expliqua-t-il, le regard noir, en se plantant devant le canapé, les mains dans les poches.

— Difficile à quel point ?

— Une des particularités du Tennessee, c'est que l'annulation n'est pas prévue dans le code civil.

Chaque cas doit être défendu sur la base des lois générales de l'Etat.

— Ce qui veut dire ?

— Qu'il n'y a aucune procédure officielle pour annuler un mariage. Il va falloir que mon avocat monte un dossier et le défende devant le juge. Si celui-ci trouve son plaidoyer convaincant, nous obtiendrons notre annulation.

— Et sinon ?

— Il faudra divorcer.

— Mais je ne veux pas divorcer, protesta-t-elle faiblement.

— Moi, je préfère être divorcé que marié, répliqua Adam avec une froideur glaciale. Sam dit qu'il peut monter un solide dossier d'annulation, et la non-consommation du mariage est un grand plus, ajouta-t-il en s'asseyant sur le canapé opposé, lui épargnant ainsi la fatigue de continuer de lever les yeux vers lui. L'argument massue, d'après lui, c'est que nous ignorions qu'il s'agissait d'un mariage en bonne et due forme. Or, certains juges un peu vieux jeu détestent qu'on bafoue cette honorable institution. C'est pourquoi Sam voudrait s'arranger pour que notre affaire passe devant un juge *favorablement disposé*… Ce qui peut prendre un mois à organiser, ajouta-t-il avec un petit sourire cynique.

— Alors, on va rester mariés un mois, et ensuite ce sera comme si rien ne s'était passé ?

— Exactement.

— Tout redeviendra comme avant ?

— Oui.

— Rien n'aura changé. *Rien ?*

— C'est ça, répliqua Adam qui commençait à perdre patience. Vous ne comprenez pas l'anglais ?

— Alors, c'est non, déclara Casey.

— Comment ça ?

— Je ne retournerai pas à Parkvale. J'en ai marre de cet endroit.

— Vous pourrez aller où bon vous semblera.

Et le plus tôt serait le mieux.

— Je les connais, ils vont m'obliger à rentrer, déclara la jeune femme en lançant un regard paniqué vers la porte, avant de sauter sur ses pieds et de se diriger vers la fenêtre, où elle s'appuya des deux mains dans une attitude qui trahissait presque de la terreur.

Voilà qu'il avait épousé une paranoïaque !

— Est-ce qu'on ne pourrait pas... rester mariés ? supplia-t-elle, le regard perdu dans l'immensité du ciel.

Une paranoïaque psychotique.

Il fallait qu'il la calme en lui faisant miroiter les joies de son futur célibat, et Sam devait faire signer le plus rapidement possible à cette folle une convention qui lui ôte toute possibilité de lui réclamer quoi que ce soit.

Casey se tourna vers lui en posant sur le rebord de la fenêtre son petit derrière si mignon, qu'il avait tant envie de caresser — enfin, avant de découvrir qu'elle était folle à lier.

— Arrêtez de me regarder comme si j'allais vous sauter dessus, ordonna-t-elle en croisant les bras. Je plaisantais en prétendant vouloir rester mariée avec vous. Même si ces dernières vingt-quatre heures ne m'avaient pas fait perdre toutes mes illusions sur le mariage, vous n'êtes pas mon genre.

Vu la façon dont elle lui avait rendu son baiser, ce n'était pas tellement crédible.

— Personne ne peut vous obliger à aller où que ce soit contre votre volonté, commença-t-il pour la rassurer et éviter qu'elle ne perde ses moyens. Vous avez toute la vie devant vous.

— On voit bien que vous ne connaissez pas ma famille, répliqua Casey d'un ton sinistre. Et comment ça se passe, avec votre belle-mère ? demanda-t-elle, provoquant aussitôt de sa part un mouvement de recul instinctif qui la fit rire nerveusement. Ils ne sont pas méchants, au fond, mais je fais une overdose. Je m'occupe de mon père et de Karen et Mick, mes frère et sœur, depuis que ma mère est morte, quand j'avais douze ans. J'étais l'aînée, alors j'ai dû tout prendre en charge : la maison, la cuisine…

— C'est très estimable de votre part, observa-t-il poliment.

— Je n'avais pas le choix, répliqua Casey comme s'il se moquait d'elle. Ils avaient besoin de moi. Et puis ça ne me dérangeait pas vraiment, car en fait je les adore.

— Ce n'est pas parce que vous n'avez pas épousé Joe que vous êtes obligée d'y retourner.

— Je suis une poire, un pigeon, tout le monde fait de moi ce qu'il veut, confessa-t-elle sur le ton d'un participant à un programme de désintoxication. Quand j'ai voulu quitter la maison pour aller à la fac, mon père m'a convaincue que mon frère et ma sœur, qui étaient pourtant déjà au lycée, avaient besoin de moi. J'ai tout organisé pour partir quand Mick aurait obtenu son bac, mais papa a eu un accident du travail. Après six mois d'hospitalisation, il a passé un an en chaise roulante. S'il a en grande partie récupéré, il continue d'avoir besoin de soins, et je me suis retrouvée la candidate idéale pour le prendre en charge.

— Vous auriez dû vous en aller quand son état s'est amélioré.

— Comme je vous l'ai dit, je suis une poire, affirma Casey en baissant la tête. Mon père est complètement dépendant de moi. Il faudrait qu'il apprenne à se débrouiller tout seul. Si j'avais, comme prévu, épousé Joe et déménagé, il n'aurait pas eu d'autre choix. Maintenant, il va me tanner pour que je rentre à la maison, où Karen sera là pour en rajouter une couche.

— Elle habite chez votre père ?

— Pas encore, mais comme elle s'est séparée de son mari il y a quelques mois, après la naissance de son bébé, et qu'elle a laissé tomber son boulot d'avocate à Dallas, elle compte revenir s'installer à la maison. Elle veut retrouver du travail et compte pour ça que je m'occupe de sa fille Rosie, parce qu'elle prétend ne pas faire confiance aux nourrices.

Casey n'osait avouer à Adam que le projet de Karen la remplissait d'un mélange étrange de désir et d'angoisse. D'angoisse, parce que cela remettait une fois de plus la réalisation de ses projets aux calendes grecques, et de désir, parce qu'elle souhaitait sincèrement prodiguer au bébé de sa sœur les trésors d'amour maternel que recélait son cœur. Un cœur qui, autrement, resterait en friche.

Adam la rejoignit à la fenêtre, si près qu'elle aurait pu le toucher.

— Vous n'avez qu'à leur dire non, Casey.

— Est-ce qu'il vous est déjà arrivé de dire oui à quelqu'un alors que vous n'en aviez pas envie ? demanda-t-elle.

— On ne peut pas m'obliger à faire une chose que je n'ai pas envie de faire, observa-t-il d'un ton neutre.

— Eh bien, j'en suis ravie pour vous. Mais moi, je ne réussis pas à dire non à tout ce... ce...

— Ce chantage affectif ? suggéra-t-il.

Elle acquiesça. Malgré ses grandes proclamations d'intransigeance, Adam avait l'air de la comprendre.

A l'époque de la mort de sa mère, elle avait été la seule capable d'assumer les charges de la maison, et elle s'y était attelée avec courage, sans imaginer qu'elle était en train de fabriquer un piège, une dépendance mutuelle à laquelle aucun d'entre eux ne pourrait échapper. Se sentir indispensable était un sentiment très gratifiant, qui impliquait l'idée que si l'on n'était *plus* indispensable, les autres vous retireraient leur amour.

C'était complètement idiot, mais elle était devenue prisonnière de ce schéma de pensée. Même sa relation avec Joe était bâtie sur un sentiment de besoin et de dépendance. La mère de son fiancé l'avait abandonné quand il était petit, et Joe était à la recherche d'une femme qui s'attache à lui pour la vie. Comme il était ravi de ne la partager avec personne, Casey en était même arrivée à croire que cela lui était bien égal de ne pas pouvoir avoir d'enfant !

Mais il y avait une raison concrète pour qu'elle évite de retourner chez elle dans les semaines à venir.

— Il y a quelques mois, confia-t-elle à Adam,

j'ai gagné un concours d'écriture avec les premiers chapitres d'un roman que je suis en train d'écrire. Une éditrice membre du jury m'a demandé à le lire en entier. Elle doit tenir une conférence à Dallas au mois d'août, et j'ai prévu de m'y rendre pour lui remettre mon manuscrit. Si je retourne à la maison, je n'aurai jamais le temps de le terminer. Pour ma famille, l'écriture est un aimable passe-temps, et la plupart des associations de Parkvale me tiennent pour corvéable à merci.

Adam hocha la tête, accablé.

Ecrire un livre ! Voilà bien une occupation d'adolescente attardée qui cadrait parfaitement avec les chimères d'adoration mutuelle de la jeune femme. Il fallait qu'elle arrête de rêver et se dépêche de mettre un terme au chantage affectif éhonté dont elle était la victime, comme lui-même l'avait fait avec sa propre famille, qui cherchait toujours à exercer sur lui un chantage tant matériel qu'affectif.

Malgré leurs caractères si différents, Casey et lui étaient confrontés au même genre de pressions de la part de leurs parents. Mais le chantage ne marcherait jamais sur lui. Comme il le lui avait expliqué, on ne pouvait l'obliger à faire ce dont il n'avait pas envie. Son père s'y était cassé les dents, et son testament n'était qu'une tentative ultime de sa part pour exercer sa volonté sur lui.

Quelle ironie de penser que leur mariage, s'il

avait été authentique, aurait résolu tous leurs problèmes…

Soudain, cette idée produisit dans sa tête un écho retentissant.

— Vous avez raison, lança-t-il abruptement, nous devrions rester mariés.

— *Quoi !* s'exclama la jeune femme qui, de saisissement, glissa du rebord de la fenêtre et n'arrêta sa chute qu'en se retenant in extremis à l'embrasse du rideau. Je vous trouve charmant, c'est indéniable — elle n'en avait pas l'air si convaincue que cela, jugea-t-il —, mais je ne suis pas assez désespérée pour demeurer mariée à un parfait étranger.

— Il me semble que vous étiez assez désespérée pour mentir à votre fiancé et l'épouser au cours d'une émission de téléréalité, rétorqua-t-il cruellement.

— Je ne faisais que *devancer* la date de notre mariage. Nous étions fiancés, protesta-t-elle.

— Et nous, nous sommes mariés ! Ce que je vous propose ne serait pas un vrai mariage, reprit-il en faisant les cent pas entre la fenêtre et le canapé pour mieux réfléchir au plan qu'il élaborait. Nous resterions simplement ensemble jusqu'à l'annulation. Je voudrais que nous agissions en public comme si nous étions vraiment mari et femme pendant, disons, un mois.

— Je vois bien en quoi cela pourrait m'aider,

admit Casey. Mais vous, à quoi cela vous servirait-il ?

— Quand mon père est mort, il m'a légué sa majorité de blocage de *Carmichael Broadcasting*, expliqua-t-il, comprenant que, pour la convaincre, il fallait lui révéler l'essentiel. Seulement, son testament stipule que si je ne suis pas marié — une union durable et solide — à l'âge de trente ans, mes parts passeront à mon cousin Henry.

— C'est légal de forcer quelqu'un à se marier pour toucher son héritage ?

— Non, soupira-t-il en se carrant dans le canapé. En tout cas, c'est ce que prétend Sam. Mais tant que nous n'avons pas réussi à monter un dossier qui prouve devant un tribunal que le testament n'est pas recevable, c'est lui qui prévaut. Nous y travaillons d'arrache-pied, Sam et moi, mais vous vous doutez bien que Henry et sa mère, ma tante Anna May, ont leurs propres avocats qui bataillent de leur côté pour prouver que le testament *est* légal. Ils espèrent tous que Henry va hériter de mes parts, sachant que je ne me marierai jamais pour faire plaisir à mon père.

Casey considéra cette situation abracadabrante avec perplexité.

— Votre père devait être un vrai romantique, avança-t-elle.

Ce commentaire suscita un éclair d'irritation dans les yeux de son interlocuteur.

— Mon père avait quelques raisons de soupçonner que j'étais contre le mariage. Je dois dire qu'à l'époque de sa mort me marier était le cadet de mes soucis, mais je pensais qu'au bout de quelques années je finirais bien par trouver chaussure à mon pied.

« Chaussure à son pied » ? Est-ce que cela signifiait quelqu'un qu'il aime ?

— Mais vous n'avez pas trouvé, devina-t-elle.

— Eh oui, je me trompais, avoua Adam en fourrant les mains dans ses poches. Je vais bientôt avoir trente ans, et il me reste peu de temps pour trouver une épouse. Ma belle-mère, qui ne croit pas que nous pourrons invalider le testament, voudrait me voir prendre femme rapidement pour gagner sur les deux tableaux. Ces derniers mois, elle a passé son temps à m'arranger des rencontres « fortuites » avec toutes les filles de ses amies, et elle prépare pour mon anniversaire une fête où elle a décidé d'inviter la majorité des célibataires de Memphis. Avec Eloïse, j'ai l'impression que ma vie s'est transformée en un interminable défilé de filles à marier, une vraie parade nuptiale, conclut-il d'un air dégoûté. Mais j'ai une affaire à diriger et un procès à gagner, moi, je n'ai pas de temps à perdre avec ces fariboles.

— Dites donc, ça ressemble furieusement au comportement de ma famille, releva-t-elle. Alors, si on ne peut jamais vous obliger à faire quoi que ce soit, pourquoi ne dites-vous pas à Eloïse de vous laisser tranquille ?

— Si seulement je le pouvais ! s'exclama Adam. Mais, avant sa mort, mon père m'a fait promettre de prendre soin d'elle, expliqua-t-il, en lui décochant un regard lourd de menaces qui signifiait : « N'en demandez pas plus. »

Elle caressa un instant l'idée de lui poser tout de même quelques questions, mais c'était peut-être pousser le bouchon un peu loin. Et puis, elle voulait qu'il lui dise pourquoi il désirait tant que leur mariage paraisse réel. Aussi quitta-t-elle la fenêtre pour se rapprocher du sofa.

— Si je comprends bien, vous voulez à la fois gagner votre procès et échapper aux visées matrimoniales de votre belle-mère, résuma-t-elle avec ironie.

Adam tiqua.

— Si je suis marié, Eloïse n'aura plus qu'à remballer ses rencontres fortuites, ses fêtes d'anniversaire et tout le reste. Et Anna May et Henry hésiteront à m'attaquer devant un tribunal : ils seraient sûrs de perdre, puisque j'aurai rempli les conditions du testament. Le temps que l'annulation soit proclamée et qu'ils comprennent qu'ils se sont fait avoir, Sam et moi aurons bâti un dossier solide pour invalider le testament. Alors, si on se donnait un peu de temps ? proposa-t-il avec une logique imperturbable. Un mois sera suffisant pour décourager Eloïse et pour fourbir mes armes pour gagner la bataille juridique. Est-ce que vous croyez que cela suffira à votre père et à votre sœur pour apprendre à se passer de vous ? Chez moi, vous pourrez utiliser l'ordinateur pour travailler à votre roman…

Quand il lui décocha un sourire éblouissant, Casey sentit ses antennes se mettre à vibrer à l'approche du danger.

Cet homme était habitué à toujours obtenir ce qu'il désirait, et elle le soupçonnait de foncer à bride abattue sans se soucier de piétiner les autres pour y arriver.

— Ça correspondrait assez à ce dont vous rêvez, non ? Un mariage détaché des servitudes.

C'était d'un *amour* détaché des servitudes qu'elle rêvait…

— Ça semble très égoïste, observa-t-elle, choquée de s'imaginer en train de mentir à sa famille, simplement pour les éloigner d'elle.

— C'est tout à fait ça, répliqua Adam, très content de lui. Je vous propose d'être égoïste une fois dans votre vie ! Mais comme je vous soupçonne fort de n'avoir aucun don pour ça, je vous montrerai comment vous y prendre. Et quand nous aurons fini notre cohabitation, nous partirons chacun de notre côté sans rien réclamer à l'autre, et surtout sans éprouver la moindre… dépendance, conclut-il en frémissant presque à ce mot.

C'est à cet instant précis qu'elle décida de saisir des deux mains l'opportunité qui lui était offerte.

— D'accord, répliqua-t-elle, le cœur soudain empli d'espoir. Je ne peux plus supporter qu'on dépende de moi. Suivons votre plan, Adam. Montrons-nous égoïstes.

— Totalement, absolument et résolument égoïstes, surenchérit-il avec un grand sourire qui effaça la barre entre ses deux sourcils, le faisant paraître beaucoup plus jeune et insouciant.

Quand il lui serra la main pour conclure leur marché, la décharge électrique qu'elle ressentit était, cette fois, suffisamment familière pour qu'elle parvienne presque à faire comme si de rien n'était.

Mais y parviendrait-elle pendant un long mois ?

Chapitre 5

Dans la lumière de ce beau dimanche après-midi, Eloïse Carmichael se força à prendre une démarche décidée en remontant l'allée de la maison de Sam Magill.

Quand il s'agissait de sa personne, l'avocat semblait posséder un sixième sens, et elle aurait donné sa tête à couper que, l'ayant sentie arriver, il l'observait depuis une fenêtre. Or, il ne fallait surtout pas que cette visite impromptue lui donne des illusions !

Aussi, accélérant l'allure pour bien signifier qu'elle venait pour affaires, se redressa-t-elle de toute sa hauteur, ce qui n'était pas chose aisée, perchée comme elle l'était sur ces délicats souliers de soie verts à hauts talons assortis à son tailleur.

Parvenue devant l'imposante porte d'entrée, elle pressa la grosse sonnette en cuivre, serrant sur son cœur son sac à main en chevreau du même vert, et attendit l'arrivée de Sam.

Celui-ci, à l'ouverture de la porte, marqua

une surprise non feinte. Elle le vit écarquiller les yeux comme des soucoupes et trouva que cela lui donnait encore plus qu'à l'ordinaire l'air d'un vieil hibou. Pour couronner le tout, une rougeur de jeune fille lui monta aux joues. Pour une fois, cette réaction prévisible était pour elle moins une gêne qu'un atout, car aujourd'hui elle avait décidé de tirer outrageusement parti de l'intérêt évident que Sam lui portait.

— Eloïse ! s'exclama-t-il en souriant chaleureusement. Quelle agréable surprise !

Il fallait admettre que c'était agréable de savoir qu'il y avait au moins un homme toujours ravi de la voir. Au cours des dernières années, les attentions de Sam avaient quelque peu contrebalancé les rebuffades qu'elle avait dû endurer de son beau-fils.

— Que puis-je faire pour vous ? demanda l'avocat, comme à chacune de leurs conversations.

Est-ce que cet homme ignorait l'existence de formules telles que « bonjour » ou « comment allez-vous » ?

Comme il souriait toujours en fixant sur elle un regard plein d'espoir où se lisait une adoration sans faille, elle se dit, un peu gênée, qu'elle n'aurait peut-être pas dû venir ici.

Baissant le regard, elle découvrit avec stupéfaction qu'il était en pantoufles. Oui, c'étaient bien des pantoufles que portait l'avocat, des espèces de savates à carreaux marron et beige, qui avaient vu des jours meilleurs beaucoup de temps auparavant, à en juger par leur usure au niveau des orteils. Sous le choc, elle se retint pourtant de tout commentaire, consciente de ce que sa réaction avait d'exagérée. Tout de même, *jamais* James, lui, ne serait allé ouvrir en pantoufles !

Mais James était mort.

— Il faut que je vous parle d'Adam, déclara-t-elle avec un tremblement dans la voix, provoqué autant par le chagrin à l'évocation de son mari défunt que par les soucis que lui procurait son beau-fils. Je sais que j'aurais dû vous téléphoner au préalable, mais je craignais que vous ne refusiez de me voir.

— Refuser de vous voir ? Jamais de la vie ! Comment pouvez-vous imaginer une chose pareille ? se récria Sam.

En reculant pour la faire entrer, il trébucha aussitôt dans une grande jarre chinoise qui lui servait de porte-parapluies, laquelle bascula en projetant son contenu sur le plancher parfaitement ciré.

— Oh, zut. Attendez, je vais réparer ça…

Après s'être penché pour ramasser les parapluies, il fit choir, en se redressant, un chapeau accroché au porte-manteau au-dessus de sa tête.

Sachant qu'il faudrait quelques minutes à Sam pour recouvrer son sang-froid, Eloïse attendit patiemment qu'il ait fini de bafouiller et de se cogner aux meubles.

Il n'avait jamais levé les yeux sur elle pendant toute la durée de son mariage avec James, pas plus que durant les premières années de son veuvage. Mais, depuis trois ans, il était apparemment tombé follement amoureux. Depuis, dès qu'il l'apercevait, il faisait tomber tout ce qu'il touchait, sortait des remarques stupides et rougissait comme une rosière... On aurait dit un adolescent troublé, l'acné en moins.

Elle appréciait l'inaltérable fidélité de l'avocat, mais regrettait d'être trop bien élevée pour s'autoriser à lui faire comprendre sans ambages qu'il faisait fausse route. Aucun homme ne pourrait succéder dans son cœur à James Carmichael.

Oh, et puis que son mari aille au diable ! Comment avait-il pu l'abandonner ainsi et faire d'elle une veuve ? Est-ce qu'il se rendait compte de la solitude de ses journées ? Et de ses nuits ?

Quand Sam eut retrouvé une once de sang-froid et ne présenta plus un danger pour tous les objets à sa portée, elle le suivit dans le salon. N'étant encore jamais venue chez lui, elle observa le décor avec curiosité.

Les canapés en cuir et les tables de bois ciré donnaient une touche d'élégance virile à la pièce au haut plafond. L'atmosphère était réchauffée par les étagères pleines de livres et un grand tapis de haute laine couleur chocolat.

Confortable et ordonné, ce salon respirait le luxe et le bon goût — Adam lui avait toujours dit que Sam était l'avocat le plus brillant de Memphis. Peut-être l'homme possédait-il une autre face que celle d'adorateur béat et maladroit, après tout ?

Elle s'approcha du canapé le plus proche, où une odeur épicée reconnaissable entre toutes vint lui chatouiller les narines et la faire tousser.

Une légère vapeur bleue s'élevait de la table basse.

— Je vais débarrasser tout ça, déclara Sam en s'empressant de repousser son journal étalé sur la table et d'attraper son cigare pour l'écraser sans pitié dans un cendrier en cristal.

— Merci, dit Eloïse, qui attendait toujours poliment qu'il lui propose un siège, au lieu de la boire des yeux.

— Comme vous êtes élégante, Eloïse ! la complimenta-t-il maladroitement. Ce tailleur vert… Vous êtes d'une fraîcheur, heu… croquante.

Qu'en termes choisis ces choses-là étaient dites ! Pas étonnant que cet homme n'ait jamais réussi à se trouver une épouse.

— A vous entendre, on croirait que je suis une pomme reinette.

— Excusez-moi, rougit-il. Je voulais dire que

vous êtes… que vous êtes…, bégaya-t-il, avec une consternante convoitise dans les yeux.

Pitié !

— Je ne peux pas m'attarder, car je suis invitée à dîner, l'informa-t-elle. Chez une amie, précisa-t-elle charitablement en voyant qu'il s'alarmait déjà.

— Vous êtes… splendide, lâcha soudain Sam, comme s'il venait enfin de trouver le terme exact. Et ces chaussures vous vont à la perfection.

Elle ne put s'empêcher de sourire à cet éloge. Eh oui, elle était encore vaniteuse.

— Vous savez, Sam, la prochaine fois que vous rencontrerez une femme attirante et libre, je vous conseille de lui adresser ce genre de compliments. Vous serez étonné du résultat.

— Mais vous êtes une femme att…

— Pourrions-nous, s'il vous plaît, parler d'Adam à présent ? le coupa-t-elle avec fermeté.

Son hôte lui ayant enfin proposé de s'asseoir, elle s'installa sur le canapé, les chevilles discrètement croisées, tandis qu'il prenait place dans le fauteuil le plus proche,

— Sam, vous devez tout me dire sur ce mariage, commença-t-elle en cherchant le juste milieu entre le ton de la prière et du commandement. J'ai tenté d'en discuter avec Adam au téléphone, mais, vous le connaissez aussi bien que moi, il n'a rien voulu me dire…. Et maintenant, il ne prend même plus mes appels. Que se passe-t-il donc ?

— Adam s'est... marié, répondit l'avocat, visiblement mal à l'aise, en passant la main dans ses cheveux gris.

— Mais enfin, d'où sort cette fille ? s'énerva-t-elle en s'agrippant à son sac à main, consciente que sa voix grimpait dans les aigus au fur et à mesure que se pressaient sur ses lèvres les questions qui l'avaient tenue éveillée deux nuits entières. Quand a-t-il fait sa connaissance ? Est-ce qu'il en est amoureux ? Sam, j'ai très peur que mon insistance à le pousser à se marier ait conduit Adam à commettre une folie.

— Adam est mon client, Eloïse, éluda l'avocat d'un ton ferme, en s'agitant sur son siège comme sur des charbons ardents. Vous savez bien que je n'ai pas le droit de vous répondre.

— Enfin, Sam, nous sommes amis, vous et moi, répliqua-t-elle avec un sourire. Vous pouvez au moins me dire si cette femme est jolie. Et surtout, si elle aime vraiment Adam, ajouta-t-elle, sincèrement inquiète. Je ne pourrais pas supporter qu'une aventurière lui mette le grappin dessus pour lui extorquer ce qu'il possède. En plus de tout ce que ce pauvre garçon endure déjà de son cousin et de sa tante ! Vous pouvez au moins me dire s'ils ont signé un contrat de mariage ?

— Non, je n'en ai pas le droit, déclara l'avocat,

imperturbable, avec un geste qui signifiait son impuissance.

— Est-ce que vous pensez qu'avec ce mariage Anna May va être déboutée ? demanda-t-elle néanmoins.

Si Adam avait épousé une femme intéressée, autant que cela lui serve au moins à se débarrasser d'une autre !

Sam se mit à tousser à s'en arracher les poumons, avec l'intention évidente d'ignorer sa question.

— Pensez-vous vous en tirer par une quinte de toux ? le tança-t-elle d'un ton réprobateur. Vous n'êtes peut-être pas autorisé à me parler d'Adam, mais vous pouvez tout de même me parler d'Anna May.

— Hum, vous connaissez aussi bien que moi votre belle-sœur, répliqua Sam avec réticence.

Ah ça oui ! Et même trop à son goût. La sœur de James était tellement accrochée à son fils unique, Henry, sur lequel elle veillait comme une louve depuis sa naissance, que le pauvre garçon n'avait jamais pu couper le cordon ombilical. C'était l'opposé de son cousin Adam, si indépendant et volontaire.

Il lui arrivait pourtant de se dire que des relations ne serait-ce qu'un tout petit peu plus proches avec son beau-fils auraient pu être agréables, sans aller jusqu'aux excès d'Anna May avec Henry.

— Emmenez-moi le voir, je vous en prie, Sam.

Nous sommes amis, vous et moi, supplia-t-elle en posant par inadvertance sa main sur celle de l'avocat.

Aïe ! Avec une de ses amies, ce genre de geste n'aurait pas prêté à conséquence, mais avec Sam…

Troublée par ce contact, elle accentua pourtant la pression de ses doigts sur la main de son interlocuteur. Depuis combien de temps n'avait-elle pas touché une peau d'homme ?

« Oh, James, James ! »

L'avocat, devenu écarlate, dégagea sa main et se leva.

— James était un de mes plus proches amis, lança-t-il — et pendant une seconde, elle se demanda s'il avait lu dans ses pensées —, c'est aussi le cas d'Adam. En revanche, nous savons très bien tous les deux que vous ne me considérez pas *du tout* comme un ami, Eloïse. Comme vous savez aussi bien que moi que je ne vous vois pas *seulement* comme une amie, ajouta-t-il sans lui laisser le temps de répliquer.

Elle rougit et fixa, perplexe, l'avocat, dont la fougue s'était déjà évanouie aussi vite qu'elle avait surgi.

— Si je peux faire quoi que ce soit d'autre pour vous…, proposa-t-il aimablement. Vous conduire à votre dîner, par exemple, ou bien, si vous souhaitez boire un verre de vin avec moi ce soir, venir vous rechercher...

Cet homme lui offrait toujours ses services d'une manière qui sous-entendait qu'elle était une incapable !

Elle se leva précipitamment du canapé, avec beaucoup moins d'élégance qu'elle ne l'aurait désiré.

— Merci, répliqua-t-elle d'un ton impérieux en se dressant sur ses ergots. Je sais conduire. Vous ne cessez de me demander ce que vous pouvez faire pour moi, mais, quand je vous le dis, vous refusez de me contenter. Alors, arrêtez de répéter ces mots vides de sens.

Puis, se retirant avec dignité, elle jeta par-dessus son épaule :

— Permettez-moi de vous dire, Sam Magill, que vous n'êtes pas un gentleman.

L'après-midi du dimanche s'étirait confortablement, et Adam était plongé dans la page financière du journal.

— Adam, est-ce que nous sommes riches et célèbres ? lança soudain Casey.

Levant les yeux de son journal, il vit qu'à côté d'elle, sur le canapé, était assise la femme de chambre de l'hôtel, le visage rouge et les yeux gonflés, et que Casey lui tapotait la main pour la réconforter.

Que diable cette fille faisait-elle là ?

— *Nous ?* demanda-t-il avec méfiance.

— M. et Mme Carmichael.

A ces mots, il eut un mouvement de recul qui fit sourire Casey.

— Pourquoi me demandez-vous ça ? lança-t-il, observant que le mouchoir dans lequel la femme de chambre était en train de pleurer à seaux ressemblait fort à l'un des siens.

Quelle que soit l'explication de cette surprenante situation, il subodorait qu'elle ne lui plairait pas.

— En fait, je me demandais si les gens font toujours ce que vous voulez qu'ils fassent, précisa Casey.

— La plupart du temps.

Excepté les membres de sa famille.

— Parfait. N'ayez pas peur, Ria, nous allons vous aider, expliqua la jeune femme en se tournant vers l'employée, qui bredouilla quelque chose d'incompréhensible en espagnol.

— Mais, Casey..., murmura-t-il en désignant discrètement la femme de chambre, en espérant que la fille ne comprendrait pas ce qu'il disait. C'est du chantage affectif.

— La pauvre Ria n'a pas vu son fiancé depuis six mois, se récria Casey en tournant vers lui des yeux écarquillés. Il n'a pas de permis de travail et se trouve coincé au Mexique. Je pleurerais, moi aussi, dans une situation pareille !

— Est-ce que c'est elle qui vous a demandé de l'aider ?

Cette fille avait un sacré culot, il allait se plaindre de ce pas à la direction de l'hôtel.

— Bien sûr que non, répliqua Casey, outragée pour sa nouvelle amie. C'est moi qui le lui ai proposé.

C'était bien pire.

— Je croyais que nous devions être égoïstes ?

— On ne peut pas être égoïstes *à ce point.*

— Alors, ça ne marchera jamais…

Sans écouter, Casey s'empara du téléphone pour prier le directeur de l'hôtel de monter dans leur suite.

Quand l'homme se présenta, elle l'enjoignit aussitôt d'engager les démarches indispensables pour obtenir au fiancé de Ria un permis de travail et lui offrir par la suite un emploi dans l'hôtel.

— Mon mari et moi vous en serions extrêmement reconnaissants, conclut-elle avec une assurance impressionnante.

Comme le directeur rechignait, elle lui prit la main en le pressant d'accéder à sa demande.

Pris en otage par Casey qui lui serrait la main tout en battant des cils, que pouvait faire le pauvre homme, sinon céder ?

Tandis que le directeur était gratifié d'un

éblouissant sourire, la femme de chambre planait sur un petit nuage.

Adam s'empressa de la congédier avec un pourboire qui devait correspondre à plus d'une semaine de salaire.

C'était pourtant contraire à tous ses principes, qui consistaient à ne faire des dons qu'à travers le truchement d'associations caritatives. Est-ce que par hasard il chercherait à obtenir un sourire d'approbation de Casey, comme le directeur ?

Ridicule ! Pourquoi attacherait-il la moindre importance à ce que ce petit bout de femme pensait de lui ?

— Vous voyez comme c'était simple, conclut Casey, quand ils se retrouvèrent enfin seuls.

Son visage était illuminé de ce beau sourire qu'il commençait à connaître. Ce sourire qui poussait tant de gens à lui confier leurs problèmes et faisait fondre le cœur des directeurs de palace.

Est-ce que ce n'était pas une autre forme de manipulation ?

— Ce que je remarque, déclara-t-il d'un ton provocant, c'est que vous êtes aussi forte pour exercer du chantage affectif que pour en être la victime. Vous avez poussé sans vergogne cet homme à agir contre l'éthique de son métier.

Quand il vit la jeune femme porter la main à la bouche, horrifiée, il n'en éprouva cependant pas la moindre satisfaction.

***

Peu habitué à dormir dans un canapé, Adam se réveilla d'un sommeil inconfortable, au beau milieu de la nuit. Le cadran digital de l'horloge à l'autre bout de la pièce indiquait 1 h 30.

Il perçut de nouveau à l'étage le bruit qui avait dû provoquer son réveil : des pleurs étouffés.

Casey.

Ecartant à la hâte le drap qui le recouvrait, il s'extirpa du canapé, saisit son pantalon sur le dossier d'une chaise et, l'ayant enfilé, se rua dans l'escalier.

— Casey ? appela-t-il doucement.

Il découvrit la jeune femme étendue au centre du lit démesuré. Elle avait dû faire un cauchemar, mais semblait maintenant paisiblement assoupie. Le haut de son corps émergeait de la couette, à peine recouvert d'un léger déshabillé en satin turquoise qu'elle avait dû prévoir pour sa lune de miel.

Adam, la bouche sèche, eut brusquement l'impression de se retrouver dans la position d'un voyeur.

Mais, nom d'un chien ! Ce n'était pas sa faute ! Il aurait vraiment fallu ne pas avoir de sang dans les veines pour ne pas se rendre compte que Casey était une femme splendide. Même quand elle était habillée. Et, en plus, elle était son épouse.

« Ne commence pas à penser à ça. »

Son mariage avec Casey était un arrangement strictement commercial. « Sans obligation et pour une période de temps limitée », comme le proclamaient certaines publicités qui, en revanche, ajoutaient toujours : « satisfaction garantie »...

Frustré, il retourna se coucher sur son canapé.

Sans arriver à trouver le sommeil.

Le lundi matin, pourtant son jour préféré, Adam émergea de son lit épuisé, les nerfs en pelote, et encore plus soulagé que d'habitude de voir le week-end s'achever.

S'il avait eu le choix d'une partenaire pour organiser un faux mariage, il aurait choisi quelqu'un de plus coriace que Casey. Quelqu'un qui aurait poursuivi son objectif sans se préoccuper de laminer les sentiments d'autrui. Jamais il n'aurait choisi une petite nature qui se laissait apitoyer par les pleurnicheries d'une femme de chambre qu'elle ne connaissait ni d'Eve ni d'Adam et, pire, qui l'entraînait sans aucun scrupule dans ses délires !

Tout en empaquetant ses affaires dans sa valise en prévision de leur retour à la vie réelle, il décida qu'il ne laisserait pas une donzelle le détourner des tâches pressantes qu'il avait à accomplir avant la fin de leur cohabitation.

— Il faut que nous établissions des règles de

conduite, déclara-t-il en rejoignant la jeune femme, qui avait bouclé ses bagages et était prête à partir — ce qu'il trouva appréciable, car il détestait les femmes qui le faisaient attendre.

— Hm ? fit-elle en levant les yeux de sa broderie.

Elle avait emporté un ouvrage au point de croix pour sa lune de miel ! Fallait-il admirer son réalisme, ou s'apitoyer sur sa vie sexuelle ? Joe et elle couchaient-ils ensemble depuis si longtemps qu'elle n'attendait rien sur ce plan-là, quand elle était partie pour se marier ?

Il se renfrogna à la pensée des rapports intimes qu'elle avait pu avoir avec son fiancé.

— Oui, des règles de conduite, martela-t-il. Pour cohabiter pendant un mois, nous devons nous organiser.

— Vous voulez dire par exemple pour savoir dans quel ordre on va utiliser la salle de bains ? Ne vous en faites pas, le rassura-t-elle avec candeur. Vous pourrez y aller en premier, moi je ne travaille pas en ce…

— Le problème n'est pas là, je possède plusieurs salles de bains, l'interrompit-il, tout en s'efforçant de chasser l'image importune de Casey à demi nue à sa toilette. Je veux établir clairement ce qui est admis et ce qui ne l'est pas dans la comédie que nous devons jouer.

Comme s'ils ne savaient pas aussi bien l'un que

l'autre ce qui n'était *pas* admis dans l'affaire ! pensa Casey, impassible, en luttant pour ne pas montrer à quel point lui pesait la contrainte qui flottait entre eux depuis le début du week-end. Enfin, bon sang ! Ils venaient de passer deux jours sans se toucher, emprisonnés dans une suite nuptiale, à recevoir toutes les demi-heures des cartes de félicitations adressées à Mme et M. Carmichael.

— Par exemple, nous avons tous deux le droit d'utiliser notre temps à notre guise, reprit Adam. Nous ne sommes pas obligés de rester collés l'un à l'autre et de nous tenir compagnie.

— Bien sûr, acquiesça Casey. Après être restés si longtemps cloîtrés ensemble, c'est la dernière chose que nous désirons.

Alors pourquoi s'était-elle sentie plus vivante durant ce week-end qu'elle ne l'avait été depuis des années ?

— Pour convaincre nos familles que nous sommes vraiment mariés, nous serons tout de même obligés de temps en temps d'échanger des caresses et des mots doux, précisa son époux, comme s'il décrivait une forme particulièrement cruelle de torture.

— Au niveau caresses, nous nous en sommes plutôt bien tirés jusqu'à présent, répondit-elle, décidée à se montrer positive.

— Je vous apprécie beaucoup, Casey, répliqua Adam en fronçant les sourcils, je suis sûr que nous allons très bien nous entendre. Mais vous devez comprendre que tout sera terminé entre nous dès que nous aurons obtenu l'annulation du mariage. Je serais désolé que vous entreteniez le moindre espoir que nous ayons une relation durable.

Bon Dieu ! Pour qui cet homme se prenait-il ? Tout cela parce qu'elle avait répondu chaleureusement à ses baisers…

En fait, elle y avait répondu comme une chatte en chaleur. Ces baisers avaient eu sur elle un effet dévastateur, loin de tout ce qu'elle avait jamais éprouvé avec Joe.

— Ouille ! s'exclama-t-elle en se piquant le doigt avec son aiguille.

Elle suça son doigt meurtri puis, voyant qu'Adam épiait tous ses mouvements, elle reposa son ouvrage.

— Adam, vous embrassez très bien, c'est indéniable, mais d'après ce que j'ai pu observer, vous êtes un obsédé du boulot, incapable de se remettre en question et imperméable aux émotions. Alors je vous conseillerai de ne pas *vous* monter la tête, répliqua-t-elle pour lui rendre la monnaie de sa pièce.

— Si, par « imperméable aux émotions », vous sous-entendez que j'entends n'« adorer » personne, vous avez sacrément raison, rétorqua-t-il.

Elle n'aurait jamais dû lui parler de son idéal.

— Je ne sais même pas pourquoi nous parlons

de ça, esquiva-t-elle en reprenant son point de croix. Nous devons cohabiter pendant un mois. Et alors ? Ce n'est pas la mer à boire. Je serai tellement discrète que vous arriverez à ignorer ma présence, le rassura-t-elle, tandis qu'il l'observait en train d'effectuer une manœuvre délicate avec son aiguille.

Adam remarqua à travers le plateau de verre de la table que sa jupe était largement remontée, découvrant bien plus de peau qu'il n'avait la permission d'en voir. Son T-shirt bleu marine révélait des courbes appétissantes, et elle avait relevé ses cheveux dorés en une queue-de-cheval lâche qui lui donnait l'air d'une adolescente.

Une adolescente très très *sexy.*

Il soupira. Comment arriver à ignorer sa présence ?

Ils prirent un taxi pour aller du *Peabody* jusqu'à Germantown, un quartier huppé qui se trouvait à une quinzaine de kilomètres du centre.

En franchissant les grilles en fer forgé de la propriété, Casey découvrit à travers les vitres du taxi un manoir de style géorgien qui, malgré ses piliers impressionnants, n'en semblait pas moins accueillant, planté au beau milieu de vastes étendues de gazon et de massifs d'arbustes aux couleurs variées.

— Je parie que vous ne connaissez même pas vos voisins, murmura-t-elle en remarquant le haut mur de pierre qui clôturait la propriété d'un côté et la large haie de peupliers qui la délimitait de l'autre.

Ce ne devait pas être le genre d'endroit où l'on sonnait à votre porte à tout propos pour vous emprunter quelque chose ou vous demander si cela ne vous ennuyait pas de garder les enfants « pendant une petite heure ».

— Evidemment que non ! se récria Adam. Et si j'apprends en rentrant à la maison que vous avez organisé derrière mon dos un pot de bienvenue ou quoi que ce soit du même style, ce mariage sera instantanément annulé.

— Pas de voisins, c'est promis..., mon amour, ajouta-t-elle à l'intention du chauffeur de taxi dont elle venait de croiser le regard dans le rétroviseur.

D'autre part, si elle pouvait faire un peu enrager Adam, elle n'allait pas s'en priver !

— Je vais vous faire visiter la maison, puis j'irai au bureau, dit ce dernier en l'aidant à sortir de la voiture, pendant que le chauffeur s'occupait des bagages.

Elle le précéda dans une antichambre dont le parquet de chêne luisant embaumait la cire d'abeille, puis il lui fit découvrir le salon.

Elle frissonna. La surface de ces deux seules pièces devait bien couvrir la totalité de la maison de son père à Parkvale. Dire qu'elle croyait avoir échappé aux corvées ménagères qui avaient rythmé son existence !

— Qu'est-ce qui ne va pas ? s'enquit Adam.

— La maison est magnifique, répondit-elle en embrassant d'un seul geste les tapis persans, les meubles anciens et les œuvres d'art. Mais quel cauchemar à entretenir ! Pensez-y la prochaine fois que vous chercherez une épouse. Pour qu'une femme accepte de se charger d'un tel fardeau, il faudrait qu'elle soit ou folle ou masochiste, ou vraiment très bien payée...

Adam lui fit les gros yeux en hochant imperceptiblement la tête vers le côté, mais elle saisit trop tard le message.

En se retournant, elle se trouva nez à nez avec une femme en tablier au visage aussi gris que ses cheveux, qui la considérait en pinçant les lèvres avec une expression ouvertement désapprobatrice.

— ... ou une sainte, conclut-elle avec un sourire qui, elle l'espérait, rachèterait ce que ses propos pouvaient avoir de désobligeant.

La gouvernante ne lui retourna pas son sourire.

Quelle idiote de n'avoir pas pensé tout de suite qu'Adam avait quelqu'un pour tenir sa maison !

— Je suis désolée, dit-elle en tendant une main que la femme prit avec réticence. Je ne voulais pas vous blesser, au contraire. La maison est éblouissante. On voit que vous prenez votre travail très à cœur. Je m'appelle Casey Greene… euh, Casey Carmichael.

— Selma Lowe, répliqua la gouvernante. Je suis ravie de vous rencontrer, madame Carmichael.

Un mensonge éhonté, visiblement.

— Je vous en prie, Selma, appelez-moi Casey, proposa-t-elle.

Mais, au regard acide que la domestique lui adressa, elle sut que cette suggestion n'avait pas l'heur de lui plaire.

— Merci, madame Lowe, vous pouvez disposer, ordonna Adam. Et surtout, Casey, l'avertit-il dès que celle-ci fut partie, ne commencez pas à l'asticoter. Cette femme travaille pour moi depuis des années, et je ne veux pas la perdre. C'est la gouvernante la plus efficace de Memphis.

— Je n'ai jamais asticoté personne, se récria-t-elle.

Mais c'était peine perdue de discuter avec Adam des avantages comparés de la gentillesse sur l'efficacité, aussi le suivit-elle à l'étage, où il la fit pénétrer dans une chambre d'ami de style colonial occupée par un lit de grande taille recouvert d'un édredon cousu main.

Les rideaux avaient été largement écartés pour laisser entrer le soleil du matin, et on avait envie d'ôter ses chaussures pour plonger les doigts de pied en éventail dans l'épaisse moquette bleu marine.

— J'espère que vous vous y plairez, dit-il.

— C'est ravissant. Où se trouve votre chambre ?

Adam désigna l'autre bout du palier.

— Vous n'avez pas peur que Selma… je veux dire Mme Lowe, ne trouve bizarre que nous fassions chambre à part ? demanda-t-elle. Elle ne risque pas d'en parler à votre belle-mère ?

— Mme Lowe et Eloïse se détestent cordialement. Et, de plus, Mme Lowe est discrète comme une tombe.

— C'est elle que vous auriez dû épouser, répliqua-t-elle vivement, avant d'ajouter plus sérieusement : Si elle a besoin d'aide, et vous aussi, je serai ravie de…

— C'est exactement ce que je ne *veux pas* ! la coupa-t-il brusquement. Je ne vous demande absolument rien, hormis de convaincre Eloïse. Ma vie quotidienne est parfaitement organisée, et je ne désire surtout rien y changer.

Dès qu'elle se repéra un peu dans les lieux, il marmonna quelque chose au sujet de son travail et fila. Cinq minutes plus tard, elle vit un coupé rouge Aston Martin DB9 passer les grilles de la propriété.

Elle connaissait le nom de cette voiture, parce que celle-ci incarnait le fantasme absolu de Joe en matière d'automobile. Comment imaginer qu'un maniaque aussi prévisible qu'Adam Carmichael puisse en posséder une ? Si cette Aston Martin ne représentait pas la sublimation de son désir refoulé de devenir coureur automobile, elle était prête à manger son premier manuel de psychologie.

Redescendue au rez-de-chaussée, elle y découvrit un salon plus intime que le premier, où elle prit le journal du matin qui reposait, bien plié, sur une table basse.

Aussitôt une manchette lui sauta aux yeux : « Le nid d'amour du couple vedette de la télé au *Peabody* ».

Elle se renfrogna et se mit à parcourir l'article, aussi racoleur que son titre.

Adam et Casey Carmichael, le couple le plus sexy de Memphis, sont restés cloîtrés tout le week-end dans la suite Roméo et Juliette de l'hôtel Peabody, où ils se sont fait monter tous leurs repas, composés essentiellement d'huîtres et de champagne, réputés aphrodisiaques. Aux dires du personnel du palace, ils auraient même débranché le téléphone. Un des employés décrit d'ailleurs les Carmichael comme visiblement très amoureux.

— Combien paie-t-on ces gens pour raconter tous ces mensonges ? s'exclama-t-elle, dégoûtée, en jetant le journal par terre dans un geste d'humeur.

— Vous avez dit quelque chose, madame Carmichael ?

Elle sursauta, car elle n'avait pas entendu l'approche feutrée de la sinistre gouvernante.

Celle-ci, après s'être penchée pour ramasser le journal, le replia soigneusement avec des mouvements précis et mécaniques qui n'avaient d'autre intention que de la culpabiliser.

En pure perte !

Casey se sentait en revanche désolée pour la pauvre Mme Lowe, dont elle devinait qu'elle se croyait menacée dans ses fonctions, redoutant que la nouvelle Mme Carmichael ne veuille imposer sa propre domesticité. Elle aurait bien voulu lui dire qu'elle pouvait se détendre, puisqu'elle ne devait rester qu'un mois, mais Adam ne lui avait donné aucune instruction sur ce qu'elle pouvait livrer ou non de leur secret à la gouvernante.

— Pour le dîner, j'ai prévu de préparer du steak en sauce, l'informa celle-ci.

— Ah, très bien ! déclara Casey en réprimant son dégoût.

Elle n'allait pas commencer son séjour en désavouant les choix de la parfaite femme de charge d'Adam.

Celle-ci risquait cependant d'être encore plus vexée, réfléchit-elle, quand elle constaterait que sa nouvelle patronne n'avait pas touché au plat ruisselant de graisse posé devant elle.

— Oh ! Madame Lowe, il fait si chaud aujourd'hui. Je ne sais pas, mais peut-être pourriez-vous nous préparer quelque chose de plus léger ? Une salade au poulet, par exemple ?

— Comme il vous plaira, madame, répondit la femme en s'esquivant de la pièce.

Ouf ! Une crise culinaire majeure avait été évitée de peu.

Chapitre 6

— Où est le steak en sauce ? s'étonna Adam en découvrant le plat de verdure posé devant lui.

Mme Lowe quitta la pièce sans commentaire, mais avec un regard lourd de sous-entendus vers Casey.

Il aurait dû s'en douter.

Jouer la comédie du mariage avec Casey, la solution qui lui avait semblé brillante de simplicité quand ils étaient enfermés dans la suite du *Peabody*, se révélait à présent lourd de complications inattendues. Toute la journée, alors qu'il aurait dû être plongé dans son travail, il n'avait pu détacher ses pensées de sa jeune épouse aux cheveux de miel.

— Mme Lowe m'a proposé du steak, mais j'ai demandé à la place une salade au poulet, reconnut Casey. Avec cette chaleur, je pensais que c'était préférable.

— A midi, j'ai déjeuné légèrement, car je savais qu'on me servirait mon plat favori pour le dîner, l'informa-t-il sur un ton de reproche. Je vous avais prévenue que je refusais que quoi que ce soit change chez moi.

Comment ne pas être obsédé par cette femme si, chaque fois qu'il rentrait à la maison, il trouvait son quotidien complètement chamboulé ?

— Excusez-moi. Je ne me mêlerai plus de rien.

Ceci étant réglé, il s'attaqua à la salade, qui était délicieuse comme tout ce que préparait Mme Lowe. Il se sentit revigoré et retrouva sa bonne humeur. Il se rattraperait sur le pain.

— Est-ce que vous risquez de rater des cours de psychologie durant votre séjour ici ? demanda-t-il aimablement.

— Non, répondit Casey en secouant la tête. Ce sont les vacances d'été. Je ne reprends qu'en septembre.

— Alors, qu'avez-vous fait de votre journée ?

— J'ai parcouru les journaux pour lire ce qu'on racontait sur nous, dit Casey après avoir siroté une gorgée de vin. J'ai revu les moments les plus palpitants de notre mariage aux informations de *Channel 8* et j'ai cherché dans le programme la liste des chaînes qui allaient rediffuser *Embrassez la mariée* cette semaine. Leur nombre est impressionnant.

Alors qu'il notait dans sa tête d'ordonner à la rédaction des infos de *Channel 8* d'arrêter de passer des sujets sur Casey et lui, Adam se rappela qu'il avait toujours appliqué une stricte politique de non-ingérence sur le contenu du journal.

Il soupira, résigné.

— Est-ce qu'Eloïse a appelé ? demanda-t-il.

— Le téléphone a sonné plusieurs fois, mais je ne savais pas si j'avais le droit de répondre. Je crois que Mme Lowe a pris des messages.

— Vous pouvez prendre les appels, l'informa-t-il. Est-ce que vous avez recommencé à travailler sur votre roman ?

— Je ne l'ai pas emporté. Comme j'ai aussi deux ou trois articles à écrire pour des journaux qui m'emploient en free lance et que j'ai laissé mes dossiers à Parkvale, il va falloir que j'y aille pour récupérer le tout, ainsi que les vêtements dont j'ai besoin. J'ai prévu d'y aller demain en bus et de revenir avec ma voiture.

— En bus ? Pourquoi ne louez-vous pas une voiture ? Ce serait beaucoup plus rapide.

— Je n'en ai pas les moyens, hésita-t-elle, la fourchette levée. Le bus me convient très bien.

— Je paierai la location.

— Non, merci. Vous m'avez fait comprendre que vous n'aimiez pas les gens qui avaient besoin des autres.

— Je ne parlais pas de ça.

— Je sais bien, mais je ne veux pas donner l'impression que je profite de vous, répondit-elle avec un petit sourire ironique. Imaginez ce que dirait Sam Magill !

Adam fit mentalement le tour de la question. Ce mariage se révélait fertile en obligations inattendues dont il se serait bien passé.

— Oubliez Sam, lui conseilla-t-il en pianotant sur la table. Imaginez plutôt ce qu'on dirait si on apercevait ma femme assise dans un bus. Je vais vous conduire moi-même à Parkvale. On partira tôt demain matin, et ne vous imaginez pas que je vous laisserai payer l'essence ! Ah ! Et autre chose.

Déterminé à se débarrasser au plus vite de cette corvée, il plongea la main dans sa poche et en sortit un écrin de velours cramoisi.

Casey retint sa respiration quand, ouvrant la petite boîte, Adam révéla une alliance en or dont la surface était gravée d'un délicat motif en spirale.

— C'était celle de ma mère, l'informa-t-il. Vous devriez la porter durant votre séjour ici.

Elle se mordit les lèvres.

— Je ne crois pas que…

— Nous devons faire ce qu'il faut pour que ce mariage ait l'air normal, la coupa-t-il. Il faut que vous la portiez.

Elle tendit la main gauche.

Il lui sembla que, malgré son impatience, Adam marqua une infime hésitation avant de lui passer l'anneau d'or. Ensuite, il lui tint les doigts quelques instants pour examiner la bague. Le contact tiède de sa main était agréable. Elle avait l'impression que cette bague l'enchaînait à cet homme par un lien invisible, qui n'existait pas quelques minutes auparavant.

— Je devine que votre mère n'est plus de ce monde, murmura-t-elle.

— Elle est morte quand j'avais dix ans, répondit-il, le visage fermé. Elle est morte dans son sommeil. On n'a jamais su de quoi.

— Ça a dû être terrible pour vous et votre père.

Elle pensait qu'Adam ne répondrait pas, car il prit le temps de terminer sa salade avant de repousser son assiette, de la regarder dans les yeux et de déclarer d'une voix douloureuse :

— Mon père n'en avait rien à faire. Ma mère l'adorait, mais durant toutes leurs années de vie commune, lui n'a jamais fait le moindre effort pour lui prouver son amour. Pas une fois.

— Et vous ? Est-ce qu'il vous aimait ?

Au regard noir qu'Adam lui lança, elle comprit qu'il n'appréciait pas la question. Peut-être parce qu'il venait de lui passer la bague au doigt, il répondit pourtant :

— Mon père n'aimait que son travail.

— Mais vous, vous aimiez votre mère, objecta-t-elle après avoir contemplé un instant l'anneau, attristée à l'idée que la femme qui l'avait porté avant elle n'ait pas été aimée, en tout cas par son mari.

— Ça ne lui suffisait pas. C'est l'amour de mon père qu'elle voulait. Mais on aurait dit qu'il était incapable d'aimer. Ce n'était pas sa faute. C'était comme une maladie.

— Et Eloïse, alors ? s'étonna Casey qui commençait à avoir sa petite idée.

— Quand il a rencontré Eloïse, il a complètement changé, s'insurgea Adam avec amertume. On aurait dit quelqu'un d'autre. Il était fou d'elle.

— Vous étiez jaloux d'elle ?

— Je n'étais pas jaloux, j'étais furieux, expliqua-t-il d'un ton calme, que dénonçait une lueur sauvage dans ses yeux. Mon père était tellement épris d'Eloïse qu'il en a perdu tout sens commun. Il s'est complètement désintéressé de son travail. Il passait son temps à partir en vacances et à dépenser des sommes colossales. Il a complètement négligé ses affaires. Et j'ai découvert…

Adam s'interrompit, ravalant les mots qui avaient failli franchir ses lèvres.

— Mais ça n'a pas si mal tourné, pourtant ? s'étonna-t-elle.

— Quand il s'est rendu compte de l'étendue du désastre, reprit Adam, il a réagi comme il le fallait. Pour sauver son affaire, il y a injecté l'argent de son portefeuille d'actions et il a hypothéqué sa maison, ce qui lui a permis d'arrêter les poursuites contre son entreprise. Mais il ne voulait pas en parler à Eloïse. Alors elle a continué à dépenser comme avant. Peu de temps après, mon père a fait une crise cardiaque, et six mois plus tard il était mort. A cause de cette femme, conclut-il, il a perdu son entreprise, qui comptait plus que tout pour lui, et il a perdu la vie.

— Adam, je suis vraiment navrée, déclara-t-elle en se penchant pour poser la main sur la sienne.

Il se mit machinalement à la caresser de son pouce, et elle ressentit des petits picotements partout.

— J'ai mis presque sept ans à rembourser les dettes et à remonter la pente, continua-t-il. J'ai travaillé comme un damné, mais j'ai réussi. Maintenant, l'entreprise est à flot. Nous encaissons des bénéfices, nous sommes en train de nous développer de façon considérable et nous sommes en mesure d'attirer les plus gros annonceurs.

— Vous semblez aimer votre entreprise autant que votre père, observa-t-elle.

Soudain, elle ne trouvait plus l'obsession d'Adam pour son travail aussi égoïste qu'avant. Il ne pouvait pas faire autrement.

— Vous n'auriez jamais dû me laisser vous raconter tout ça, lui reprocha-t-il en retirant sa main. Maintenant, vous allez vous lamenter sur mon triste sort. N'y pensez plus. Tout ça, c'est du passé.

— Si vous le dites, répliqua-t-elle, dubitative.

— Arrêtez de me regarder comme ça, lui ordonna-t-il en effleurant du doigt ses sourcils froncés.

— Zut ! froncer les sourcils, c'est votre truc à vous, protesta-t-elle. Ne me dites pas que nous sommes déjà en train de jouer à la-première-dispute-d'un-couple-de-jeunes-mariés.

— Très peu pour moi, répliqua Adam avec un petit sourire contrit.

Casey tomba amoureuse de l'Aston Martin DB9 au moment précis où Adam mit en marche le moteur. Son ronronnement régulier, la sensation de puissance contrôlée, les accélérations en douceur les emportant à une vitesse qu'elle n'avait jamais expérimentée lui procuraient une sensation de pure béatitude.

— C'est magnifique, Adam ! On sera à Parkvale dans une heure, à cette allure, lança-t-elle sans se soucier d'exagérer outrageusement, alors qu'ils s'engageaient sur l'autoroute.

— C'est une bonne petite voiture, reconnut son conducteur avec modestie, en relâchant les gaz une fraction de seconde.

Ils roulèrent un moment en silence, et elle se rendit compte que, sitôt qu'elle lâchait la bride à ses pensées, elle ressentait de façon aiguë la présence d'Adam, comme si l'air se mettait à vibrer dans l'habitacle. Pour détendre l'atmosphère, elle se mit à expliquer à Adam sa théorie, à savoir : l'Aston Martin représentait pour lui la sublimation de sa vocation avortée de coureur automobile.

Il se contenta de grogner, sans faire le moindre commentaire.

— Je suppose qu'il est inutile de vous proposer de ramener ma voiture à Memphis et de me laisser conduire la vôtre, risqua-t-elle timidement quelques instants plus tard.

— Personne d'autre que moi ne conduit ma voiture, s'insurgea Adam, apparemment aussi choqué que si elle lui avait suggéré de partager leurs biens à parts égales.

— Vous, les coureurs de stock-cars, vous êtes de fieffés égoïstes ! le railla-t-elle, ce qui lui valut un nouveau grognement.

Ils s'arrêtèrent à mi-chemin pour prendre de l'essence, et Adam saisit avec soulagement cette occasion de mettre un peu de distance entre Casey et lui..

Est-ce que celle-ci ne se rendait vraiment pas

compte que sa jupe en lin bleu marine, apparemment si sage, remontait en fait haut sur ses cuisses chaque fois qu'elle se tournait vers lui ? Ce genre de distraction pouvait vous faire envoyer dans le décor une automobile hors de prix.

Quand il remonta en voiture, il était déterminé à réduire la conversation — et par là même le dévoilement des jambes de Casey — au minimum. Mais, cinq minutes après avoir repris le volant, il lui apparut soudain qu'il n'avait aucune idée de ce qui l'attendait à Parkvale.

— Est-ce qu'il y a quelque chose de particulier que je dois savoir, avant de rencontrer votre famille ? s'enquit-il. Qu'est-ce que vous allez leur raconter ?

Il garda le regard obstinément fixé sur la route tandis que la jeune femme se tournait vers lui.

— Ils ne seront pas là. Karen n'arrive qu'à la fin de la semaine, et le mardi matin mon père a sa séance chez le kiné. C'est pour ça que je voulais y aller aujourd'hui, avoua-t-elle. J'avais pensé arriver en douce et repartir sans me faire remarquer.

— Et votre frère ?

— Il a un job d'été à Dallas. De toute façon, lui, ça va. Il est moins dépendant de moi que les deux autres. Comme tous les garçons de cet âge, il ne s'intéresse qu'à ses affaires. Ce sont Karen et mon père qui me harcèlent toute la journée.

— Il va falloir s'expliquer avec eux, déclara-t-il. Je présume qu'ils vont vouloir rencontrer votre mari. Il faudrait les inviter à la maison. Peut-être un prochain week-end.

Sans la regarder, il sentit qu'elle rayonnait de plaisir.

— C'est une idée formidable, s'enthousiasma-t-elle.

— Le plus vite ils seront convaincus que vous êtes sortie de leurs vies, le plus vite j'aurai rempli ma part du marché, expliqua-t-il.

— Je remplirai la mienne, n'ayez pas peur, promit Casey.

— Je voulais aussi vous proposer d'inviter Eloïse à dîner demain soir, pour que nous puissions lui jouer la comédie du couple épanoui.

— Je suis là pour ça, acquiesça-t-elle.

— Très bien ! Vous me rendez service, et je vous rends service. C'est tout ce à quoi se limite ce mariage.

Même si Casey n'avait rien dit de négatif sur sa maison et son quartier, Adam s'en était forgé une image assez minable, pensant qu'elle embellissait par ses rêves infantiles une réalité sans éclat. Il fut donc surpris, quand ils arrivèrent à Parkvale, de se garer dans l'allée d'une maison pleine de charme, fraîchement repeinte en blanc, dont le porche était orné d'une magnifique glycine.

A l'intérieur, le mobilier était simple et visiblement peu coûteux, mais l'endroit était décoré avec beaucoup d'imagination et de gaieté. On voyait que Casey était une bonne maîtresse de maison, comme il aurait dû s'en douter.

— C'est très joli, dit-il.

— Vous vous attendiez à quoi ? lança-t-elle avec une mimique ironique.

— Je ne sais pas, mentit-il. C'est vous qui avez fait la décoration ?

— Ça m'a pris tout d'un coup, au printemps. Je pensais que de me voir m'activer inciterait mon père à sortir de sa chaise roulante.

— Ça a été le cas ?

— C'était un mauvais calcul, avoua-t-elle sans la moindre rancœur.

A y regarder de plus près, on se rendait compte que les meubles étaient recouverts d'une fine couche de poussière, que l'évier était plein d'assiettes sales et que des mouches bourdonnaient sur des reliefs de nourriture abandonnés sur les plans de travail.

— Il faudrait que je nettoie tout ça, gémit Casey en lorgnant l'évier.

— Non, c'est totalement exclu, rétorqua-t-il.

Il la prit par les épaules et l'obligea à se retourner vers lui.

— Votre père doit apprendre à se débrouiller seul, vous vous souvenez ? insista-t-il, résistant à l'impulsion de planter un baiser sur ses lèvres entrouvertes par la surprise.

— Oui, mais...

— « Qui aime bien, châtie bien », rappela-t-il en la lâchant pour regarder sa montre. J'ai un rendez-vous à 14 heures. Il faut y aller, déclara-t-il, ravi à l'idée des deux heures et demie de calme qui l'attendaient en compagnie de son Aston Martin.

— Partez en premier, fit Casey. J'ai quelques petites choses à faire. Je vous suivrai d'ici une heure ou deux.

— Je ne vais pas vous laisser derrière moi pour que vous vous engluiez de nouveau jusqu'au cou dans le marasme familial. Vous avez une mission à accomplir à Memphis : le dîner avec ma belle-mère, demain soir, ajouta-t-il comme elle le regardait sans comprendre.

— Vous n'imaginez quand même pas que je vais me retrouver bloquée ici à cause de quelques assiettes sales ?

— Il n'y a pas que les assiettes. Il y a le jaune d'œuf cramé sur la cuisinière, les miettes par terre, la poussière, etc.

— Vous avez raison. Je ne sais pas comment une idée pareille a pu me venir à l'esprit, reconnut Casey. Je monte chercher mes affaires. Pour gagner du temps, est-ce que vous pourriez sortir ma voiture du garage ? Les clefs sont accrochées près de la porte de la cuisine.

— Bon sang ! s'exclama Adam en pénétrant dans le garage.

La vieille Ford Fiesta bleue de Casey avait sûrement été une bonne voiture, mais il y avait vingt ans que ce n'était plus le cas. Il était difficile de savoir ce qui était le plus remarquable, du nombre invraisemblable de taches de rouille ou de l'extraordinaire symétrie des bosses qui agrémentaient les deux pare-chocs.

— Je ne suis pas responsable, affirma la jeune femme qui arrivait, les bras chargés de dossiers. On me les a cabossés dans le parking de l'hôpital, quand je rendais visite à mon père.

— Les hôpitaux sont des endroits dangereux, conclut Adam.

Il préférait renoncer à s'enquérir des raisons qui la poussaient à conduire cecoucou, car il connaissait la réponse : l'argent, et il ne voulait pas la blesser.

— Je vais vous suivre jusqu'à Memphis, déclara-t-il, se retenant de lui conseiller d'abandonner son véhicule à la première casse venue.

— Ne soyez pas bête, cette voiture est très sûre, protesta Casey.

Ayant déposé les dossiers sur le siège arrière, la jeune femme tenta vainement de refermer la portière, dont la serrure récalcitrante refusait de s'enclencher. Aussi l'ouvrit-elle de nouveau pour la claquer plus fort, ce qui fit brusquement descendre la vitre.

Gênée par le regard critique d'Adam, elle s'insurgea :

— Je vous *interdis* de me suivre jusqu'à Memphis.

— Qu'est-ce que vous comptez faire ? dit-il en riant. Me semer ?

Sa réponse fut noyée par le vacarme d'une camionnette qui remontait l'allée, suivi d'un crissement de freins qui se termina par une collision et un bruit de verre brisé.

Adam eut l'horrible intuition de ce qui venait de se passer.

Casey aussi, d'ailleurs, qui s'écarta de lui, blanche comme un linge.

Dehors, on claquait des portières avec colère.

— Espèce de crétine ! hurlait une voix d'homme. Je conduis toute la nuit pour t'amener ici. Tout ce que je te demande, c'est de prendre le volant une demi-heure pour me reposer, et voilà le résultat !

— Tu aurais dû m'expliquer qu'il fallait dix minutes à ce foutu camion pour s'arrêter quand on appuie sur le frein, s'emporta une voix féminine. Et puis d'abord, qu'est-ce que c'est… Qu'est-ce que c'est que ce *truc* ? Qui l'a fichu là ?

Casey pressa le bouton qui se trouvait à côté de l'interrupteur, la porte du garage s'ouvrit, et Adam s'avança en plein jour.

— C'est moi. Et ceci est une Aston Martin DB9.

Ou plutôt, ç'en avait été une. Maintenant, c'était un bizarre mélange dont la vue le fit frémir : une Aston Martin encastrée dans une camionnette de déménagement.

La nouvelle arrivée, une version plus jeune de Casey en beaucoup moins jolie, se mit à glapir et se précipita vers sa sœur aînée pour la serrer sur son cœur.

— Oui, Karen, je suis là. Mais où est le bébé ? Est-ce que Rosie est avec toi ? répondit Casey, se débattant vainement pour se libérer de l'étreinte de sa cadette, accrochée à elle comme une ventouse.

— Elle est avec son père. Il l'amène ce week-end. Oh ! Casey, merci, *merci*. Je savais que je pouvais compter sur toi, s'émut Karen qui l'étreignait à l'étouffer. Mais est-ce que… Est-ce que c'est ta voiture de location que j'ai emboutie ? J'en suis désolée. Je ne m'attendais pas à trouver une automobile dans l'allée. Mais je rembourserai, je te le promets, affirma-t-elle, avant de jeter un regard plein de doute sur l'Aston Martin — qui, même dans cet état, devait valoir un million de dollars. Euh… Est-ce que tu as pris l'option d'assurance supplémentaire quand tu l'as louée ?

Par-dessus l'épaule de sa sœur, Adam croisa le regard de Casey, qui caressait la tête de Karen pour la réconforter. Elle lui adressa un sourire enjoué, qui signifiait : « J'ai la situation bien en main. »

Refusant de se laisser abuser par ce sourire, il compta jusqu'à cinq, le temps de se convaincre que les dommages infligés à son Aston Martin ne s'aggraveraient pas s'il attendait quelques minutes pour les examiner.

— C'est ma voiture, déclara-t-il posément. Je suis Adam Carmichael. Votre beau-frère, précisa-t-il, comme la sœur de Casey levait sur lui un regard vide — même s'il avait du mal à le reconnaître, ce genre de précision pouvait s'avérer utile, dans certaines occasions.

— Qu'est-ce que vous fichez là ? répliqua Karen, renfrognée.

— Karen ! protesta Casey, qui se tourna vers Adam. C'est à cause de l'accident, elle est sous le choc. Ça ne lui ressemble pas.

— Tu sais bien que c'est une emmerdeuse ! s'exclama le jeune homme qui l'accompagnait et n'avait pas décoléré. Tu ne peux pas dire le contraire, Casey.

— Adam, je vous présente Mike, mon frère. Qui sait, lui aussi, se montrer bien pénible quand il veut, déclara Casey.

Mike eut un petit sourire et contourna Karen,

qui redoublait de sanglots, pour venir déposer un baiser tardif sur la joue de sa sœur, avant de serrer la main de son beau-frère.

— Je suis désolé pour votre voiture. On peut dire que c'est un sacré bolide. Elle est automatique ou manuelle ?

— Manuelle, répondit Adam, se forçant à être aimable.

— C'est super de te voir, Mike, dit Casey.

— Mike a été tellement gentil, surenchérit Karen. Il a tout chargé pour moi, expliqua-t-elle en désignant la camionnette. Et il a conduit toute la nuit. Je n'y serais jamais arrivée sans lui, affirma-t-elle en encerclant son frère de ses bras.

Adam se retint de frémir. Cette Karen était un véritable poulpe.

— Papa t'avait dit que j'arrivais aujourd'hui ? reprit cette dernière. C'est tellement gentil d'être venue m'aider.

Il vit la panique dans les yeux de Casey. Bon sang ! Ils n'avaient pas traversé un mariage et une lune de miel pour abandonner maintenant.

— Mon épouse et moi-même — c'était plus facile à dire qu'il ne l'aurait cru — devons retourner à Memphis sans délai.

Karen le regarda comme si elle n'avait pas la moindre idée de qui était son épouse.

— Donc, Casey et moi ne pouvons vous aider, martela-t-il.

Casey se balança d'un pied sur l'autre.

— Adam, c'est un peu dur, hésita-t-elle. Je pourrais peut-être rester quelques heures avec eux ?

Son mari la fixa et articula silencieusement des mots qu'elle n'eut aucun mal à lire sur ses lèvres : « Qui aime bien, châtie bien. »

Il avait raison. Reculer son départ de deux ou trois heures n'y changerait rien, Karen le prendrait toujours pour une trahison.

— Nous ne restons pas, déclara-t-elle en se raclant la gorge et en rejoignant Adam, qui lui prit vivement la main.

D'abord éberluée par ce geste, elle se rappela que cela ne signifiait rien, qu'ils jouaient simplement la comédie.

Comme Karen tournait vers elle des yeux pleins de larmes, Adam lui serra plus fort la main et regarda fixement Mike, qui se porta aussitôt à leur secours.

— Casey doit s'en aller, Karen, expliqua le jeune homme. Je vais t'aider à décharger. Et je resterai quelques jours pour t'aider à t'installer, ajouta-t-il à contrecœur.

— Je… Je t'aime, Casey, renifla Karen en s'essuyant les yeux d'un revers de manche, dans un geste bizarrement puéril.

Comment vouliez-vous lutter contre cela ? Cette fille savait exactement ce que Casey avait envie d'entendre, et il ne pouvait accentuer son étreinte sans lui écraser la main.

Il entreprit de caresser le doigt qui portait l'alliance de sa mère.

— Je t'aime aussi, ma chérie, répondit Casey. Je t'aime trop pour pouvoir rester.

Et elle tourna le dos à sa sœur en tremblant comme une feuille.

Adam l'enveloppa de son bras et la mena jusqu'à sa voiture pour en inspecter les dégâts. Ce n'était pas si terrible. Elle pouvait rouler, malgré des feux arrière brisés et un pare-choc défoncé. Il demanda à Mike de reculer la camionnette pour lui libérer la sortie.

— Allez chercher vos affaires, dit-il à Casey. Je vais d'abord conduire l'Aston Martin dans la rue, et ensuite je sortirai du garage cette chose que vous appelez « voiture ».

De façon inattendue, la Fiesta démarra au quart de tour.

Il régla le siège du conducteur aux mesures de Casey, avant de sortir du véhicule. En en faisant le tour, ses yeux tombèrent sur un autocollant collé à la vitre arrière: « Si tu me trouves sexy, klaxonne. »

Il essayait de se convaincre que cela pouvait ne pas être aussi vulgaire qu'il y paraissait, quand Casey surgit de la maison en traînant une valise et un fourre-tout dont les coutures menaçaient d'exploser.

— Qu'est-ce que c'est que *ça* ? demanda-t-il en pointant l'autocollant délictueux. Laissez-moi deviner, c'est encore une technique d'autoaffirmation ?

— C'est une idée de Brodie-Ann, avoua-t-elle, un pâle sourire aux lèvres, encore ébranlée par sa confrontation avec Karen. Et ça marche.

— Vous m'en voyez ravi, rétorqua-t-il d'un air réprobateur. Si je comprends bien, Brodie-Ann a réponse à tout. Vous êtes prête ?

— Oui. J'ai laissé un mot à mon père pour lui dire que je le recontacterai, afin d'organiser cette petite réunion.

Il enfourna ses bagages dans le coffre de la Fiesta, pendant que Casey essayait de se dégager d'une interminable embrassade avec Karen, et il attendit que sa voiture soit sortie de l'allée pour rejoindre son propre véhicule.

Casey conduisait à une vitesse qu'on pouvait charitablement qualifier de paisible : une allure de limace.

Il soupira en tournant la clef de contact de son Aston Martin. Le trajet de retour allait être long.

Il prit son téléphone portable pour ordonner à sa secrétaire d'annuler son rendez-vous de 14 heures, puis appela sa compagnie d'assurance.

A cette allure, ne conduire que d'une seule main ne posait aucun problème.

Au bout d'un kilomètre, les coups de Klaxon commencèrent à retentir.

Chapitre 7

Casey serra nerveusement les mains.

L'exposé d'Adam avait été succinct : sa belle-mère venait dîner, et il s'agissait qu'ils se conduisent comme s'ils étaient profondément épris, ce qui signifiait qu'il lui tiendrait la main et l'appellerait « chérie ».

Ils dégusteraient tous les trois un excellent repas préparé par cette perle de Mme Lowe. Et Eloïse rentrerait chez elle satisfaite, totalement convaincue que son beau-fils avait fait ce qu'elle désirait : un mariage d'amour. En conclusion de quoi, elle lui ficherait dorénavant une paix royale. Fini les fêtes et les rencontres arrangées. La parade nuptiale serait terminée.

— Est-ce qu'elle ne sera pas blessée quand elle apprendra la vérité ? demanda-t-elle.

— Elle s'en remettra.

— Adam ! s'exclama-t-elle, choquée par tant d'insensibilité.

— Quoi ?! Bien sûr qu'elle sera peut-être un

peu déçue, au début. Mais, à ce moment-là, ma stratégie pour contrecarrer les poursuites de ma tante sera au point, l'entreprise sera sauvée, et elle jugera que tout est pour le mieux.

— Si vous en êtes sûr, répondit Casey, réduite au silence.

— J'en suis persuadé. Je connais ma belle-mère, assura Adam. Ne vous inquiétez pas, mon plan est parfait.

— Dans ce cas…

Casey, médusée, regardait Mme Lowe qui, raide comme la justice, passait la grande porte pour s'engouffrer dans un taxi.

Comment en était-on arrivé là ? Tout cela parce qu'elle avait eu le malheur de proposer de préparer un dessert !

Aussitôt, la gouvernante avait ôté son tablier.

— Madame Carmichael, je n'ai pas l'habitude qu'on remette en question mon travail, avait-elle déclaré avec une politesse glaciale. Si vous n'avez plus besoin de mes services, je connais de nombreuses maisons qui les apprécieront. Je m'en vais tout de suite. Je téléphonerai plus tard à M. Carmichael pour qu'il me fasse envoyer mes affaires.

Dix minutes plus tard, elle était partie.

Casey revint à pas lents dans la cuisine.

La pendule de la cuisine marquait 17 h 45. Sa nouvelle belle-mère — ou était-ce sa belle-belle-mère ? — était attendue dans un quart d'heure et, pour le moment, le dîner consistait en une amorce de plateau de hors-d'œuvre, divers tas de légumes crus et une jatte de viande marinée.

Tout cela, c'était la faute d'Adam. S'il était rentré à 17 h 30 comme il l'avait promis, il aurait pu amadouer Mme Lowe pour la persuader de rester.

A contrecœur, elle résolut de lui téléphoner pour lui faire part de la situation. Elle redoutait sa colère, mais au moins il pourrait téléphoner à Eloïse pour ajourner le dîner.

Estimant qu'il devait être sur le chemin du retour, elle composa le numéro de son portable. La tension dans sa voix quand il répondit la fit hésiter à lui annoncer la mauvaise nouvelle.

— Je suis content que vous téléphoniez, dit-il. Je suis en retard et je crains que vous ne deviez accueillir Eloïse toute seule. J'en suis désolé, mais je ne peux pas faire autrement.

Elle entendit un brouhaha dans le lointain, et Adam baissa la voix :

— Je suis au milieu d'une pièce remplie d'avocats qui cherchent le moyen de nous éviter de perdre plusieurs millions de dollars. Vous aviez quelque chose à me dire ?

— Euh ! Non, rien d'important. On se voit

tout à l'heure, éluda-t-elle avant de raccrocher précipitamment.

Elle était tentée de commander des pizzas, mais, si Eloïse était aussi maniaque et routinière que son beau-fils, cela risquait d'être une mauvaise idée.

Elle considéra avec attention les ingrédients prévus pour le dîner : de la viande, des champignons, des pommes de terre, de la salade, de l'ail, des fraises... Elle pourrait en tirer quelque chose.

Heureusement, contrairement à ce que Casey avait supposé — que la belle-mère d'Adam serait aussi pointilleuse que lui et qu'elle arriverait pile à l'heure —, la sonnette ne retentit qu'à 18 h 20.

Elle se dirigea vers la porte d'entrée sans se rendre compte qu'elle portait toujours le volumineux tablier de Mme Lowe.

Toute de soie vêtue, la femme élégante et élancée qui lui faisait face avait des yeux pervenche, qui pour l'heure la jaugeaient avec froideur.

— Vous êtes madame Carmichael ? lança Casey d'un ton enjoué. Je suis Casey.

— Eh bien, répondit Eloïse d'un air plus amusé qu'hostile, je dois dire que vous êtes bien différente de ce que j'avais pu voir à la télévision. Auriez-vous l'obligeance de m'inviter à entrer ?

ajouta-t-elle, comme Casey, désarçonnée, restait plantée sans répondre.

— J'étais occupée dans la cuisine, expliqua la jeune femme en la suivant dans l'antichambre.

Comme Eloïse la regardait, médusée, Casey se demanda si elle connaissait même l'emplacement de la cuisine d'Adam. Elle lui ouvrit la voie, gênée par le contraste du claquement des talons de sa belle-mère sur le plancher avec le frottement de ses propres pieds nus.

— Où est passée Mme Lowe ? demanda Eloïse d'un ton soupçonneux en jetant un coup d'œil à la ronde, dès qu'elle eut remarqué la pagaille sur le plan de travail et reniflé le gâteau en train de cuire dans le four.

— Je crains qu'elle n'ait rendu son tablier il y a une demi-heure, soupira Casey. J'ai dû lui dire quelque chose qui l'a défrisée, et elle est partie.

Le large sourire qui se dessina sur le visage d'Eloïse métamorphosa la froide gravure de mode en une figure maternelle et tutélaire.

— Bravo, ma chère ! Si j'avais su que c'était aussi facile, il y a longtemps que j'aurais essayé. Il faut fêter ça ! décréta-t-elle en sortant une bouteille de champagne du réfrigérateur.

Elle n'avait visiblement aucune idée de la façon dont il fallait l'ouvrir, aussi Casey s'exécuta-t-elle.

— Bon vent à Mme Lowe ! lança Eloïse en levant son verre.

Partageant tout à fait ses sentiments, Casey se joignit à elle de bon cœur malgré un léger sentiment de déloyauté envers Adam.

— Alors ? demanda Eloïse, le regard brillant d'excitation. Vous avez averti Adam ?

— Je lui ai téléphoné pour lui apprendre la nouvelle, mais je me suis rendu compte que ce n'était pas le bon moment. Au fait ! Il m'a demandé de vous faire ses excuses. Il va être un peu en retard. Madame Carmichael, est-ce que vous pensez...

— Ma chérie, cessez de m'appeler Mme Carmichael, ordonna Eloïse d'une voix aux intonations traînantes où perçait une pointe d'accent sudiste. Appelez-moi mère, si vous voulez. Ou Eloïse, précisa-t-elle, comme les yeux de Casey exprimaient une certaine perplexité.

— Eloïse, alors, conclut Casey, avant de tourner un regard accablé sur la cuisine. Aujourd'hui, Adam a eu une terrible journée au bureau. Hier, sa voiture a été emboutie par ma faute... — son interlocutrice eut un hoquet de surprise horrifiée, qui prouvait qu'elle comprenait la gravité de la chose —, et maintenant, je fais décamper sa précieuse gouvernante. Je ferais peut-être mieux de lui faire croire que c'est Mme Lowe qui a préparé le dîner et attendre demain pour lui apprendre la vérité.

— C'est totalement exclu, décréta Eloïse en tapotant sa coiffure. Jamais ce vieux dragon n'aurait préparé un fraisier, puisqu'elle savait que c'était mon dessert préféré. Adam remarquera tout de suite qu'il y a anguille sous roche.

Dépitée, Casey retourna à la préparation du dîner. C'était bien ce qu'elle craignait.

A sa stupéfaction, Eloïse retroussa ses manches pour lui venir en aide avec un enthousiasme qui compensait son manque d'efficacité.

Elle ne s'attendait pas à cela, car le récit que lui avait fait Adam des déboires de son père lui avait donné l'impression que la belle-mère du jeune homme était capricieuse et égoïste. Ce qui, en l'occurrence, ne semblait pas le cas.

Le temps que son *mari* rentre à la maison, une demi-heure plus tard, la viande avait été saisie et attendait d'être mise au four, la sauce aux champignons était terminée, les légumes n'avaient plus qu'à être réchauffés à la vapeur, et le plateau de hors-d'œuvre pour l'apéritif avait été complété avec art.

Au bruit de la porte qui s'ouvrait, Casey et Eloïse se figèrent, comme si elles étaient prises la main dans le sac en train de voler de l'argenterie.

— Je vais le retenir. Courez vite vous changer, ordonna Eloïse, qui saisit la bouteille de champagne et se hâta vers l'antichambre en lançant : Adam, mon chéri…

Tandis qu'elle cajolait son beau-fils, n'obtenant qu'un grognement en réponse — la journée d'Adam n'avait pas l'air de s'être mieux terminée qu'elle n'avait commencé —, Casey se rua dans l'escalier de service. Elle fit la grimace en se découvrant dans le miroir de sa chambre : la figure sale et rougie par la chaleur des fourneaux — et à n'en pas douter par le champagne —, les cheveux mous… Quel dommage qu'elle n'ait pas le temps de prendre une douche !

Elle s'aspergea le buste et le visage d'eau froide et torsada ses cheveux pour les accrocher en chignon derrière la tête, soulagée d'avoir eu la bonne idée de préparer sa tenue à l'avance. Elle enfila une robe couleur lilas de coupe ajustée mais fendue sur le côté dont la soie sauvage lui caressa les hanches, s'appliqua vivement du rouge à lèvres — ce soir, pas besoin de blush — et eut une moue en constatant que de petites mèches s'étaient déjà échappées de son chignon.

Ayant attrapé au passage le volumineux plateau de hors-d'œuvre dont le poids la força à ralentir le pas, ce qui lui procura quelques secondes pour retrouver son sang-froid, elle fit son entrée au salon.

En la voyant entrer, Adam se leva pour venir

à sa rencontre et, après l'avoir débarrassée de son fardeau, lui déposa un baiser sur le front.

Bien qu'elle se soit attendue à des démonstrations d'affection de sa part au bénéfice de sa belle-mère, elle sursauta.

— Chérie, dit-il en posant le plateau sur la table. Tu devrais laisser Mme Lowe s'occuper de ça.

Casey lança un regard éperdu à Eloïse, qui lui fit les gros yeux en désignant discrètement le verre d'Adam toujours intact.

Elle avait raison : mieux valait le laisser boire un peu et se détendre avant de lui apprendre la mauvaise nouvelle.

— Ce n'est pas un problème…, mon cœur, répondit-elle.

— Mais Mme Lowe…

Comme il insistait, elle fit la seule chose qui lui vint à l'esprit pour retarder l'inévitable : se haussant sur la pointe des pieds, elle l'embrassa sur la bouche.

Au contact de ses lèvres charnues et fermes, elle eut l'impression que le temps s'arrêtait. Ses paumes, qui étaient venues instinctivement se plaquer sur le torse de son mari, sentaient la vibration puissante de ses muscles à travers le coton de la chemise et, bien que le baiser n'ait duré que deux secondes, elle sentit quand elle s'écarta qu'elle avait le feu aux joues.

— Que me vaut une telle ferveur ? s'étonna Adam, manifestement troublé par cet accueil.

— Tu as eu une journée terrible et je voulais calmer un peu ton stress, expliqua Casey en se reculant. Est-ce que c'est efficace ?

— En tout cas, ça ne m'a pas fait de mal, répondit-il en se touchant rêveusement les lèvres.

— Comment s'est passée la réunion avec les avocats ?

— Pas trop mal, éluda-t-il distraitement.

— Adam, je dois te complimenter pour le choix de ton épouse, intervint Eloïse en adressant un grand sourire à Casey. Elle est charmante.

— Oui, c'est vrai, reconnut-il en prenant la main de Casey pour entremêler leurs doigts.

— A l'amour vrai ! lança Eloïse en levant son verre. Celui qui dure toujours.

Tandis qu'Adam marmonnait pour protester que « toujours », c'était vraiment bien long, Casey leva son verre sans se sentir trop coupable : même si le grand amour n'avait pas droit au chapitre dans son mariage, elle y croyait toujours.

Quand ils furent arrivés à bout des hors-d'œuvre, Adam avait déjà bu deux verres de champagne et paraissait beaucoup plus détendu, même si le sempiternel froncement entre ses sourcils perdurait.

— Je vais aller voir ce qui se passe en cuisine, dit-elle. Vous devriez vous rendre dans la salle à manger.

Après avoir passé les légumes à la vapeur et réchauffé la sauce pendant que la viande finissait de cuire au four, elle dressa les plats avec fierté. Elle venait d'accomplir un tour de force dans un temps limité.

Quand elle apporta les trois plats à la fois dans la salle à manger — savoir-faire qu'elle avait acquis en travaillant comme serveuse pour payer les frais médicaux de son père —, Adam lançait des regards furibonds à sa belle-mère, qui baissait les yeux d'un air penaud.

L'atmosphère était à l'orage.

— Qu'est-ce qui se passe ? s'enquit-elle.

— Eloïse vient de m'avouer que, ce soir, elle a tellement harcelé cette pauvre Mme Lowe que celle-ci a démissionné, répondit Adam.

Casey, le souffle coupé, posa précautionneusement les plats sur la table.

— Eloïse, c'est la plus belle chose que vous pouviez faire…, bredouilla-elle en se mordant les lèvres pour retenir les larmes qui lui brûlaient les yeux et ne pas éclater en sanglots. Adam, c'est ma faute, confessa-t-elle, dès qu'elle eut retrouvé la parole.

Après lui avoir brièvement conté toute la vérité, elle proposa :

— Je pourrai cuisiner et m'occuper de la maison pendant les prochaines…. pendant quelque temps.

Adam avait le même regard noir que le soir où elle l'avait privé de son steak frit. Sauf que, cette fois, le problème était plus compliqué à résoudre.

— Chérie, ne sois pas stupide, dit-il, derrière un sourire de façade — devant sa belle-mère, il était bien obligé de jouer les maris gâteux et de cacher son irritation. La maison est beaucoup trop grande. « Aucune épouse qui se respecte ne voudrait se charger d'un tel fardeau. » Je vais appeler une agence pour trouver rapidement une remplaçante.

— Peut-être que Casey pourrait se charger de rencontrer les candidates, suggéra Eloïse. Pour être sûre de recruter quelqu'un qui lui plaise.

Adam acquiesça, même si ce n'était que pour complaire à sa belle-mère, et Casey décida de contacter les agences dès le lendemain matin. Elle lui devait au moins cela.

Au cours du dîner, Eloïse se déclara curieuse de savoir où ils s'étaient connus, et depuis combien de temps.

— A Memphis, il y a quelque temps, éluda Adam en répondant aux deux questions à la fois.

Son attitude était à la limite de la grossièreté. Il avait beau dire que son ressentiment contre sa belle-mère appartenait au passé, on sentait qu'il avait toujours une dent contre elle.

— Vous devez être quelqu'un d'exceptionnel,

Casey, déclara celle-ci. Adam a toujours pensé qu'il était impossible de mener ses affaires et de tomber amoureux. Il réservait toute son affection à son entreprise.

— Eloïse n'y comprend rien, s'insurgea Adam.

— Je suis sûre, continua sa belle-mère en l'ignorant délibérément, qu'il va enfin comprendre qu'un mariage d'amour est une source de force et non de faiblesse.

— Qu'est-ce que j'ai fait au bon Dieu pour avoir sur le dos deux psychologues amateurs ? gémit Adam en se prenant la tête dans les mains.

Plus tard, alors qu'elle se levait pour prendre congé, Eloïse serra chaleureusement Casey sur son cœur.

— Il me tarde de mieux vous connaître, ma chérie, dit-elle avant de se tourner vers Adam. Je ne te harcèlerai plus en te jetant à la tête les jeunes célibataires de mon entourage. Tu devrais être soulagé ?

— Oh, que oui ! s'exclama Adam, avec plus d'enthousiasme qu'il n'en avait montré de toute la soirée.

C'était presque trop facile.

Dès le vendredi, Adam ayant échoué à faire

revenir Mme Lowe, Casey avait recruté une nouvelle gouvernante.

Sue Mansion était une fille d'un bon naturel, assez jeune pour être contente de l'appeler par son prénom et ravie de débuter dès le lundi suivant. En ce qui la concernait, c'étaient les seules références dont elle avait besoin. Elle avait demandé son avis à Adam, qui devait projeter d'engager un clone de Mme Lowe dès l'annulation de leur mariage, et qui par conséquent lui avait dit de faire à son goût.

Après avoir confirmé l'engagement de la jeune femme, Casey reposa le téléphone avec satisfaction.

Pour l'instant, tout marchait bien. Depuis une semaine qu'elle était mariée à Adam, elle avait progressé dans son roman. Karen continuait bien à l'appeler plusieurs fois par jour pour lui demander des conseils pour Rosie, mais comme son ignorance sur le chapitre des bébés limitait fortement la portée de son aide, elle et Adam avaient de grandes chances d'avoir atteint leurs objectifs à la fin du mois.

« Et puis, qui a besoin d'être adoré ? Je vous le demande. »

*
* *

La deuxième semaine de leur union se déroula toujours sans un nuage.

La maison était parfaitement tenue grâce à la nouvelle gouvernante, Adam passait ses journées au bureau et Casey se plongeait avec bonheur dans l'écriture, seulement interrompue par les fréquentes visites de sa belle-mère, résolue à faire plus ample connaissance avec elle.

Quand elle avait fait part à Adam de ses scrupules à tromper ainsi Eloïse, elle avait eu droit à un sermon sur la fin et les moyens et sur les vertus de l'égoïsme.

Le dimanche suivant, ils déjeunèrent au *Peabody* avec Eloïse et deux de ses amies : Céleste et Beth. Comme le lui avait expliqué Adam, chaque fois que sa belle-mère était à Memphis, il l'invitait au même endroit pour un déjeuner dominical.

— Ça m'évite la corvée de la voir le reste de la semaine.

Pourtant, à voir les manières d'Adam avec Eloïse et ses compagnes, Casey eut l'impression qu'il y mettait plus qu'une courtoisie de routine. Déployant tout son charme pour envoûter celles qu'il appelait les « veuves joyeuses », il les invita à la meilleure table de l'établissement, et toute l'équipe du *Peabody* les reçut, Adam et elle, comme des amis de longue date.

Sur les conseils de sa belle-mère, elle sirotait

un cocktail à base de thé glacé, de whisky et d'alcool de menthe.

Ce rafraîchissant breuvage aurait dû l'aider à se détendre, si Eloïse ne l'avait présentée à ses amies comme « son adorable belle-fille ». Etant aussitôt devenue le point de mire de la tablée, elle avait l'impression d'être là en fraude. Aussi, quand elle vit Adam faire signe à quelqu'un, se retourna-t-elle avec joie, prête à accueillir n'importe quelle diversion.

C'était Sam Magill en compagnie d'un petit groupe d'amis, qu'il abandonna un instant pour venir les saluer.

Eloïse froissa nerveusement le fin tissu de sa serviette. Qu'est-ce que cet homme faisait encore ici ? se demanda-t-elle en regardant s'approcher l'avocat.

Celui-ci, ajustant inutilement une cravate parfaitement nouée, venait de heurter dans sa précipitation la chaise d'une vieille dame.

Comment s'arrangeait-il pour toujours apparaître dès qu'elle mettait le nez dehors ? Elle ne pouvait se présenter au bureau d'Adam — par exemple pour lui offrir une miche de ce pain de maïs qu'il adorait — sans que Sam surgisse de sa boîte pour s'enquérir si elle prenait bien ses médicaments contre la tension, lui rappeler que c'était le moment de payer son tiers provisionnel ou la mettre en garde contre un rôdeur repéré dans les parages.

Sam, qui s'était arrêté pour s'excuser auprès de la vieille dame dont il avait bousculé la chaise, finit par arriver jusqu'à leur table.

— Eloïse, la salua-t-il en s'inclinant — comme le faisait son défunt époux avec quelle élégance…

— Bonjour, Sam.

Rouge comme une pivoine, l'avocat fit tomber, en s'excusant, le sac à main qu'elle avait accroché au dos de sa chaise.

Chagrinée de le voir dans cet état, elle lui sourit gentiment et vit aussitôt une lueur d'espoir s'allumer dans ses yeux avides.

C'était terrible ! Cet homme était tellement à l'affût du plus léger signe d'intérêt de sa part qu'il interprétait dans ce sens les moindres marques de la courtoisie la plus élémentaire. Lors de la visite qu'elle lui avait rendue, elle avait compris qu'il était beaucoup plus épris d'elle qu'elle ne l'avait soupçonné. Il ne fallait pas le laisser s'égarer ainsi, il méritait de rencontrer une femme qui l'aimerait en retour.

Elle pinça fermement les lèvres. Même si c'était contre tous les principes de son éducation, même si, témoin d'une chose pareille, sa défunte mère s'en serait évanouie de confusion, elle allait devoir se montrer… *un peu moins* polie avec Sam. Pour leur bien à tous les deux.

Elle lui tourna donc le dos de façon délibérée pour parler avec Céleste.

— J'avais prévu de vous téléphoner cet après-midi, dit l'avocat de mauvaise humeur, en s'adressant à Adam d'un ton bourru.

C'était rare que Sam téléphone le week-end. Cela présageait de mauvaises nouvelles.

Adam tira aussitôt une chaise de la table inoccupée la plus proche pour inviter le juriste à s'asseoir.

— Quel est le problème ?

Avant de s'installer, Sam lança un regard inquiet en direction d'Eloïse, qui l'ignorait heureusement complètement.

— J'ai entendu des rumeurs provenant du bureau des avocats de votre tante, confia-t-il. Il semblerait qu'Anna May craigne que votre mariage — il désigna du menton Casey, assise auprès de lui — ne remplisse les conditions du testament et ne réduise à néant les prétentions d'Henry.

— Ça paraît logique, répliqua Adam.

— C'est pourquoi elle prétend à présent que votre père n'était pas sain d'esprit quand il l'a rédigé.

Saisi, Adam s'agrippa au bord de la table. Cette

fois, sa tante et son fils allaient trop loin, il lui prenait des envies de meurtre.

— Mon père n'était pas fou ! s'exclama-t-il avec véhémence.

A cet instant précis, le serveur arrivait avec les plats, ce qui tombait au pire moment, car, les femmes s'étant tues, tout le monde à la table entendit sa protestation. A en juger par les regards qui se tournaient vers eux, il en était de même aux tables voisines.

— Adam ? s'étonna Casey.

Elle se pencha pour lui presser tendrement la main.

Aussitôt la tension glissa de ses épaules. Quelles que soient les manœuvres d'Anna May, il en triompherait.

— Ma tante a choisi une nouvelle tactique, annonça-t-il. Elle prétend que mon père n'avait plus toute sa tête quand il a rédigé son testament.

Il allait ajouter qu'elle n'irait pas loin avec des arguments aussi absurdes, quand Sam ajouta brusquement :

— Elle a des preuves.

A ces mots, Eloïse jura comme un charretier.

Sam faillit s'en étouffer dans son mouchoir, et Adam regarda sa belle-mère, stupéfait. Il ignorait qu'elle possédât un tel vocabulaire.

— Je constate, Sam Magill, que vous toussez encore, lança celle-ci avec un regard réfrigérant à l'intéressé, qui ravala aussitôt sa quinte de toux. Quelle mauvaise habitude ! Quand je l'ai rencontré, James fumait le cigare, mais il a rapidement arrêté. J'ai toujours considéré que cette pratique dénotait un manque total de volonté.

Sam s'étrangla sous l'algarade, tandis que le reste de la tablée s'étonnait d'entendre sortir de la bouche d'Eloïse quelque chose d'aussi peu courtois.

— Pour en revenir à cette histoire, reprit-elle d'un ton léger mais en vrillant ses yeux sur l'avocat, je me demande ce que James aurait pensé qu'on le traite ainsi de *dément* ?

Le juriste se mit à rougir.

Il faisait pitié à Casey, qui, dès qu'elle l'avait vu s'approcher de leur table, avait compris qu'il ressentait un fort penchant pour Eloïse. En effet, son assurance cassante s'était volatilisée et il avait eu l'air de ne plus savoir comment se tenir, à part rester planté devant son idole, bouche bée et les pieds en dedans.

— Je n'ai jamais dit que James était dément, marmonna-t-il, mobilisant le peu de confiance en lui qui lui restait. J'avais trop de respect pour lui, Eloïse, et vous le savez bien.

Celle-ci eut un bref hochement de tête, mais répliqua néanmoins d'un ton hostile :

— Alors, vous ne devez pas laisser Anna May s'en sortir comme ça.

On sentait que Sam aurait voulu lui jurer ses

grands dieux que jamais sa belle-sœur n'aurait l'occasion de tenir le moindre propos désobligeant sur James devant un tribunal, mais, à la façon dont il se tortilla sur sa chaise, il apparaissait que la réponse n'était pas aussi simple.

— Il semblerait qu'Anna May détienne une déclaration sous serment qui témoigne de l'état mental de votre époux et sur laquelle se fonde sa démarche, déclara l'avocat d'un ton cérémonieux.

— Je vous fiche mon billet qu'elle ment, gronda Eloïse d'une façon peu élégante.

— Qui a porté ce témoignage ? demanda Casey.

L'avocat parut saisi, comme s'il n'avait pas prévu qu'on lui pose cette question pourtant évidente. Il était flagrant, qu'en présence d'Eloïse, il ne réussissait plus à ordonner ses idées.

— Nous devrions reprendre cette discussion demain, dit-il en se tournant vers Adam d'un air suppliant.

— Nous exigeons une réponse tout de suite, ordonna Eloïse.

Comme Adam opinait du chef, Sam obtempéra en fermant les yeux d'un air douloureux.

— Ce témoignage provient de l'un des directeurs de *Carmichael Broadcasting* qui ne font pas partie de la famille. Lors d'une discussion, il aurait entendu un autre directeur exprimer son intime conviction que James Carmichael était fou.

— Qui était cet autre directeur ? demandèrent en chœur Adam et Eloïse.

Sam s'affaissa dans son siège et, levant les mains comme s'il concédait sa défaite devant des forces supérieures liguées contre lui, déclara :

— C'était vous, Adam.

Chapitre 8

Tandis qu'Eloïse et Casey fixaient Adam, effarées, un éclair blanc les aveugla.

— Merci, les amis, lança le photographe avant de remiser son appareil dans sa sacoche. Bon appétit !

Il n'en était plus question. Le déjeuner était fichu.

— Je peux ignorer le venin d'Anna May, lança Eloïse à Adam, avec un regard douloureux. Cette femme a toujours été une idiote. Mais que toi, Adam, tu aies pu dire une chose pareille sur ton père, un homme qui, quoi que tu en penses, t'aimait, l'homme le plus délicat, le plus intelligent que j'aie jamais rencontré… C'est une véritable trahison ! jeta-t-elle, la gorge serrée par l'émotion.

Les deux autres veuves lancèrent à Adam un regard si féroce que Casey se prit à espérer qu'elles ne soient pas armées.

Après avoir ouvert la bouche comme pour se

défendre de l'accusation, Adam devint écarlate et se réfugia dans le mutisme.

Eloïse s'empara de son sac à main sur le dossier de sa chaise, avant de demander à un serveur qui passait de lui apporter son manteau.

— Merci pour le déjeuner, reprit-elle avec sa courtoisie coutumière. Je vais rentrer en taxi.

— Eloïse, fit Sam en sautant sur ses pieds, vous êtes trop énervée pour rester seule. Voulez-vous que je vous reconduise ?

Elle le foudroya du regard pour lui faire comprendre qu'il en avait assez fait comme cela et sortit du restaurant, Beth et Céleste sur ses talons.

Lorsque Adam eut payé la note, Casey le suivit à l'extérieur, où un voiturier leur céda à contrecœur l'Aston Martin fraîchement réparée.

Adam démarra en trombe.

Elle lui lança un regard en coin. Il avait les mâchoires serrées et le visage sombre.

— Quoi ? demanda-t-il, irrité.

— Je n'ai rien dit.

— Pas besoin, il suffit de vous regarder, grommela-t-il. Vous pensez que j'ai mérité le prix du plus beau salaud de l'année.

— Vous n'êtes pas mal placé pour le trophée, acquiesça-t-elle. Mais je vous accorde encore le bénéfice du doute.

— Merci, fit-il d'un air penaud, mais je ne le mérite pas. C'est bien moi qui ai déclaré à John

Hanson que je pensais que mon père perdait les boulons. C'était juste quelques mois avant sa crise cardiaque.

Il avait l'air de tellement s'en vouloir qu'elle eut envie de le réconforter. Elle aurait voulu le prendre dans ses bras pour lui assurer que tout finirait bien. Au lieu de quoi, elle demanda :

— Vous le pensiez vraiment ?

— C'est le genre de chose qu'on dit dans le feu de l'action, fit-il avec un geste de dénégation. Je venais juste de découvrir que l'expert-comptable de l'entreprise avait détourné des fonds, et j'avais l'impression que mon père perdait tout contact avec la réalité depuis qu'il avait épousé Eloïse. Nos affaires étaient au bord du désastre. J'ai fait l'erreur de décharger ma colère devant John Hanson.

— Aucun juge ne considérera cette seule réflexion comme une preuve de la déficience mentale de votre père, le rassura-t-elle.

— Ce n'est pas la seule, avoua Adam avec une grimace. A l'ouverture du testament, j'ai dit aussi un truc du genre : « Il devait être timbré. » Eloïse l'a très mal pris, d'ailleurs, et Anna May, qui était présente, doit s'en souvenir parfaitement.

— Ça n'a rien à voir avec une vraie expertise psychiatrique, insista gentiment Casey.

— Qu'on ne pourra jamais obtenir, puisque mon père est mort, releva-t-il. Mes déclarations ne leur suffiront peut-être pas, à moins que le juge n'estime que les exigences testamentaires de mon père étaient déjà une preuve de folie en soi et qu'il ne faille aller jusqu'au procès.

S'arrêtant à un feu rouge, il se rendit compte que c'étaient là les arguments d'Anna May et se mit à taper nerveusement du pied sur le frein.

— Vous avez commis une erreur, mais vous pouvez la réparer, intervint encore la jeune femme.

En se tournant vers elle, il découvrit qu'elle le regardait avec une tendre sympathie, qui prouvait qu'elle prenait son parti sans réserve. Elle se pencha pour lui serrer la main sur le volant — il eut aussitôt l'impression que ses poumons étaient pris dans un étau — puis elle la retira vivement, non sans qu'il ait eu le temps d'apercevoir dans ses yeux un éclair de désir qui s'accordait avec sa propre convoitise.

— Si vous appeliez Eloïse pour vous excuser, ça lui ferait sûrement du bien, conseilla-t-elle.

Cette femme savait parfaitement raviver le sentiment de culpabilité qu'il s'obstinait à refouler, et cela ne faisait pas du tout son affaire.

— Pour qui vous prenez-vous ? Pour mon épouse ?

Casey gloussa en rougissant, et il s'entendit lui répondre qu'il allait y penser.

C'était inhabituel que Brodie-Ann prenne un jour de congé pour venir jusqu'à Memphis, songeait Casey en se hâtant vers le bistro du centre où elles s'étaient donné rendez-vous pour déjeuner. Que pouvait-il bien se passer ?

Quand elles se retrouvèrent dans le patio du bistro, son amie, qui d'habitude déversait le fond de son cœur à la moindre sollicitation, éluda ses questions. A la place, elle l'entretint des événements survenus à Parkvale depuis son départ.

— J'ai vu ta sœur et son bébé la semaine dernière, dit-elle.

— Comment vont-elles ? demanda Casey, la gorge serrée.

Elle se languissait de sa famille, même si elle n'avait pas la moindre intention d'y retourner.

— On a taillé une petite bavette. Karen avait les larmes aux yeux. C'est une vraie fontaine, cette fille.

— Je devrais peut-être l'appeler ce soir, soupira-t-elle, inquiète.

— Elle n'avait pas l'air d'aller si mal que ça. Ça doit juste être un problème d'hormones, la rassura Brodie-Ann, qui attendit que le serveur leur ait apporté leurs salades au poulet pour se décider à aborder le véritable sujet de leur rencontre.

— Dis-moi, Casey, est-ce que le mariage correspond à tes attentes ?

— Je ne me serais jamais attendue à épouser un

parfait étranger, répondit Casey en sirotant une gorgée d'eau glacée. Mais il se trouve que c'est l'homme le plus séduisant que j'aie jamais rencontré, à part ses côtés coincés. Et toi, demanda-t-elle en reposant son verre, est-ce que ça a correspondu à *tes* attentes ?

— Tu trouves qu'Adam est mignon, alors ? répliqua son amie, en éludant la question.

Est-ce que Brodie-Ann avait les yeux en face des trous pour ne pas voir qu'Adam était *magnifique* ? Elle ravala l'envie de lui suggérer de s'acheter des lunettes.

— Bien sûr ! Et en plus, c'est un type formidable.

— Est-ce que tu dois lui repasser ses T-shirts, apporter ses repas à sa grand-mère agonisante et organiser des dîners pour ses clients importants ?

— Pas vraiment. En fait, Adam n'a absolument pas besoin de moi.

— Quelle chance, admit Brodie-Ann, un peu perplexe. Tu dois apprécier le changement.

— Tout à fait, assura-t-elle en se demandant pourquoi elle se sentait si triste.

— Casey, ma chérie, est-ce qu'Adam aime te voir rentrer à la maison ? demanda son amie, qui avait consulté sa montre et semblait soudain bizarrement tendue.

— Je ne pense pas qu'il s'en soucie.

Pourquoi se soucierait-il d'une femme qui n'avait rien à lui offrir ? Cela semblait presque pathétique, tout à coup.

Comment pouvait-elle penser ainsi, alors que pendant des années elle avait aspiré à se libérer de tous ces gens qui lui pompaient son énergie et ne pensaient qu'à tirer quelque chose d'elle ? C'était complètement idiot ! Qu'est-ce qu'elle était ? Une accro au « chantage affectif » ?

— Comme je te l'ai expliqué, reprit-elle, on ne reste ensemble que jusqu'à l'annulation du mariage. C'est tout.

Quand le serveur apparut brusquement pour remplir leurs verres, Brodie-Ann sursauta, effrayée.

— Qu'est-ce qui te prend ? s'étonna Casey. Je ne t'ai jamais vue aussi à cran.

— Rien du tout, répliqua son amie, après avoir jeté un regard par-dessus son épaule sur le patio bondé. Je pensais que c'était...

S'étant interrompue, elle se rongea nerveusement l'ongle du pouce.

— Tu m'inquiètes, dit Casey. Je sais que tu n'es pas seulement venue ici pour bavarder, alors, dis-moi tout de suite ce qui se passe entre Steve et toi.

A sa grande surprise, Brodie-Ann éclata en sanglots. Elle se cacha le visage dans les mains, les épaules secouées de spasmes.

Voyant cela, Casey se hâta de faire le tour de la table pour la prendre dans ses bras.

— Ma chérie, qu'est-ce qui ne va pas ?

Son amie se reprit tant bien que mal.

— Excuse-moi. Je me conduis comme une idiote, fit-elle, avec un sourire contraint en se tortillant pour échapper à son étreinte. C'est que… je n'avais pas imaginé que ça se passerait comme ça. Ça ne veut pas dire que je n'adore plus Steve, ce n'est pas ça, mais ce… ce n'est pas…, bredouilla-t-elle, retenant difficilement ses larmes.

— Qu'est-ce qu'il t'a fait ? Il s'est montré méchant avec toi ? s'enquit Casey, indignée.

— Tu imagines Steve méchant avec qui que ce soit ? s'esclaffa son amie. Non, il est merveilleux. J'ai de la chance d'être tombée sur lui.

— Alors quoi ? souffla Casey.

— Tu vas penser que je suis égoïste, dit Brodie-Ann en fuyant son regard. Avant notre mariage, Steve était si romantique. Il aurait fait n'importe quoi pour moi. Une fois, il a même posé son manteau sur une flaque pour que je puisse traverser à pied sec, comme ce type pour la reine Elisabeth.

Casey prit l'air favorablement impressionnée, même si elle n'aurait pour rien au monde piétiné le manteau d'un homme, même étalé en son honneur, sachant qu'après c'est elle qui aurait eu à le nettoyer.

Tout ce cinéma romantique, c'était bien joli, mais l'homme qu'elle aimerait…

Plongerait son portable dans un vase s'il voyait que son interlocuteur lui mettait les nerfs en pelote. L'écouterait quand elle lui suggérerait de faire des excuses à sa belle-mère et l'en remercierait par la suite. Et mettrait ses objectifs à elle au même niveau que les siens dès la première minute de leur mariage.

Saisie, elle porta vivement la main à sa bouche, comme si ses pensées allaient s'en échapper toutes seules.

Non ! Elle n'était quand même pas en train de tomber amoureuse d'Adam Carmichael ?

— Tu as entendu ce que je viens de dire ? demandait son amie d'un ton méfiant.

Elle secoua la tête pour s'excuser.

— Steve fait encore ce genre de choses de temps en temps, bien sûr, mais rarement, reprit Brodie-Ann. Maintenant, c'est moi qui dois faire tous les sacrifices, et des bien plus importants que ce truc de manteau, tu peux me croire. Je suis obligée de sacrifier mon temps, de renoncer à mes priorités.

— Lui aussi en fait de son côté, non ?

— Oui, mais lui, il a toujours été doué pour ça, répliqua Brodie-Ann, l'air sinistre. Pas moi. Moi, j'ai toujours été tournée vers… Eh bien, vers *moi-même*, avoua-t-elle avec tant de sincérité que

Casey éclata de rire. Je suis horrible, n'est-ce pas ? gémit-elle. Dès que Steve s'en rendra compte, il va me quitter.

— Steve t'aime en connaissance de cause, la rassura Casey. Il sait que tu es capricieuse, mais il t'aime vraiment, parce que tu sais être gentille et généreuse. C'est ce qu'il apprécie chez toi, si je ne me trompe ?

Brodie-Ann ne répondait pas, mais sa bouche esquissa un sourire imperceptible et Casey vit dans ses yeux une lueur qui lui inspira une bouffée de jalousie.

— Ma chérie, il faut vous accorder du temps. Steve et toi, vous êtes faits l'un pour l'autre, mais ça ne veut pas dire que vous n'ayez aucun effort à faire pour réussir votre mariage. D'ailleurs, c'est une bonne chose.

— Sans doute, répliqua son amie, qui paraissait rassérénée mais sans grand enthousiasme. Casey, je peux t'avouer quelque chose ? demanda-t-elle en recommençant à se mordiller l'ongle.

— Qu'est-ce que tu as encore fait ? s'alarma-t-elle en voyant l'air coupable de la jeune femme.

— Comme je me rongeais en me demandant si j'avais bien fait d'épouser Steve, j'ai commencé à réfléchir à Joe et toi. Votre mariage est tombé à l'eau, je le sais, mais je me suis demandé si tu n'avais pas eu raison de vouloir épouser quelqu'un que tu connaissais vraiment bien, balbutia

Brodie-Ann qui rougissait de minute en minute. Evidemment, j'ignorais que tu étais, heu... si attachée à Adam. Alors, quand Joe est venu me voir et qu'il m'a demandé s'il avait une chance de te reconquérir, je, heu...

Une silhouette projeta son ombre sur la table. Joe se tenait devant elles, tout fringant dans son uniforme de marine, serrant une casquette entre ses doigts.

— Bonjour, Casey, fit Joe.

— Excusez-moi, je vous laisse, souffla Brodie-Ann en reculant sa chaise. Je vous laisse discuter.

Et, avant que Casey puisse la rattraper, elle se leva et traversa en toute hâte le patio du restaurant, en se retenant presque de courir.

— Puis-je ? demanda Joe, qui s'assit sur la chaise désertée sans attendre la réponse.

Casey sentit une bouffée de chaleur l'inonder et faillit reculer, paniquée.

Autant elle avait apprécié de discuter de Parkvale avec son amie, autant la vision soudaine de Joe lui donnait l'impression que son ancienne vie lui sautait à la figure pour la rattraper avec de longs doigts sinistres. Elle n'avait qu'une envie : se lancer aux trousses de Brodie-Ann.

— Je sais que j'aurais dû te téléphoner avant, soupira Joe, qui sentait sa réticence. Mais après la façon dont je m'étais conduit, je n'étais pas sûr que tu acceptes de me parler. Or, il faut absolument que je te dise à quel point je regrette ce qui s'est passé.

Des excuses ? Ouf ! La menace s'éloignait. Il était venu simplement pour s'excuser et non pour chercher à la reconquérir.

Soulagée, elle éclata d'un rire nerveux.

— Ne t'inquiète plus de ça. Je n'aurais jamais dû tricher pour t'attirer dans ce studio. C'était humiliant aussi bien pour toi que pour moi. Tu aurais néanmoins pu me dire plus tôt que tu ne m'aimais plus, ajouta-t-elle amèrement.

Joe lui saisit la main et se pencha en avant pour plonger ses yeux dans les siens.

— C'est faux. Depuis nos dix-huit ans, tu as toujours été la femme de ma vie, Casey, déclara-t-il d'un ton pressant. J'ai paniqué et j'ai commis une erreur, mais, toi et moi, on était heureux ensemble. Il faut que tu reviennes, Casey.

Se sentant prise en otage par Parkvale tout entier, elle retira sa main.

— Joe, c'est terminé entre nous, répliqua-t-elle. Tout est fini. C'est trop tard.

Mais son ancien fiancé fit le tour de la table et se jeta à ses pieds pour étreindre ses genoux avec l'énergie du désespoir.

— Comment peux-tu dire une chose pareille ? protesta-t-il. Il y a quinze jours, c'est toi qui as tout organisé pour qu'on se marie, alors tu ne vas quand même pas prétendre que ton mariage avec ce Carmichael a la moindre valeur ? Je sais que ton cœur n'a pas changé, Casey. Pour moi, c'est la seule chose qui compte, déclara-t-il en la serrant encore plus fort pour ponctuer sa déclaration.

— Joe, dit-elle à voix basse, profondément gênée par la curiosité des autres convives. Ce que tu as fait dans ce studio était le contraire d'une lâcheté. Nous nous préparions à un mariage confortable et étions résignés à vivre une petite vie pépère au lieu de prendre le risque du grand amour. Tu as été assez courageux pour réagir.

— Pas du tout, s'insurgea Joe dont le visage s'était empourpré. Je t'aime, Casey, j'ai besoin de toi. Tu es la femme de ma vie. Où que tu veuilles aller, quoi que tu veuilles que je fasse pour que ça marche entre nous, je t'obéirai.

Alors qu'elle venait de se rendre compte, pendant la discussion avec Brodie-Ann, qu'Adam n'avait pas besoin d'elle, les paroles de Joe lui firent l'effet d'un baume réconfortant. Cet homme l'aimait, à l'évidence.

Elle ferma les yeux, se figurant qu'Adam était là. Il lui chuchoterait « Qui aime bien, châtie bien » et lui prendrait la main avec autorité pour l'entraîner loin de Joe et de ses promesses.

Elle rouvrit les yeux. Adam n'était pas là, elle devait se débrouiller toute seule…

— Je ne reviendrai pas, Joe, dit-elle avec détermination. Ce qu'il y a entre nous ne me suffit pas, et ça ne devrait pas te suffire non plus.

Il lui fallut encore plusieurs minutes pour convaincre son ex-fiancé, qui finit par s'en aller. Elle se retrouva seule devant les reliefs du repas.

Epuisée, elle avala le reste de son eau et tapota le verre glacé sur ses tempes pour se rafraîchir les idées.

Elle n'était que l'hôte temporaire d'un homme qui se passait très bien d'elle, et elle venait d'amputer sévèrement les liens qui la reliaient à Joe et à sa famille.

Elle avait l'impression d'être partie à la dérive.

Cet après-midi-là, n'arrivant pas à se remettre au travail, Casey descendit dans le jardin et se mit à ôter les fleurs fanées des rosiers palissés le long du mur qui séparait la propriété de celle des voisins. C'était un travail apaisant et gratifiant, même si elle n'était pas sûre que le jardinier apprécie son initiative à la prochaine de ses visites mensuelles.

— Bonjour ! lança une voix au-dessus de sa tête.

Elle s'arracha avec un sursaut de surprise à la contemplation d'une rose aux tons délicats.

Un gentleman entre deux âges, au visage taché

de son et aux yeux bleus sous une casquette de base-ball orange, l'épiait en haut du mur. Il devait se tenir sur une échelle, car le mur avait presque trois mètres de haut.

— Je m'appelle John Harvey, dit-il.

— Casey Carmichael, répondit-elle en se redressant et en repoussant ses cheveux sur son front humide de sueur.

— Vous devez être la jeune mariée. Je vous ai vue à la télé.

Elle acquiesça.

— Je crois que je n'ai jamais rencontré votre mari, reprit le voisin.

— Il travaille beaucoup.

— Ça doit être ça. Et vous, vous travaillez ?

Elle s'attarda à bavarder agréablement avec John pendant un quart d'heure puis reprit ses activités de jardinage.

Elle se trouvait toujours dans le jardin quand Adam revint, aux alentours de 20 heures.

Le premier indice qu'elle perçut de sa présence fut la paire de souliers noirs parfaitement cirés qui surgit devant son nez, alors qu'elle désherbait autour du cadran solaire.

— Vous n'avez pas à faire le travail du jardinier, déclara-t-il avec agacement.

— C'est pour me détendre, expliqua-t-elle en levant les yeux. Si vous avez faim, Sue a préparé une salade au crabe.

— Plus tard, répondit-il d'un ton radouci. Si par hasard vous souhaitiez arrêter de vous détendre, que diriez-vous de prendre un verre avec moi ?

— Magnifique. Je m'arrête tout de suite, fit-elle en souriant.

Le temps qu'elle range les outils de jardinage dans leur cabane et se lave les mains, Adam lui avait fait la surprise de préparer l'apéritif sous la véranda, où deux verres de vin blanc frais attendaient sur la table en fer forgé.

Son mari semblait épuisé. Il avait les yeux cernés et deux rides profondes marquées au coin de la bouche. Il lui expliqua qu'il venait de passer deux longues heures avec Sam sur le dossier du testament, après sa journée de travail pour *Carmichael Broadcasting*.

Elle s'assit sur la balancelle.

— Venez ici regarder le coucher du soleil, ordonna-t-elle en tapotant le matelas à côté d'elle pour l'encourager à la rejoindre.

— Je ne raterai pas ça pour un empire, répondit-il avec un léger sourire en prenant place à ses côtés.

Elle se laissa aller contre les coussins en avalant une gorgée de vin et donna une légère impulsion sur le sol pour faire osciller la balancelle.

— J'ai rencontré John Harvey, votre voisin.

***

Voilà. Il s'attendait à quelque chose de ce genre.

— Je croyais avoir dit « pas de voisins », remarqua Adam en arrêtant brusquement le mouvement d'un pied ferme.

— C'est lui qui a passé la tête par-dessus le mur, pendant que je jardinais. Je ne pouvais tout de même pas faire semblant de ne pas le voir !

— Alors, quand Mme et M. Harvey vont-ils nous faire l'indicible plaisir de venir dîner ? lança-t-il avec un regard sceptique.

— Jamais je ne vous ferais un coup pareil ! gloussa Casey.

— Parfait, répondit-il avec conviction. Et comment s'est passé votre déjeuner avec Brodie-Ann ? s'enquit-il quelques secondes plus tard.

La jeune femme relança la balancelle.

— C'était intéressant, fit-elle, après avoir longuement siroté son vin. En fait, elle avait amené Joe.

— Joe ? Celui qui vous a larguée en direct à la télé ? s'étonna-t-il, tendu.

— Vous êtes dur ! protesta faiblement Casey. Oui, lui-même.

Il arrêta une fois de plus la balancelle et posa son verre sur la table.

Il savait bien que cela finirait par arriver, mais il ne s'attendait pas à ce que ce soit si rapide. Aucun homme ne pouvait quitter Casey sans s'en mordre les doigts, c'était évident.

— Je suppose qu'il vous a demandé de revenir ? avança-t-il d'un ton neutre tout en faisant des efforts terribles pour ne pas hurler — lui qui ne criait jamais !

— Comment l'avez-vous deviné ? s'étonna Casey, qui dessinait du doigt sur son verre recouvert de condensation.

Si elle ne le regardait pas en face, c'est qu'elle avait déjà dû décider de retourner avec son ex-fiancé.

— C'était prévisible. Il ne fallait qu'une question de temps pour que Joe comprenne à quel point la vie est dure quand vous n'êtes pas à ses côtés pour le prendre en charge.

Depuis le déjeuner avorté au *Peabody*, Adam avait travaillé tard tous les jours pour éviter de se retrouver seul à seule avec Casey. Jusque-là, leurs relations avaient été faciles à gérer, mais, dimanche, il s'était senti plus proche d'elle qu'il l'avait jamais été auparavant avec une femme, et il lui avait semblé judicieux de reprendre ses distances. Pourtant, depuis quelque temps, rien que de savoir qu'elle l'attendait à la maison et qu'elle serait là à son retour, changeait tout. A l'idée qu'il allait perdre ce plaisir et que Joe allait la reprendre, il sentait monter en lui une fureur assassine.

— Vous pensez donc qu'il ne peut pas m'aimer pour moi-même ? s'insurgea Casey, outragée.

— Certes, poursuivit-il, trop furieux pour prendre des gants. Est-ce la puissance de son amour qui lui aurait fait prendre tant de plaisir à vous humilier devant des millions de téléspectateurs ?

— Ne soyez pas aussi affreux, fit-elle en reposant aussi son verre, le visage crispé.

— Je parie qu'il a su exactement quels mots employer pour vous faire retomber dans ses bras, ricana-t-il. Est-ce qu'il vous a dit qu'il vous *adorait* ?

— Plus ou moins, reconnut Casey. Il était très gentil.

— C'est incroyable ! s'exclama Adam en projetant violemment la balancelle en arrière pour sauter sur ses pieds. Je n'aurais jamais dû vous autoriser à rencontrer Brodie-Ann toute seule. Je savais que quelque chose comme ça allait...

— Vous n'avez aucune autorité pour « m'autoriser » ou non quoi que ce soit, si je me souviens bien, explosa Casey. C'est moi qui décide qui je rencontre, qui je choisis comme amis et si j'ai envie de retourner avec Joe ou pas !

Elle était livide de colère, et ses lèvres n'en apparaissaient que plus rouges et suaves. Est-ce qu'elle avait embrassé Joe quand elle lui avait dit qu'elle acceptait de le reprendre ?

— Vous êtes incapable de décider quoi que ce

soit ! rugit Adam. Vous êtes une faible. Vous le savez très bien, non ? Vous laissez les gens vous manipuler à coup de belles paroles, de protestations d'adoration, trop heureuse de sentir qu'ils ont besoin de vous. Ne venez pas vous plaindre quand vous serez de nouveau coincée dans votre petite vie minable.

— J'ai dit à Joe que c'était terminé, si vous voulez le savoir ! lui hurla-t-elle à la figure, les poings serrés. Je lui ai expliqué que je désirais plus que ce qu'il avait à m'offrir. Voilà ce que je lui ai dit !

Il en fut ébahi. Il ressentait un tel soulagement qu'il en était presque étourdi.

— Pourquoi ne me l'avez-vous pas dit plus tôt ? souffla-t-il en s'agrippant à la rambarde de la véranda.

— Parce que vous ne me l'avez pas demandé. Vous vous êtes contenté de faire des suppositions, lança-t-elle en le dépassant pour fuir sa présence.

Il la retint par l'épaule.

— Qu'est-ce que vous vouliez que je pense ? Vous vous faites toujours avoir. Vous seriez encore bloquée à Parkvale, à la merci de votre sœur, si je ne vous en avais pas extraite par la peau du cou, l'autre jour.

— Ce jour-là, j'ai compris beaucoup de choses,

avoua Casey. Vous m'avez montré comment dire non, et aujourd'hui j'ai su refuser toute seule.

Il y avait tant de fierté dans sa voix que cela le fit sourire.

— Je suis content de vous.

— Je l'ai fait pour moi, pas pour vous, répliqua-t-elle, agacée.

— Bien sûr, fit-il avec un sourire jovial. Excusez-moi de m'être emporté.

Casey rendit son sourire à Adam et retourna s'asseoir sur la balancelle, où celui-ci la rejoignit.

— Au moins, avec vous, je n'ai aucun risque d'être manipulée par de belles paroles, des protestations d'adoration ou des manifestations de besoin… Oh ! s'exclama-t-elle en se tournant vers son mari, surprise de se retrouver nez à nez avec lui. Vous vous rendez compte qu'on vient d'avoir notre première dispute ?

— Et vous vous rendez compte, répéta-t-il en l'imitant, que le voisin, votre nouvel ami, n'a pas dû en manquer une bribe ?

Horrifiée, Casey porta la main à sa bouche.

— Vous voyez, pérora Adam d'un ton supérieur, si vous n'aviez pas fait sa connaissance, vous vous en ficheriez comme d'une guigne. Mais, *très chère,* maintenant que vous avez ouvert la poubelle, il faut la nettoyer.

— Qualifier John Harvey de poubelle est très impoli.

— Allez, racontez-moi comment vous vous sentez, dit-il en posant le bras sur son épaule, dans un geste désinvolte et affectueux à la fois. Ça n'a pas dû être facile, avec Joe.

— Ça a été terrible, dit-elle en se blottissant légèrement contre lui. Mais, maintenant, je me sens… libérée.

— Vous n'êtes pas libre, vous êtes une femme mariée, la taquina Adam en lui serrant l'épaule, ce qui provoqua en elle une impression de chaleur.

Elle détourna les yeux, troublée.

— Joe est le seul garçon avec qui je sois sortie, commença-t-elle, en partie pour tâcher de combattre la puissance des émotions qui surgissaient en elle chaque fois qu'Adam la touchait. Il faut que j'apprenne à construire une relation équilibrée qui ne soit pas engluée dans des rapports de dépendance. Je pense qu'il faudrait que je sorte avec d'autres hommes. Après l'annulation, bien entendu, précisa-t-elle en tapotant le genou d'Adam pour le rassurer, laissant délibérément sa main un peu plus longtemps qu'il n'était besoin.

Le cœur d'Adam s'arrêta de battre. Il venait juste de surmonter le choc de la réapparition de Joe, et voilà que Casey parlait de sortir avec d'autres hommes !

L'effet de cette nouvelle, ajouté à la réaction excessive qu'il avait eue à l'annonce de sa rencontre avec son ex-fiancé, prouvait que son attirance pour Casey n'était pas que physique, loin de là. Il ne supportait pas qu'elle envisage de sortir avec quelqu'un d'autre, alors même qu'elle ne serait plus mariée avec lui ! Il fallait qu'il se décide à savoir ce qu'il voulait.

La garder près de lui… Oui, mais pas trop près.

— Vous n'êtes pas obligée d'attendre l'annulation, suggéra-t-il en tortillant autour de son index une des mèches blondes de la jeune femme.

Il s'attira un regard éberlué.

— Si je me mets à sortir avec des hommes, notre faux mariage ne sera plus très convaincant.

— Vous pourriez sortir avec moi.

— Sortir… avec vous ? répéta Casey, stupéfaite.

— Vous oubliez que j'ai été élu le « célibataire le plus en vue de Memphis », lança-t-il. On me considère comme un assez beau parti.

— Je n'en doute pas, répliqua Casey après l'avoir examiné. Mais comment se fait-il, alors, que vous n'ayez pas de petite amie ?

— Ça fait un moment que je n'ai pas rencontré quelqu'un de convenable, expliqua-t-il en haussant les épaules.

— De « convenable » ?

— Une femme prête à profiter au maximum des moments que nous passons ensemble, qui entre-temps demande le minimum et qui est heureuse de dire « au revoir » quand c'est terminé.

Il se félicitait de régler ses liaisons comme il faisait toute chose, avec logique et détermination.

— Comme vous l'avez si bien dit, reprit-il avec un sourire ravageur, je ne risque pas de vous manipuler ni de vous réclamer quoi que ce soit.

— Quand nous étions au *Peabody*, s'étonna Casey, c'est vous qui m'avez expliqué qu'il n'y avait pas la moindre chance que nous entretenions la moindre relation.

— Je voulais parler de relations *permanentes*, corrigea-t-il. Nous n'avons toujours qu'un temps limité devant nous.

— Moi, je cherche à apprendre à fréquenter les hommes, mais, vous, qu'est-ce que ça peut vous apporter ?

— Quelle question ! fit-il en lui effleurant la joue. Vous êtes belle, séduisante… et très désirable, ajouta-t-il d'une voix rauque.

Casey déglutit avec effort.

— Qu'envisagez-vous exactement, quand vous parlez de « sortir » ensemble ? s'informa-t-elle d'un ton prosaïque.

— Parfois, nous sortirons dîner, répliqua-t-il, amusé, d'autres fois nous resterons à la maison. Ce ne sera pas très différent de ce que nous vivons déjà, sauf qu'il y aura davantage de « ça », conclut-il en se penchant sur sa bouche.

Casey retint sa respiration.

Adam explora d'abord la commissure de ses lèvres, puis il les taquina de sa langue jusqu'à ce qu'elles se séparent. Quand il pénétra lentement sa bouche avec la douceur d'une caresse, tout son corps frémit, et en réponse il l'attira contre son torse pour accentuer son emprise.

Quand il la libéra, elle tremblait comme une feuille. Ce baiser était le plus ensorcelant qu'ils aient jamais échangé.

Adam ne semblait pas plus assuré. Il lui décocha un sourire où la panique le disputait au triomphe.

— Il y a un autre truc génial qui vaut le coup quand on sort avec moi, déclara-t-il pourtant d'une voix posée.

Elle haussa les sourcils et, malgré son trouble, répliqua d'un ton tout aussi calme :

— Un seul ?

Le regard perdu dans le lointain, elle admira l'écharpe rose que les derniers feux du couchant déroulaient à l'horizon.

— Alors, on sort ensemble, oui ou non ? s'impatienta Adam. Vous me plaisez, je vous plais, et je suis sûr que vous n'embrasseriez jamais quelqu'un d'autre comme ça.

— Disons, pas s'il avait mauvaise haleine ou une verrue sur le nez.

— Je suis flatté, répliqua Adam sèchement. J'ignorais que vous étiez aussi difficile.

— Bon, reprit-elle, l'estomac noué mais s'efforçant de garder un ton indifférent. D'accord, sortons ensemble.

Chapitre 9

Adam observa le petit groupe qui venait d'envahir son bureau à 10 heures tapantes, ce mercredi matin. Les participants à la réunion s'étaient rangés en ordre de bataille : Anna May et Henry à sa droite, Sam et Eloïse à sa gauche.

Une légère spirale de vapeur s'élevait d'un plat posé sur le bureau. Selon son habitude, Eloïse lui avait apporté une miche de ce qu'elle appelait son « fameux » pain de maïs — fameux surtout pour provoquer la noyade de tout insensé qui aurait l'audace de nager après en avoir consommé. Cette mixture était un véritable étouffe-chrétien, mais c'était la recette secrète de la mère d'Eloïse, et bien que celle-ci ait une cuisinière pour lui préparer ses repas, elle considérait le pain de maïs comme sa chasse réservée.

Il y avait des années qu'il s'était lancé le défi de ne plus jamais consommer la moindre bouchée de cette horreur, et il avait bien l'intention de ne pas transiger avec ses principes, même si, ce matin, grâce à son nouveau statut de « petit ami » de sa femme, il se sentait chaleureusement disposé envers la Terre entière.

Tandis qu'ils attendaient tous qu'il prenne la parole, Anna May foudroya Sam du regard.

Sa tante avait exigé qu'aucun avocat n'assiste à la réunion et il avait accepté cette condition. Or, à la minute où Eloïse avait mis le pied dans l'immeuble, Sam avait trouvé une bonne raison pour venir lui rendre visite dans son bureau.

— Eh bien ? lança Anna May qui s'impatientait.

— Résumons-nous, déclara-t-il. Vous prétendez que si je nomme Henry au comité de direction de *Carmichael Broadcasting*, si je lui verse un bonus équivalent à une année de salaire et si j'accepte de débourser des dividendes réguliers aux actionnaires, en remontant sur les trois dernières années, vous laisserez tomber la procédure cherchant à établir que mon père était irresponsable quand il a rédigé son testament ?

Au petit hochement de tête satisfait que lui adressait Sam, il était clair que celui-ci considérait l'offre de sa tante comme une aubaine : l'indice qu'elle redoutait de perdre au tribunal et était prête à négocier. Mais à quoi cela servirait-il, si ces revendications somptuaires ruinaient l'équilibre financier de l'entreprise ?

Sa tante eut un brusque mouvement de tête

qui la fit ressembler à un oiseau. Un vautour, plus exactement.

Il chassa cette image peu charitable. Quelque part, enfouie dans les méandres du cerveau d'Anna May, devait se cacher la clef de son comportement, mais qu'il soit damné s'il devinait ce que c'était ! Il n'avait pas de temps à perdre avec ces bêtises et ne ressemblait en rien à Casey, qui pratiquait l'analyse psychologique avec délectation.

Mais si, pour une fois, il essayait d'aborder la situation à la manière de sa douce épouse ?

— Qu'est-ce qui te pousse à imposer ces conditions en particulier ? demanda-t-il à Henry.

— Nous ne voulons pas nous montrer déraisonnables, Adam, commença son cousin en s'excusant, mais maman pense… *Nous* pensons que…

— C'est le moins que mérite Henry, si l'on s'en réfère au testament original de ton père, le coupa Anna May avec aigreur en leur brandissant sous le nez un épais document.

Adam et Sam se regardèrent avant de le parcourir l'un après l'autre.

Anna May avait produit son petit effet. Avant cette réunion, ils n'avaient jamais entendu parler de l'existence d'un testament antérieur, car l'avocat ne s'était jamais occupé des affaires privées de James. Dans ce document, James Carmichael divisait sans ambiguïté ses parts dans *Carmichael Broadcasting* à égalité entre Henry et Adam.

— Est-ce vraiment ce que tu désires ? insista Adam en se tournant vers son cousin qui, au contraire de lui, n'avait pas jusqu'à présent fait montre de la moindre passion pour la gestion de l'entreprise. Quels sont tes rêves ? reformula-t-il en utilisant le vocabulaire de Casey.

— Eh bien, balbutia Henry nerveusement. J'ai toujours souhaité...

— Je ne sais pas à quoi rime cette nouvelle tactique, Adam, mais elle ne te mènera à rien, tu peux me croire, contre-attaqua sa tante. Nous allons demander à la cour d'annuler ce testament. Ton père était en pleine confusion mentale quand il l'a signé.

L'approche amicale étant un fiasco, Adam décida de reprendre un sentier plus balisé.

— Et le tribunal statuera que mon père était totalement sain d'esprit quand il l'a rédigé, proclama-t-il, conscient de l'absurdité qu'il y avait à défendre un document que, de son côté, il projetait d'attaquer sous prétexte qu'on n'avait pas le droit de le forcer à se marier pour hériter.

Il remarqua qu'Eloïse, perturbée, le regardait en se mordant les lèvres. Il aurait préféré qu'elle ne soit pas là, pour pouvoir dire à Anna May qu'il se moquait de ses menaces et qu'elle n'avait qu'à aller jusqu'au bout. Il était sûr que sa tante l'avait précisément invitée pour éviter de se faire envoyer sur les roses. Encore du chantage affectif... Les membres de sa famille étaient de vrais champions dans ce domaine. Même son père…

Dès qu'Anna May avait révélé le contenu du premier testament, Eloïse avait tenté d'expliquer que, si James l'avait modifié depuis, c'est qu'il avait pris conscience de l'affection qu'il portait à son fils.

Il aurait aimé la croire, mais il savait bien que son père s'était simplement rendu compte des efforts qu'il faisait pour maintenir l'entreprise à flot. Il avait par-dessus tout voulu donner à celle-ci une chance de perdurer.

Si seulement son père s'était abstenu de lui demander de veiller sur Eloïse ! Il aurait pu passer outre les sentiments de sa belle-mère sans se soucier qu'elle ait le cœur brisé de l'entendre qualifier son mari adoré de fou sur la place publique. Mais bon sang ! Il n'allait pas pour autant s'avouer vaincu.

— Qu'est-ce que tu en penses ? demanda-t-il à Eloïse.

— Je ne cède jamais au chantage, mon chéri, et tu devrais suivre mon exemple, répondit-elle, l'air déterminé, après avoir jeté un regard blasé sur Anna May.

Quoi ?

Il la fixa, éberlué, tandis qu'elle hochait la tête.

— Vous avez entendu ce qu'a dit Eloïse, dit-il à son cousin et à sa mère.

Sans se laisser le moins du monde désarçonner, Anna May se leva, aussitôt imitée par son fils.

— Alors, nous nous retrouverons au tribunal, lança-t-elle en quittant la pièce.

Quelques minutes plus tard, Eloïse s'en alla aussi.

— Quelle femme courageuse ! murmura Sam, qui l'avait regardée partir avec désespoir.

Pour une fois, Adam ne pouvait pas le contredire.

— Emportez donc ça, dit-il à l'avocat en poussant vers lui le plat encore tiède.

— Vous n'y pensez pas, c'est pour vous qu'elle l'a fait, protesta Sam, qui couvait des yeux le pain de maïs.

— Prenez-le, insista-t-il. Quelles sont les chances d'Anna May d'obtenir gain de cause avec cet argument d'irresponsabilité, d'après vous ?

L'avocat attira le plat à lui avec convoitise.

— Pour moi, moins de cinquante pour cent.

— Quoi ! Ne me dites pas qu'elle pourrait gagner sur la base de deux ou trois remarques stupides que j'aurais faites il y a des années ?

— Je pense qu'elle va essayer de monter en épingle le fait que votre père n'a rien vu des malversations de son expert-comptable, répliqua l'avocat. Et souligner que c'était une preuve de son incapacité.

Adam se frotta les tempes, accablé. Cette

nouvelle attaque risquait d'ajouter au bouleversement d'Eloïse.

— Et votre mariage ? reprit Sam avec la plus grande prudence.

— Eh bien quoi, mon mariage ?

— Ça se passe bien ?

— C'est à vous de me le dire. C'est vous qui vous occupez de l'annulation.

— Je voulais dire : est-ce que vous vous entendez aussi bien que vous en avez l'air ?

Mal à l'aise, Adam se tortilla dans son fauteuil. Si s'embraser au moindre contact, mourir d'envie de presser les lèvres de sa femme sur les siennes et être fasciné par chaque mouvement de ses jambes ou de ses hanches signifiait qu'il s'entendait bien avec elle, alors Sam tapait dans le mille. Sans compter que leur décision de « sortir ensemble » devait sûrement abonder dans ce sens.

— Je me disais, reprit l'avocat, que, quand nous aurions réduit en pièces ces allégations de démence, la façon la plus simple de régler le problème que nous posent Anna May et Henry serait de leur couper l'herbe sous le pied en laissant tomber vos attaques contre les termes du testament.

— Comment ça ? demanda-t-il, circonspect.

— En faisant de votre mariage une réalité.

— Vous plaisantez ! s'exclama-t-il en laissant tomber son stylo de surprise.

— Ici, je vous parle en ami, Adam, et non en

avocat, lui dit Sam, qui n'avait jamais eu l'air aussi sérieux. Sur un plan strictement juridique, je pense que nous aurions gain de cause au tribunal et que nous réussirions probablement à faire effacer cette clause du testament de votre père, mais ce serait beaucoup plus simple de... Il se trouve que vous êtes réellement marié, reprit-il, et que, tant que le testament est ce qu'il est, il vous est indispensable de le rester pour hériter. Tout ça présente une certaine cohérence.

— Une certaine démence, vous voulez dire, rétorqua Adam, qui grimaça au souvenir de la promesse qu'il s'était faite de ne plus jamais utiliser à la légère les mots « démence » ou « folie ».

— Réfléchissez-y, lui conseilla Sam. S'il existe un moyen que vous et Casey puissiez établir...

— Impossible, répliqua brusquement Adam, soucieux de s'arracher cette idée de la tête avant qu'elle y prenne racine.

A part leur mutuelle exaspération devant les pressions de leurs familles, ils se trouvaient à des années-lumière l'un de l'autre sur la plupart des sujets importants, et d'ailleurs il avait fréquenté des dizaines de femmes sans que cela déclenche en lui la moindre velléité de les épouser. De toute façon, même s'il voulait que ce mariage soit durable, ce qui n'était pas du tout le cas, il existait un obstacle majeur : Casey cherchait un mari qui soit en adoration devant elle.

— Excusez-moi, qu'est-ce que vous disiez ? sursauta-t-il en réalisant que Sam lui parlait toujours.

— Je me demandais comment se sentait Eloïse depuis la crise de l'autre dimanche au *Peabody*. Ce matin, elle m'a paru nerveuse.

— J'ai l'impression qu'elle m'a pardonné, répondit-il.

Il avait suivi les conseils de Casey et téléphoné à sa belle-mère le soir même pour s'excuser. On sentait bien qu'elle était encore blessée, mais elle s'était montrée reconnaissante qu'il ait appelé et, au moment où il allait raccrocher, elle avait, d'un cœur léger, recommencé à se mêler de sa vie privée. Ce qui, d'ordinaire, lui tapait sur les nerfs. Cette fois, il avait accueilli cette intrusion avec soulagement car cela indiquait qu'Eloïse lui pardonnait son manque de tact.

— C'est une femme formidable, continua l'avocat, brodant sur un thème dont il ne se lassait jamais.

— C'est sûr qu'elle est très loyale envers la mémoire de mon père, répliqua cruellement Adam après avoir émis un vague grognement d'approbation.

Ce n'était pas son rôle de décourager Sam, mais il fallait qu'il arrête d'espérer fixer le cœur d'Eloïse. Cela ne le mènerait nulle part.

Mais l'avocat était soit irrécupérable, soit trop perdu dans ses pensées pour capter le message.

— Il faut que je file, déclara-t-il en se levant. Réfléchissez à ce que je vous ai dit, Adam. Essayez de trouver un moyen de garder Casey auprès de vous.

Adam resta perplexe, à regarder la porte par laquelle Sam avait disparu, puis il sauta sur le téléphone sous le coup d'une impulsion subite.

Quand, la veille au soir, il avait proposé à Casey de sortir avec elle, il n'avait projeté que de l'inviter à dîner le samedi suivant, jour de sortie de la gouvernante, et où il fallait bien qu'ils mangent tout de même. Avant le petit discours de Sam sur l'intérêt pour lui de rester marié, il ne lui serait jamais venu à l'idée de l'inviter à déjeuner au débotté.

Au fond, peu importait. Quitte à sortir avec elle, que ce soit juste pour le plaisir ou pour faire tenir leur mariage, autant commencer tout de suite.

Le téléphone sonna à 11 heures pile, interrompant Casey dans la rédaction de la fin d'un chapitre.

— Venez donc me rejoindre au bureau pour déjeuner, lui ordonna Adam d'une voix profonde et sexy, sans se soucier de savoir si elle en avait le temps ou même l'envie.

— Aujourd'hui ?

— Quand on sort ensemble, c'est le genre de chose qu'on fait, non ?

Elle n'en savait rien, car elle n'en avait pas eu l'expérience avec Joe. S'inviter spontanément à déjeuner ne correspondait pas du tout au type de relation qu'ils entretenaient.

— Je vous attends à midi, reprit-il.

— Vous ai-je déjà mentionné mon goût pour les hommes d'avant-garde, ceux qui demandent par exemple à une femme ce dont elle a envie ?

— Ce serait idiot, rétorqua Adam, parce que vous pourriez me suggérer un truc que je n'ai pas envie de faire, et je serais forcé de refuser. Soyez à l'heure.

Et le grossier personnage raccrocha.

Ils étaient installés au bord de la rivière, dans un coin écarté du parc *Ashburn Coppak* offrant une vue spectaculaire sur la ville qui s'étalait jusqu'à l'horizon.

— Je suis étonnée que vous ayez pensé à venir ici, dit Casey en souriant.

— Je suis peut-être un homme prosaïque, mais je ne suis pas totalement dépourvu d'imagination, répliqua Adam en hésitant visiblement à lui rendre son sourire.

Elle croisa les jambes, s'attirant comme elle s'y attendait les regards de son mari. C'était d'ailleurs dans ce seul but qu'elle s'était décidée à enfiler cette courte jupe de lin vert tendre, assortie d'un T-shirt de coton blanc sans manches, après avoir passé une demi-heure à essayer et à rejeter différentes tenues.

— C'est l'endroit idéal pour un pique-nique, commenta-t-elle.

— Parfait, c'est le mot, acquiesça Adam, les yeux toujours rivés sur ses jambes.

C'était incroyable de voir comment son mari s'était jeté à corps perdu dans cette histoire de rendez-vous amoureux. A peine douze heures après qu'elle eut accepté sa proposition, le voilà qui sortait un pique-nique complet de son chapeau — ou de celui de sa secrétaire ? — et qu'il la conduisait dans ce parc après avoir insisté pour qu'elle laisse sa voiture au bureau.

Adam jeta un bout de pain à un canard qui passait par là et se resservit de salade de pommes de terre.

Il aurait pu facilement s'habituer à cette vie. La nourriture du traiteur était délicieuse, la bouteille de vin glacé très relaxante, et quant à la compagnie…

S'il ne devait garder qu'une chose de ce mois passé avec Casey, ce serait d'avoir retrouvé le plaisir des choses simples, comme les pique-niques, les couchers de soleil, la conversation. Durant le déjeuner, ils avaient discuté de tout et de rien, depuis la dernière saga familiale débutant prochainement sur *Channel 8*, jusqu'aux problèmes que Casey rencontrait pour dénouer l'intrigue de son roman, en passant par un jeu consistant à nommer le plus grand nombre de villes de l'Etat du Mississipi, jeu qu'il avait apparemment gagné.

Fixant la salade de pommes de terre dans son assiette, il se rendit compte qu'il était repu. Il faut dire qu'il avait déjà pris son dessert, une délicieuse part de tarte au citron vert. Se resservir de salade n'était, comme Casey l'aurait décrété avec sa psychanalyse de bazar, qu'une manœuvre de substitution.

Il glissa un regard en coin sur la jeune femme qui, allongée sur une couverture, les yeux clos, s'exposait au soleil, les mains derrière la nuque.

Cette position mettait en valeur sa poitrine sous le fin coton blanc et raccourcissait encore sa jupe. Ses cheveux dorés s'étalaient sur la couverture, et ses lèvres esquissaient un léger sourire. Comme si elle était soudain consciente de cet examen attentif, elle s'humecta les lèvres.

Il retourna vivement à son assiette, saisi en flagrant délit de substitution : il compensait l'envie des lèvres de sa femme par une salade de pommes de terre !

« Essayez de trouver un moyen de garder Casey auprès de vous », avait dit Sam. La meilleure façon d'y arriver n'était-elle pas de faire passer leur relation au cran supérieur ?

Bon sang ! Le sexe, il ne pensait plus qu'à cela.

Ce n'est pas que l'idée ne l'ait jamais effleuré, mais avant que l'avocat lui ait si libéralement dispensé ses conseils, il l'avait toujours chassée, estimant qu'elle était totalement déplacée. Maintenant, c'était comme si Sam lui avait donné la permission d'entraîner Casey dans son lit et de pratiquer avec elle tout ce qu'il brûlait de faire.

Il n'était pourtant pas sûr d'avoir envie de la garder définitivement. D'ailleurs, il aurait fallu en discuter avec elle d'abord.

Mais l'ennui, c'est qu'il avait autant envie de discuter que de se pendre, quand il repensait à la suavité de sa bouche.

— Adam ? souffla Casey d'une voix languide, en se redressant sur les coudes — ce qui fit saillir sa poitrine. Je crève de chaud. Pourriez-vous me passer la bouteille d'eau ?

Il obtempéra et, au spectacle de Casey, la tête en arrière, les yeux mi-clos, buvant avidement à la bouteille, il étouffa un gémissement.

Lui effleurant la gorge pour essuyer l'eau qui

dégoulinait de son menton, il sentit son pouls battre sous ses doigts.

La jeune femme entrouvrit des yeux profonds où brûlait une ardeur qu'aucune eau ne pouvait éteindre. Sans le quitter des yeux, elle reposa la bouteille, tandis qu'il glissait la main derrière sa nuque pour l'attirer à lui et rapprocher leurs bouches.

Il ne voulait pas se ruer sur elle. Il désirait prendre son temps, savourer chaque seconde de cette proximité. Quand leurs lèvres se rejoignirent enfin, il vit les yeux de Casey se fermer de nouveau, à l'instant précis où leurs bouches se touchaient, et il fut saisi d'un tel désir que sa douceur s'envola aussitôt. Comme les lèvres de la jeune femme s'ouvraient pour laisser passer sa langue, il pénétra au plus profond et la fit gémir, tandis qu'elle se débattait pour se redresser et l'étreindre avec fureur.

Toute la convoitise d'Adam s'était polarisée à l'épicentre de son corps. Il mit sa main en coupe pour lui saisir un sein et, sentant son corps se cabrer, étouffa ses soupirs dans sa bouche.

Tandis que Casey l'enlaçait, il glissa une main sous son T-shirt pour lui caresser le dos, brûlant du désir de lui arracher jusqu'à son dernier vêtement et de lui faire l'amour sur place.

Mais, quelque part dans un coin reculé de son cerveau, il se souvenait qu'ils étaient dans un lieu public. S'il pouvait réussir à s'arracher à sa bouche, peut-être parviendrait-il à la persuader d'aller continuer cela en privé ?

Quand il parvint à s'écarter d'elle, la protestation qu'elle émit lui ôta ses derniers scrupules.

— Rentrons à la maison, lança-t-il d'une voix rauque.

Chapitre 10

Sans un mot, ils entreprirent de jeter les boîtes vides, les assiettes et les restes de nourriture dans le panier de pique-nique, roulèrent en boule la couverture et se ruèrent vers l'Aston Martin.

Pendant qu'ils tâtonnaient pour fixer leurs ceintures de sécurité, Adam embrassa encore Casey avec fougue, comme pour prendre une provision de sensations, puis il démarra en trombe.

— Si nous rentrons maintenant, nous irons directement au lit, n'est-ce pas ? s'enquit Casey en orientant sur elle la ventilation.

Au lit, sur la table de la cuisine, même sur le plancher… Il n'avait pas d'idée préconçue.

— Oui, reconnut-il.

— Ça veut donc dire qu'on va dormir ensemble dès notre premier rendez-vous, insista-t-elle en se tortillant sur son siège.

— Pas du tout.

— Ah bon ?

— Ça m'étonnerait qu'on dorme, rétorqua-t-il.

— L'ennui, hésita-t-elle, gênée, c'est que je ne fais jamais ce genre de chose lors d'un premier rendez-vous.

— Vous ne connaissez absolument rien aux règles d'un premier rendez-vous. Vous me l'avez avoué vous-même, lui rappela-t-il tout en s'arrêtant à un feu rouge.

— Eh bien, si je les connaissais, je suis certaine que c'est ce qu'elles préconiseraient, rétorqua la jeune femme qui se mordillait les lèvres avec appréhension.

Au passage du feu vert, il redémarra, mais sans le même sentiment d'urgence.

— Et vous ? A ma place, est-ce que *vous* coucheriez lors d'un premier rendez-vous ? reprit-elle.

— On est mariés, protesta-t-il. Nous nous voyons tous les jours. Bon sang ! J'ai passé plus de temps avec vous qu'avec les six dernières femmes que j'ai fréquentées.

— Moi, je n'ai jamais couché qu'avec Joe, rétorqua Casey en détournant les yeux vers la vitre.

« Ouais ! Et c'est bien pour ça qu'il avait tellement envie de casser la figure à ce type ! » s'exclama-t-il en son for intérieur.

— Vous êtes un peu effrayée, c'est tout, rétorqua-t-il.

— Non, c'est que j'ai besoin d'un peu de temps pour m'habituer à cette idée.

— De combien de temps avez-vous besoin ?

— Combien de temps êtes-vous prêt à m'accorder ?

Avant de répondre, il attendit d'avoir dépassé une vieille dame en Toyota qui zigzaguait au milieu de la chaussée.

— Ce n'est pas la question. Quand serez-vous capable de déterminer ce dont vous avez envie ? C'est la seule chose qui compte.

— Qu'est-ce que vous diriez de venir dîner à la maison, ce soir ? lança Casey à brûle-pourpoint.

— Un nouveau rendez-vous ? Ça, c'est une idée géniale, se réjouit-il.

Il voyait à nouveau l'avenir en rose.

Incapable de relier entre eux les mots sur l'écran, Casey fixait sans le voir le clavier de son ordinateur. C'était pourtant un chapitre qu'elle voulait finir aujourd'hui.

Comme marquée au fer rouge par le baiser brûlant qu'ils avaient échangé dans le parc, elle ne réussissait plus à se concentrer.

Durant les sept ans passés avec Joe, jamais elle n'avait connu quelque chose d'aussi irrépressible que le brasier qu'Adam avait allumé dans ses veines.

Elle ne le connaissait que depuis trois semaines, et voilà qu'elle était déjà prête à faire l'amour avec lui ! C'était le signe que son mari était en train de lui voler son cœur. Ce qui n'aurait pas présenté de problème s'il avait été prêt à lui offrir le sien en échange… Mais quelles chances y avait-il que cela arrive ?

Jusqu'à présent, elle n'avait jamais envisagé que des rapports plus profonds puissent s'établir entre eux. Adam n'était pas le genre d'homme à donner son cœur à qui que ce soit. Mais peut-être que s'ils devenaient plus proches, son mari serait en mesure de progresser sur le plan émotionnel ?

Elle jeta un coup d'œil à sa montre : 16 heures.

Cet après-midi, elle avait promis à Eloïse de lui rendre visite. Il allait lui falloir passer en coup de vent afin d'être rentrée à temps pour se préparer pour la soirée, si Adam et elle comptaient reprendre les choses où elles en étaient restées au déjeuner.

A cette perspective, elle avait l'impression que la tête lui tournait.

A son arrivée chez Eloïse, elle découvrit une voiture inconnue garée devant la maison.

— Sam Magill est passé me rendre visite, il

est parti aux toilettes, chuchota sa belle-mère, déconfite, en l'accueillant à la porte. Il est passé à l'improviste pour voir si je n'avais pas besoin d'aide pour étêter mes roses fanées. C'est à se demander pourquoi j'emploie un jardinier, lança-t-elle avec aigreur en l'introduisant dans un salon magnifique éclairé par une double rangée de portes-fenêtres, où trônait une cheminée surmontée d'un grand miroir doré. Cet homme est persuadé que je suis incapable de me prendre en charge toute seule. Ça finit par être insultant.

Apitoyée par la détresse du pauvre avocat victime d'un amour sans espoir, Casey fit la grimace.

Après tout, dans une classe d'âge qui manquait dramatiquement d'hommes disponibles, Sam constituait une aubaine. Il était grand, élancé, robuste et, de plus, célibataire. Elle en voulait à Eloïse autant qu'à Adam de la manière dont, chacun à sa façon, ils défendaient bec et ongles leur indépendance affective.

— Vous savez, rétorqua-t-elle, la plupart des hommes séduisants comme Sam sont trop égoïstes pour se soucier des autres. Je parie qu'il a tout un troupeau d'admiratrices pendues à ses basques, ajouta-t-elle, se souvenant des regards éloquents que lui lançaient les amies d'Eloïse, l'autre dimanche au *Peabody*.

— Vous croyez ? demanda sa belle-mère, interloquée.

— C'est ce que je me suis laissé dire, en effet, lança l'avocat qui arrivait dans son dos.

— Sam Magill ! s'indigna Eloïse, qui n'avait pu retenir un hoquet de saisissement. Qu'est-ce que c'est que ces manières de terroriser les gens ? Vous pourriez vous montrer plus…

Elle examinait Sam attentivement tout en parlant et, comme si elle le voyait vraiment pour la première fois, elle laissa mourir sa phrase en clignant des yeux, sa main voltigea vers sa poitrine, tandis qu'une rougeur irrésistible lui montait aux joues.

Tandis que son idole le scrutait, l'avocat ne savait visiblement comment réagir. A le voir ainsi, muet et aussi éloquent qu'un sac planté au milieu du salon, Casey avait du mal à résister à l'envie de lui envoyer une bourrade pour le pousser à sauter sur l'occasion d'inviter Eloïse à dîner.

— Eh bien, fit sa belle-mère d'un ton bourru dès qu'elle eut recouvré ses esprits, je dois reconnaître que vous êtes assez bel homme. Mais ça ne me fait ni chaud ni froid, ajouta-t-elle en se tournant vers la porte pour lui signifier son congé. J'ai beaucoup apprécié cette visite très informelle, Sam, mais je me porte comme un charme et mes roses aussi. Attendez une seconde, se reprit-elle, un peu coupable, en voyant l'air de chien battu de son visiteur. Je vais aller vous chercher un pot de mes pêches au sirop, que je viens de mettre en bocaux comme chaque année.

La précipitation avec laquelle elle s'enfuit de la pièce était déjà une indication en soi, car hâter le pas était pour Eloïse le comble de l'inélégance.

Casey n'avait pas le temps de prendre des gants.

— Vous agissez avec elle en dépit du bon sens et faites exactement le contraire de ce qu'il faudrait, jeta-t-elle hâtivement à l'avocat. Eloïse a constamment l'impression que vous vous mêlez de ses affaires.

— Je ne cherche qu'à l'aider, protesta Sam, abasourdi par cette approche directe. Cette femme est seule, elle a besoin qu'on la conseille de temps en temps, mais chaque fois que j'ouvre la bouche…

— Vous gâchez tout parce que vous en faites trop.

— Je veux seulement faire le maximum pour elle, expliqua le juriste qui était allé s'appuyer au manteau de la cheminée et fixait désespérément l'âtre vide. Afin de gagner son… respect.

Casey savait aussi bien que lui qu'il cherchait bien autre chose que le respect d'Eloïse. Pourquoi s'imaginait-il qu'elle devait absolument avoir besoin de lui pour en tomber amoureuse ?

— Ce dont Eloïse a besoin, c'est d'un compagnon agréable, répliqua-t-elle. Quelqu'un avec qui partager les bons et les mauvais moments de l'existence. Et aussi, pourquoi pas, quelqu'un à aimer. Vous devriez prendre le risque d'essayer, conseilla-t-elle, un peu mal à l'aise, à l'avocat qui la regardait d'un air indécis.

Il se racla la gorge comme s'il voulait signifier qu'il y penserait, ou au contraire qu'il ne voulait plus aborder la question.

— Pour rester dans le sujet, dit-il en levant les yeux pour croiser le regard de Casey dans le miroir, ça a l'air de bien se passer entre vous et Adam. Si vous voulez lui rendre service, ne le quittez pas.

— Pourquoi me dites-vous ça ? demanda-t-elle, le cœur battant.

— Si vous restez mariés, Adam n'aura plus besoin d'attaquer le testament de son père.

— Je ne crois pas qu'il désire que nous restions mariés, répondit-elle, le cœur cognant toujours dans la poitrine et les lèvres sèches.

Elle entendit le claquement des hauts talons de sa belle-mère sur le carrelage de l'entrée et exhala un soupir.

— Adam n'avait pas l'air d'être opposé à cette idée quand je lui en ai parlé, se hâta de glisser Sam.

— Vous… vous en avez parlé à Adam ? murmura Casey, stupéfaite. Mais quand ?

Pourvu que ce soit après leur déjeuner et non avant !

— Ce matin, juste après la réunion avec Anna May.

C'était sur les instances de Sam qu'aujourd'hui son mari lui avait sorti le grand jeu de la séduction !

Arrivée sur ces entrefaites, Eloïse tendit à Sam le grand bocal de pêches au sirop qu'elle était allée chercher. Il le reçut avec de grandes effusions, le pressant sur son cœur comme si elle venait de lui offrir les clefs de Fort Knox, et il suivit son hôtesse qui l'escortait jusqu'à la porte.

Leur absence permit à Casey de gagner de précieuses secondes pour retrouver son calme. Ecœurée, elle ferma les yeux.

Quelles que soient les raisons pour lesquelles Adam l'avait embrassée, ce n'était pas seulement parce qu'il avait envie d'elle. Les choses n'étaient pas aussi simples qu'elle le croyait.

Pour la première fois depuis des années, Adam quitta son bureau à 17 heures pile. Avec ce départ prématuré, combiné à la pause prolongée qu'il s'était accordée à midi, c'était le jour de travail le plus court de sa vie.

Pas assez court à son goût, cependant. Durant

tout l'après-midi, il n'avait pu détacher ses pensées de Casey. Jamais il n'avait été autant obsédé par une femme. Au point que son chef comptable avait dû lui répéter trois fois la même question. Ce comportement lui rappelait dangereusement celui de son père avec Eloïse, et il en était un peu préoccupé.

Mais, dès qu'il aurait fait l'amour avec Casey, les choses rentreraient dans l'ordre.

A son arrivée, la maison lui parut vide, car la jeune femme n'était pas encore rentrée. Il appela Eloïse, qui lui apprit que Casey venait de partir, ce qui signifiait qu'elle ne serait pas là avant dix minutes. Il décida donc de s'occuper en dressant la table du dîner, puis il mit le vin en carafe et réchauffa le repas que la gouvernante avait laissé pour eux dans la cuisine.

Quand Casey arriva enfin, il brûlait d'impatience et chercha tout de suite à la serrer dans ses bras pour bien commencer la soirée, puisqu'ils étaient supposés avoir un rendez-vous galant.

Mais elle lui fit clairement comprendre qu'elle comptait bien ne pas être bousculée. Aussi se contenta-t-il d'un petit baiser.

— Madame est servie, dit-il avec bonne humeur.

Au début, voyant qu'elle ouvrait à peine la bouche, il pensa qu'elle était aussi troublée que lui, mais, petit à petit, à certains détails — le pli amer de sa bouche, la noirceur de ses regards —, il comprit que quelque chose ne tournait pas rond, et il eut l'horrible impression de perdre pied.

Alors que la dernière chose qu'il souhaitait était d'engager pour la énième fois une discussion irrationnelle avec Casey, ignorant la sonnette d'alarme qui résonnait dans sa tête, il se força à faire quelque chose qu'il n'avait pas envie de faire.

— Qu'est-ce qui ne va pas ? demanda-t-il.

— J'ai réfléchi à ce dont nous avons parlé cet après-midi, et je me suis dit que nous ne devrions peut-être pas..., vous me comprenez, dit la jeune femme en baissant les yeux sur son assiette, apparemment fascinée par le spectacle de son filet de poisson accompagné d'une piperade.

— Si vous craignez que cela ne remette en question l'annulation, rassurez-vous. Sam a découvert que cette clause de non-consommation ne concerne que l'annulation des mariages religieux. En ce qui nous concerne, notre cas est fondé sur le fait que nous ignorions qu'il s'agissait d'une véritable union.

— Adam, Sam m'a dit qu'il vous avait conseillé de rester marié avec moi.

— Je voulais justement vous en parler, affirma-t-il en posant son couteau et sa fourchette.

— Avant ou après que nous ayons fait l'amour ?

— Après avoir déterminé si c'était une bonne ou

une mauvaise idée. Ça n'a rien à voir avec le fait que nous couchions ensemble. Bon, peut-être que ça a… légèrement accéléré les choses, avoua-t-il, comme elle lui lançait un regard inquisiteur. Mais vous savez parfaitement que j'éprouve du désir pour vous depuis bien longtemps. En fait, je vous ai désirée dès l'instant où je vous ai rencontrée, même si je ne m'en suis pas rendu compte tout de suite. Et je vous désire encore plus maintenant.

Que fallait-il croire ? gémit intérieurement Casey. Le jour de leur rencontre, Adam ne lui avait-il pas soutenu qu'on devait découvrir ce qu'on voulait, et faire tout ce qu'il fallait pour l'obtenir ? S'il voulait seulement coucher avec elle, il aurait pu au moins faire semblant d'éprouver quelque sentiment.

Aussitôt, elle se ressaisit. C'est bien elle qui lui avait expliqué qu'elle ne voulait pas d'un homme qui ne l'aurait aimée que pour ce qu'elle pouvait faire pour lui. Cela sous-entendait qu'elle souhaitait être aimée pour elle-même, mais impliquait aussi que, si Adam souhaitait obtenir quelque chose, il devait le lui dire franchement et ne pas lui jouer la comédie de l'amour.

— Et à quelle conclusion êtes-vous arrivé… au sujet de la suggestion de Sam ?

— Je ne sais pas, il y a encore du pour et du contre, répliqua Adam, embarrassé.

— Auriez-vous l'obligeance de me faire connaître vos raisons ?

— Non, répliqua-t-il. Ce que je veux, c'est coucher avec vous. C'est vrai, j'en ai très envie. Jamais je n'ai ressenti un désir aussi fort pour quelqu'un, avoua-t-il, apparemment un peu surpris lui-même par cette découverte. Et je suis sûr que vous en mourez d'envie aussi, ajouta-t-il.

— Oh… d'une certaine façon, je dois avouer que c'est vrai, déclara-t-elle, la gorge nouée. Mais, ajouta-t-elle pour tenter d'éteindre l'incendie qui s'allumait dans les yeux d'Adam, désirer quelque chose ne signifie pas que ce soit une bonne idée.

A ces mots, il se leva brusquement, repoussa sa chaise et, faisant le tour le tour de la table d'un air déterminé, il vint se pencher sur elle, la fouillant d'un regard de braise.

La chaleur virile qu'il dégageait l'embrasa tout entière, alors qu'il ne l'avait même pas effleurée.

Remédiant aussitôt à cette situation, il la souleva de son siège et l'immobilisa face à lui en la bloquant contre ses hanches, puis il lui saisit doucement mais fermement les seins, comme pour lui faire comprendre qu'il n'était pas prêt à la lâcher.

— Je ne sais pas si c'est une bonne idée que nous restions mariés. En revanche, ça, j'ai la certitude que c'en est une, affirma-t-il en s'emparant de sa bouche.

Trop ensorcelée par l'exploration troublante de sa langue pour garder le fil de son raisonnement, Casey abandonna la lutte et s'ouvrit à la moiteur suave de sa caresse. Une chaleur torride se répandit bientôt dans tous ses membres, annihilant tout ce qui n'était pas le contact de la peau d'Adam et la saveur de sa bouche.

Il déboutonna les pans de son chemisier, les écarta pour découvrir ses seins, si lourds et tendus de désir qu'ils éclataient dans son soutien-gorge, et elle vit son regard s'assombrir. Quand il abaissa la bouche pour effleurer la tendre chair de sa gorge, elle eut l'impression que ses jambes allaient se dérober sous elle. Elle s'affaissa contre son torse puissant en s'accrochant à ses cheveux.

— Ma chérie, balbutia Adam, comme il commençait à défaire la fermeture de sa jupe.

Pendant une seconde, elle savoura la tendresse qui perçait dans sa voix, mais, soudain, la voix de la raison la rappela à l'ordre : il faisait semblant.

Elle aurait voulu à toute force chasser cette idée horrible, mais c'était impossible.

— Arrêtez ! ordonna-t-elle avec une autorité qui la surprit, en lui tirant la tête en arrière par les cheveux pour l'obliger à la regarder dans les yeux.

Adam s'immobilisa puis, se raidissant, il recula d'un pas.

Elle reboutonna son chemisier, s'efforçant

d'ignorer le frottement de ses doigts sur la peau terriblement sensible de ses seins.

— Si je faisais l'amour avec vous, dit-elle, ça ne ferait que compliquer les choses et m'empêcher de savoir ce que je veux vraiment. Vous le savez parfaitement, et c'est pour ça que vous utilisez le sexe. Pour me manipuler.

— Je ne me comporte pas comme votre famille ou votre petit ami, rétorqua-t-il en la foudroyant du regard. Je vous désire, et vous me désirez. Ce serait si simple que vous l'acceptiez.

— J'ai décidé de ne plus être une poire, objecta-t-elle en croisant les bras, tandis qu'Adam l'observait sans mot dire.

Soudain, il la saisit aux épaules, lui planta un bref baiser sur la bouche et dit :

— J'attendrai.

Chapitre 11

— Savez-vous, ma chère, que quand vous êtes providentiellement apparue pour l'épouser, j'étais sur le point de baisser les bras et de me résigner au célibat d'Adam ? déclara Eloïse en remuant son café, avant de projeter sa cuillère avec art à travers la cuisine pour la faire atterrir dans l'évier.

Casey lui sourit tout en continuant de préparer une salade de fruits de mer.

Quand sa belle-mère s'était essayée pour la première fois à cette manœuvre à son imitation, quatre semaines auparavant, la cuillère était allée frapper le mur au-dessus de l'évier. Eloïse ayant pris l'habitude de passer chez elle presque tous les jours depuis qu'elles se connaissaient, son habilité à cet exercice original s'était considérablement accrue.

C'était le jour de sortie de la gouvernante, et Adam avait suggéré qu'ils dînent à l'extérieur, mais elle avait décliné son offre, car, bien qu'il n'ait pas parlé de rendez-vous galant, elle soupçonnait fort que ce dîner faisait partie de sa stratégie pour l'attirer dans son lit. Plus question d'accepter ce genre de rendez-vous. Ce soir encore, comme elle l'avait fait à plusieurs reprises auparavant, elle avait invité sa belle-mère à dîner en guise de garde-fou.

— Mais dites-moi, Eloïse, comment pouvez-vous dire une chose pareille ? Je sais tout de votre « parade nuptiale ».

— C'est Adam qui utilise cette horrible formule pour me faire bisquer, gloussa sa compagne.

— Vous n'allez pas prétendre que vous ne lui cherchiez pas une épouse ?

— Pas du tout ! protesta Eloïse, avec une parfaite mauvaise foi qui fit s'étrangler Casey. Bon, admettons que je l'ai présenté à quelques jeunes femmes, dont certaines me paraissaient pouvoir faire des belles-filles acceptables. C'est parce que je voulais lui offrir les mêmes chances que moi de trouver le bonheur. Même si je sais que mon union avec James tenait du miracle, dit-elle, émue aux larmes. Et puis vous êtes arrivée.

Mal à l'aise, Casey préféra réorienter la conversation sur sa belle-mère.

— Etiez-vous très amoureuse du père d'Adam ?

— Oh ! oui, répondit Eloïse, le visage illuminé. James a beau me manquer atrocement, je remercie le ciel chaque jour pour tous les moments que nous avons partagés. Nous n'étions mariés que depuis six ans quand il a fait son infarctus, suivi, si peu de temps après, d'une attaque. Nous étions au lit... tranquillement en train de lire, précisa-t-elle, quand c'est arrivé brusquement. L'équipe du Samu m'a avoué ensuite que j'avais été bien près de le perdre.

— Il n'est pas mort cette nuit-là ? s'enquit Casey, qui aurait préféré qu'on lui épargne les détails.

— Non. Au début, il s'est bien remis. L'attaque cérébrale avait touché ses facultés d'élocution et il était presque entièrement paralysé du côté droit, mais la batterie de tests et d'examens qu'on lui avait faite n'ayant révélé aucun dommage irrémédiable au cerveau, je pensais pouvoir le ramener à la maison quelques jours plus tard.

— Alors, que s'est-il passé ? demanda-t-elle, même si le chagrin dans la voix d'Eloïse lui avait déjà fourni la réponse.

— Une semaine plus tard, il a eu une nouvelle attaque, raconta sa belle-mère en se tamponnant les yeux avec un mouchoir. Nous n'avons passé que quelques années ensemble, mais elles ont vraiment été exceptionnelles. Chacune d'entre elles valait bien dix ans d'une existence banale.

— Pensez-vous vous remarier un jour ? interrogea Casey, songeant que Sam, à condition qu'il arrête de se conduire comme un parfait idiot chaque fois qu'il se retrouvait en présence d'Eloïse, serait pour elle un mari parfait, avec ses manières surannées et son profond désir de la chérir.

— Non. Quand j'ai épousé James, j'avais 42 ans et j'étais célibataire et heureuse de l'être. Je doute qu'il existe au monde un homme qui lui arrive à la cheville et je ne suis pas prête à abdiquer mon indépendance en rabaissant mes exigences.

— Vous avez bien raison, répondit Casey, sincèrement convaincue que son interlocutrice avait sûrement beaucoup à lui apprendre sur la façon de gérer sa vie en toute indépendance. Cependant, insista-t-elle, ne pouvant se résoudre à ne pas tenter une dernière ouverture en faveur de Sam, même si vous avez beaucoup d'amis et êtes toujours très occupée, je sens quand même quelquefois que vous souffrez d'une certaine solitude.

L'intérêt sincère qui se lisait sur les traits de sa belle-fille faisait chaud au cœur d'Eloïse.

Cette petite Casey était vraiment délicieuse. Pourvu qu'Adam se rende compte de sa chance ! C'était plutôt douteux pour le moment, mais il y viendrait. Quelles que soient les véritables raisons qui avaient poussé ces deux-là au mariage, elles étaient loin de ce que s'imaginaient les gens. Adam était trop intelligent pour ne pas finir par se rendre compte qu'il avait épousé la femme idéale pour lui et faire ce qu'il fallait pour que cette union soit un succès.

— Bien sûr qu'il m'arrive de me sentir seule,

confessa Eloïse. Je mentirais si je prétendais le contraire. Mais je sais que je ne pourrai jamais retrouver ce que j'ai connu avec James.

— Est-ce qu'il était jaloux ?

— Il n'avait aucune raison de l'être : je n'ai jamais regardé aucun autre homme.

— Je me demande pourtant si vous ne vous empêchez pas de retrouver quelqu'un parce que vous savez qu'il ne l'aurait pas voulu, dit Casey.

— Absolument pas ! répliqua-t-elle vivement, offusquée à l'idée que son merveilleux époux aurait pu être autre chose que l'homme généreux et aimant qu'elle décrivait. Ça n'a rien à voir avec lui, c'est à cause de moi. Je me sens mieux toute seule.

Si c'était la vérité, pourquoi était-elle aussi obsédée par Sam Magill ? Surtout depuis qu'elle avait découvert, la semaine dernière, que Casey avait raison : en effet, c'était un bel homme. Il était même tout à fait séduisant. Elle aurait mieux fait de s'en rendre compte plus tôt, cela lui aurait peut-être évité d'être autant obnubilée.

Elle s'éventa, sentant lui monter aux joues une chaleur subite, qui ne devait rien au soleil de fin d'après-midi qui baignait la cuisine. Elle se conduisait comme une gamine stupide qui se laisse tourner la tête au moindre signe d'intérêt masculin. Qu'est-ce que cela pouvait bien lui faire que Sam se soit entiché d'elle et la regarde de cette manière à la fois exaspérante et attendrissante ?

Sam *n'était pas* James.

Oui, mais James *n'était plus* là.

Luttant pour refouler cette pensée traîtresse, elle s'agrippa à l'idée qu'elle aimait James et l'aimerait toujours.

— Le problème avec Sam, c'est que j'ai l'impression qu'il trouve à redire à tout ce que je fais. Si je retombais amoureuse de quelqu'un — ce qui ne risque pas de m'arriver —, je ne voudrais pas que ce soit d'un homme qui cherche à améliorer ma façon de m'organiser, mais d'un homme qui m'aime et ne désire que ce que j'ai à lui offrir : de l'amour, et rien d'autre.

Casey ne savait que répondre. Elle n'avait, de sa propre expérience, jamais rencontré quiconque ne désirant que de l'amour. Tous voulaient de l'amour *plus* du ménage, ou de l'amour *plus* des heures de baby-sitting…

Jamais seulement de l'amour. Et quelquefois, d'ailleurs, même pas d'amour du tout.

— J'aurais aimé disposer de plus de temps pour réconcilier James et Adam, reprit Eloïse avec douceur. Vous savez qu'Adam en veut à mon mari de la mort de sa mère ?

— Il m'a dit que James s'était métamorphosé quand il vous avait rencontrée, répondit Casey tout en versant dans un saladier les dés de tomates qu'elle venait de couper.

— A cette époque, James s'en voulait de la façon dont il s'était conduit envers sa famille, poursuivit Eloïse. Ses propres parents avaient été froids et distants et il avait épousé la mère d'Adam pour de très mauvaises raisons — l'argent de sa famille —, ce dont il ne s'était d'ailleurs jamais caché. De son propre aveu, il avait été un mari au-dessous de tout et un très mauvais père.

— Adam a dû avoir du mal à accepter l'amour qu'il vous portait à vous.

— Eh oui ! Comme vous l'avez remarqué, je ne suis pas vraiment dans ses petits papiers, rétorqua Eloïse, qui rit en voyant l'expression choquée de Casey. Ma chérie, on peut le comprendre. Avant la mort de James, j'ai toujours ignoré les difficultés financières dans lesquelles il se débattait. Adam a dû penser que je jetais l'argent par les fenêtres — ce qui était probablement vrai. Or, il n'a jamais voulu toucher un sou de l'assurance-vie de son père et s'en servir pour remettre l'entreprise à flot : il a décrété que j'en avais besoin pour vivre. J'ai pu garder le train de vie dont j'avais toujours bénéficié, alors que ce garçon travaillait comme un esclave pour sauver Carmichael Broadcasting d'un désastre dont il me tenait responsable.

— A tort, déclara Casey en versant du vinaigre balsamique et de l'huile d'olive dans un bol.

— Adam s'est senti trahi, répliqua doucement Eloïse en lui tendant le sel et le poivre. James avait appris à son fils que l'entreprise primait tout, que la famille passait après, et au moment où il pouvait enfin se rapprocher de son père en travaillant avec lui, celui-ci changeait brusquement les règles du jeu. Pour couronner le tout, mon mari a rédigé ensuite ce testament insensé. Résultat : au lieu de ressentir du chagrin à la mort de son père, Adam n'a éprouvé que du ressentiment. Après son attaque, j'ai tenté de persuader James de modifier son testament, mais il n'y a rien eu à faire. Enfin, vous êtes apparue ! reprit vivement Eloïse après avoir avalé une gorgée de café. Mon cher Adam va jouir du bonheur qu'il mérite.

— Adam et moi, nous n'en sommes qu'aux prémices. Il faut encore que nous apprenions à nous connaître, confia Casey d'un ton hésitant, se demandant si elle ne devait pas préparer en douceur Eloïse au coup qui allait la frapper quand elle apprendrait l'annulation de leur mariage.

— Bien sûr, ma chérie, et ça doit être si excitant ! Mais il suffit de vous regarder pour voir que vous êtes faits l'un pour l'autre, répliqua sa belle-mère, les larmes aux yeux. Excusez-moi un instant, il faut que j'aille me laver les mains, ajouta-t-elle en quittant la pièce pour cacher son trouble.

Quand, une minute plus tard, Casey entendit se

rouvrir la porte de la cuisine, elle était persuadée que c'était Eloïse qui revenait.

— Comment sait-on qu'on est « faits l'un pour l'autre » ? lança-t-elle sans se retourner.

— Quand le désir de l'autre vous tient éveillé toute la nuit, répondit la voix d'Adam.

— Depuis quand êtes-vous rentré ? pouffa-t-elle en faisant volte-face.

— A l'instant, répondit-il en s'approchant si près d'elle qu'il aurait pu l'embrasser, ce dont il s'abstint pourtant. Depuis quand parlez-vous toute seule ? Savez-vous que c'est un signe de manque de sommeil ?

— Si vous croyez que c'est le désir de coucher avec vous qui m'empêche de dormir, vous vous faites des illusions, répliqua-t-elle en s'efforçant de prendre un ton cassant.

— Alors, si je comprends bien, vous avez dormi comme une souche, rétorqua-t-il. Dans ce cas, pourquoi ne pas passer la soirée ensemble ? On pourrait veiller toute la nuit, proposa-t-il en plongeant son regard dans le sien, tout en emprisonnant ses seins dans ses mains.

— Vous rêvez ! Je ne coucherai pas avec vous.

— Hum ! Laissez-moi vous montrer le début de mon rêve, fit-il en pressant longuement ses lèvres sur les siennes avec une telle insistance qu'elle fut obligée d'entrouvrir sa bouche.

Il la fit reculer jusqu'au comptoir, accentuant l'emprise de son baiser, jusqu'à ce qu'elle se cambre et lui présente sa gorge, qu'il se mit à baiser goulûment, avec un grognement de plaisir.

— Hem, toussota Eloïse sur le pas de la porte.

Avec un juron de surprise, Adam s'écarta brusquement.

— Qu'est-ce qu'elle fait ici ? lança-t-il, avant de se rendre compte de son impolitesse et d'ajouter : Excuse-moi, Eloïse, mais tu m'as surpris.

— C'est ce que je vois, répondit tranquillement sa belle-mère. Casey m'a invitée à dîner, mais si vous préférez rester en tête à tête…

— Pas du tout, répliqua vivement Casey. Nous désirons vraiment que vous restiez. Après le dîner, on pourrait faire… une partie de Monopoly.

— Vous avez vraiment envie de ça, ma chérie ? répondit Eloïse, interloquée. Jouer au Monopoly, c'est vraiment interminable.

— Mais non, fit Casey.

— C'est sûrement très excitant, mais il faut que je retourne au bureau après le dîner, intervint Adam.

— Alors je reste pour vous tenir compagnie, conclut joyeusement sa belle-mère en prenant la main de Casey, qu'elle serra chaleureusement. Ma chérie, vous rencontrer a été un ravissement pour moi. Nous nous connaissons depuis si peu de temps que c'est étrange à dire, mais je vous aime déjà comme une fille.

N'osant affronter son regard, Casey serra à son tour la main d'Eloïse dans la sienne.

Sa belle-mère lui offrait exactement le genre d'amour désintéressé qu'elle avait toujours recherché. Or elle ne pouvait l'accepter, parce que son mariage avec Adam n'était qu'une imposture.

Adam semblait abasourdi par l'élan de tendresse de sa belle-mère, et on lisait dans son regard quelque chose qui ressemblait à de l'envie.

D'où provenait donc l'humeur sombre qui s'était emparée de lui depuis la veille ? Adam ne voulait pas trop chercher à le savoir. Ce qu'il y avait de sûr, c'est que la scène touchante dont il avait été témoin entre Casey et Eloïse lui avait donné le sentiment qu'il passait à côté de quelque chose.

— Vous avez un problème ? lança-t-il pour se distraire de ses idées noires à Casey, qui arborait un air aussi sinistre que le sien.

— Je ne sais pas comment vous le dire, Adam, répondit la jeune femme en reposant sa tasse de petit déjeuner.

— Que s'est-il passé ? s'alarma-t-il, soudain horrifié à l'idée qu'il ait pu arrivé quelque chose à sa belle-mère.

— Notre gouvernante, Sue, a téléphoné hier soir tard, après votre retour du bureau, pour annoncer sa démission. Mais dites quelque chose ! lança-t-elle, comme il la regardait sans rien dire en se frottant le menton, soulagé.

— Vous êtes en nette amélioration, finit-il par répondre.

— Amélioration ? Comment ça ?

— A votre arrivée ici, si je me souviens bien, Mme Lowe a tenu un peu moins de quarante-huit heures. Sue est restée… quoi ? Deux semaines ? C'est un progrès impressionnant.

— Ce n'est pas drôle, Adam ! s'exclama Casey en souriant malgré elle. Je ne comprends pas les raisons de son départ. Je vais finir par me dire que c'est entièrement ma faute.

— Impossible, ma chérie, la taquina-t-il. Vous avez prétendu que, de toute votre existence, vous n'aviez jamais été capable de pousser quelqu'un à bout. Ce que j'ai cru… jusqu'à la fuite de Mme Lowe !

Devant le soupir de protestation de Casey, il se mit à sourire. C'était bien agréable d'avoir de petits problèmes du genre de celui-ci : qui va s'occuper de la maison ?

⁂

Sur le calendrier de la cuisine, ce vendredi était souligné en rouge. C'était la date du premier round dans le combat qui opposait Adam à Anna May et Henry. Aujourd'hui, à l'audience, sa tante allait essayer de convaincre le juge qu'il existait assez de preuves tangibles de l'invalidité mentale de son frère pour qu'un véritable procès soit organisé.

Casey, qui était en train de préparer des œufs au bacon pour le petit déjeuner, loucha anxieusement vers la fenêtre. Elle aurait voulu pouvoir faire quelque chose pour que la motion absurde d'Anna May se retrouve déboutée à l'issue de cette audience préliminaire, car Eloïse redoutait par-dessus tout la couverture médiatique, et Adam avait bien assez de problèmes comme cela.

— Je vous appellerai pour vous dire comment ça s'est passé, lança Adam après avoir avalé son petit déjeuner sans un mot et s'être emparé de son attaché-case et de son portable.

— Bonne chance, répondit-elle en se levant.

Et, avant que son mari ait pu reculer, sans se laisser le temps de savoir si c'était raisonnable, elle l'attrapa par les revers de sa veste et se haussa pour l'embrasser.

Elle avait prévu de lui donner un rapide baiser d'adieu, mais elle aurait dû savoir qu'une fois le goût d'Adam sur ses lèvres, elle ne pouvait plus s'en lasser. Irrésistiblement attirée, elle se colla étroitement contre lui en entrouvrant les lèvres.

Répondant au quart de tour, il porta sa langue à la rencontre de la sienne, avant de la presser avec passion contre son torse, tandis qu'elle jouissait du contact de son corps contre le sien.

— Merci. Je me sens beaucoup mieux maintenant, dit-il en desserrant son étreinte.

— C'est pour vous porter chance, répondit-elle, émue de voir le désir qui brillait dans ses yeux. On m'a surnommée « Les Lèvres de la chance ».

Adam mit une telle charge érotique à dessiner du bout des doigts les contours de sa bouche qu'elle en fut tout électrisée.

— Je ne sais pas qui est ce « on », mais j'espère qu'il est au courant qu'il n'y a que moi qui ai droit de cité sur ces lèvres-là.

Pour l'instant.

Ni lui ni elle ne les prononcèrent, mais ces deux mots planaient au-dessus de leurs têtes comme un néon, illuminant ce moment de tendresse d'un éclairage révélant qu'il n'était qu'un leurre.

— J'irai rendre visite à Eloïse pendant que vous serez au tribunal, déclara-t-elle en se libérant.

Adam avait en effet demandé à sa belle-mère de ne pas assister à l'audience, ce que celle-ci avait accepté avec gratitude, et elle-même, qui constituait pour Henry et sa mère le rappel amer qu'Adam avait bien souscrit aux clauses du testament, ne devait pas s'y rendre non plus.

Sur le chemin qui menait chez sa belle-mère, elle se faisait du souci pour elle. Comment se sentait cette pauvre Eloïse ? Elle avait traversé tant d'épreuves avant de rencontrer le prince charmant, pour finalement le voir atteint d'un infarctus, puis d'une attaque cérébrale... et le voir mourir au moment même où elle croyait qu'il était en train de recouvrer la santé.

— Voilà ! s'exclama-t-elle soudain avec un grand coup sur le volant de sa vieille voiture.

Eloïse avait bien dit que James avait passé toute une batterie de tests après son attaque ? A cette occasion, on avait sûrement dû lui faire un scanner du cerveau et tester ses capacités cérébrales !

Elle plongea sur son téléphone pour appeler sa belle-mère, tandis qu'un coup de Klaxon retentissait dans son dos — cette fois, ce n'était pas parce que le conducteur la trouvait sexy, mais parce qu'elle avait empiété sur sa file.

Elle reprit le contrôle de son véhicule tout en attendant qu'Eloïse décroche.

Malgré ses questions embrouillées, celle-ci saisit tout de suite de quoi il retournait et promit de lui fournir à son arrivée toutes les informations dont elle avait besoin.

Elle téléphona aussitôt à Adam, mais son portable était fermé, ainsi que celui de Sam.

Cela allait l'obliger à se rendre elle-même au tribunal.

Quand elle rejoignit Eloïse, un quart d'heure plus tard, celle-ci avait déjà donné deux coups de fil : le premier à l'hôpital où James avait été soigné et le second à l'ancien avocat de son défunt mari, et les nouvelles étaient bonnes. Sa belle-mère insista pour l'accompagner au tribunal :

— Je garerai la voiture pendant que vous courrez leur annoncer la nouvelle.

L'audience préliminaire avait lieu à 10 heures, et si elles pouvaient techniquement arriver en retard, Casey préférait interrompre l'audience préliminaire avant même qu'elle ait commencé. Cela éviterait que la démence éventuelle de James Carmichael soit évoquée en public.

Il restait à peine dix minutes quand elles arrivèrent à destination.

Casey se rua à l'intérieur du bâtiment pendant qu'Eloïse s'emparait avec courage des commandes de la Fiesta.

Elle trouva Adam et Sam qui patientaient devant la cour numéro 1, tandis que, de l'autre côté du hall, Anna May et Henry attendaient en compagnie de trois de leurs avocats.

— Je croyais que nous étions d'accord, commença Adam, les sourcils froncés, en la voyant s'empresser vers lui.

Elle résista à l'envie de lui crier qu'elle avait les

preuves que son père était sain d'esprit, car elle avait l'impression qu'une partie des gens qui s'agitaient autour d'eux étaient des journalistes, et ils seraient trop heureux de lancer une polémique sur la santé mentale d'un des plus notables bienfaiteurs de Memphis. Aussi attira-t-elle Adam et Sam à l'écart pour les informer qu'Eloïse avait appelé le psychiatre qui avait effectué les tests cérébraux après l'attaque de son mari. Selon celui-ci, James Carmichael était totalement sain d'esprit.

— Nous savons déjà tout ça, répliqua Sam. Ce qui compte, c'est l'état dans lequel il était au moment de la rédaction de son testament.

— Eloïse m'a expliqué qu'après son attaque cérébrale elle avait supplié James de modifier ses dernières volontés, rétorqua Casey en dégainant son atout. Il a appelé son avocat pour le faire, mais au dernier moment il a changé d'avis et décidé que le testament tel quel lui convenait parfaitement. Grâce aux tests qu'il venait juste de passer, nous tenons la preuve que le testament correspondait aux volontés d'un homme sain d'esprit.

— Tout à fait, acquiesça Sam, surpris autant que ravi. Si nous avions su ça…

— Avant d'y faire allusion devant moi lundi, Eloïse ne se souvenait plus de cette histoire et, même à ce moment-là, elle n'avait pas fait le lien entre les velléités de son mari de changer son testament et les tests neurologiques, répondit Casey.

— Vous êtes extraordinaire ! s'exclama Adam en la prenant par le bras pour l'embrasser, sans s'embarrasser du lieu où ils se trouvaient.

C'était un baiser moins fougueux que celui qu'ils avaient échangé le matin même, mais assez ardent tout de même pour pousser Henry, de l'autre côté du hall, à s'éclaircir la gorge.

Le temps qu'ils reprennent leur souffle, Sam était déjà en grande discussion avec la partie adverse, tandis qu'Eloïse traversait le hall du tribunal d'un pas nonchalant qui aurait mieux convenu à une garden-party.

Cinq minutes plus tard, Sam vint leur annoncer, radieux, le résultat de l'échange : Anna May étant forcée de reconnaître que les preuves apportées par Casey étaient plus solides que les éléments qu'elle pouvait présenter au juge, l'audience était annulée.

Rien ne put refroidir leur triomphe, même pas sa menace qu'ils n'avaient pas fini d'entendre parler d'elle.

— C'est formidable, Sam ! s'exclama Eloïse en posant instinctivement la main sur le bras de l'avocat, avant de se rendre compte, les yeux écarquillés, du geste qu'elle venait de faire.

— Qu'est-ce que vous diriez de nous rendre au café d'en face pour célébrer ça ? demanda celui-ci en posant la main sur la sienne avant qu'elle ait pu la retirer. Et même, chère Eloïse, de boire un vrai café ? Si votre pression sanguine vous le permet, bien entendu.

Voyant sa belle-mère se raidir, Casey attendit la repartie cinglante qui allait fustiger l'ego de Sam, mais pour une fois l'avocat eut l'air de prendre conscience de son impair et adressa à son idole un regard d'excuse.

— A bien y réfléchir, chère Eloïse, je m'incline devant vos connaissances bien supérieures aux miennes en la matière, ajouta-t-il. C'est vous qui déciderez.

Il était visible que la formule plaisait à Eloïse, qui déclara aussitôt avec un petit sourire :

— Du café ? Il est plus de 10 heures. On va boire du champagne.

A la décharge de Sam, l'avocat n'exprima pas son inquiétude au sujet du foie d'Eloïse, ni ne lui demanda pourquoi elle voulait prendre du champagne, alors qu'un bon vin pétillant américain serait d'un bien meilleur rapport qualité-prix. Au contraire, il s'inclina, geste rendu malaisé par le fait qu'il n'avait pu se résoudre à lâcher le bras d'Eloïse, puis il l'escorta jusqu'à la sortie.

Adam passa le bras de Casey sous le sien, et tous quatre quittèrent le tribunal.

— Merci, lui dit-il. Ce que vous avez accompli aujourd'hui dépassait de loin les termes de notre accord. J'ai une immense dette envers vous.

Chapitre 12

Ce samedi matin-là, alors que la sonnerie du téléphone retentissait à une heure extravagante, Casey s'écrasa un oreiller sur la tête pour ne plus l'entendre. Mais des coups frappés à sa porte lui succédèrent bientôt, perçant le fragile bouclier de plumes. Avant qu'elle ait proposé à Adam d'entrer, il avait déjà fait irruption dans la chambre en brandissant le journal du matin.

— Eloïse a téléphoné pour dire d'y jeter un coup d'œil, déclara-t-il.

Casey s'assit dans son lit, détaillant avidement le torse de son mari dans l'entrebâillement du peignoir en éponge — un torse appétissant, aux muscles puissants, juste souligné de ce qu'il fallait de poils bruns bouclés pour n'en être que plus attirant.

Ses efforts n'étant pas couronnés de succès, Adam dut s'éclaircir la gorge pour attirer son attention, et elle put alors se rendre compte que les regards appréciateurs n'étaient pas à sens unique. Ceux d'Adam lui firent comprendre que les fines bretelles de sa chemise de nuit avaient glissé de ses épaules et que, comme elle était penchée vers lui, il n'avait nul besoin de faire des efforts d'imagination pour apprécier sa plastique.

Elle rajusta vivement son décolleté, puis, s'emparant du journal, elle lut le gros titre : « Le mariage du couple de la télé était une mascarade ».

— Oh, non ! gémit-elle, horrifiée.

Une photo de leur mariage — celle du baiser devant les journalistes — s'étalait à la place d'honneur, en première page. Autour étaient dispersées d'autres photos, plus petites, prises, si elle ne se trompait pas, ici même, dans leur maison.

— Comment ont-ils pu… ?

La photo de l'auteur de l'article répondait à cette question : c'était celle de Sue Mansion, leur gouvernante, légendée « Sue O'connor, notre reporter infiltré ».

— C'est mauvais ? interrogea Casey, qui n'avait pas le courage de lire l'article dévoilant au monde entier leur vie privée, ou plutôt leur *mensonge* privé.

— Pire que ça ! répondit Adam, qui le parcourut rapidement pour retrouver un morceau choisi et lui en faire la lecture : « Adam et Casey Carmichael, qui forment un couple très amoureux aux yeux du public, font chambre à part et n'entretiennent que des rapports courtois. »

— C'est faux, s'insurgea Casey. Pas les chambres à part, bien sûr, mais elle a du culot de prétendre que vous êtes *courtois* !

— Vous trouvez ça drôle ? répliqua Adam.

— Mieux vaut en rire qu'en pleurer, répondit-elle d'une voix étranglée, fermant les yeux pour repousser l'image de sa famille apprenant la vérité dans le journal.

— Tout n'est pas si catastrophique, reprit Adam. Ecoutez ça : « Casey Carmichael est une patronne douce et attentionnée, qui a toujours le sourire. Pourtant, on sent que derrière cette façade avenante… »

— Et la suite ? s'enquit-elle comme Adam s'était interrompu.

— Heu, rien, c'est seulement…

— « … on sent que derrière cette façade avenante se cache une femme blessée par l'indifférence de son mari », continua Casey, qui lui avait arraché le journal des mains. J'ai du mal à savoir si c'est pire pour vous ou pour moi.

— Pour vous, rétorqua vivement Adam. Ça donne de vous une image pathétique.

— Et ça vous rend antipathique, remarqua-t-elle. Je préfère encore avoir l'air pathétique qu'antipathique.

— Tout homme qui se respecte préfère le contraire.

— Ça explique beaucoup de choses, murmura-t-elle en repoussant la couverture pour sortir du lit et chercher sa robe de chambre.

— Casey, non ! ordonna-t-il en se ruant vers elle, quand il la vit se diriger vers la fenêtre pour ouvrir les persiennes.

Mais c'était trop tard.

Elle se figea. Adam avait dû laisser les grilles ouvertes la veille au soir, car le jardin grouillait de journalistes. Quand la foule des reporters les vit tous deux apparaître à la fenêtre, les photographes brandirent leurs appareils et se mirent à mitrailler.

Le lendemain matin, au petit déjeuner, Adam eut l'impression de se retrouver dans la suite du *Peabody* durant leur lune de miel. A la différence qu'aujourd'hui c'était un tourment bien pire de rester enfermé en tête à tête avec Casey, même s'ils disposaient cette fois de la maison entière.

Etait-ce trop espérer qu'il soit advenu pendant la nuit un événement qui draine les médias loin de chez lui ?

— Que disent les gros titres, ce matin ? demanda-t-il en tournant le dos au grille-pain.

— « Amour ou mensonge ? Les Carmichael se terrent chez eux », lut Casey en première page du journal du dimanche, avant de lui montrer la photo : elle, bouche bée, en chemise de nuit, et lui debout derrière, le visage sombre. Cet article prétend que Sue Mansion se trompe, à en juger par le fait que nous sommes apparus à la fenêtre de la même chambre, et à moitié dévêtus.

— Ils disent ça parce qu'ils ragent de n'avoir pas pu s'infiltrer chez nous, répondit Adam, qui s'était approché pour lire l'article et s'enivrait des fraîches senteurs matinales que dégageait le corps de Casey. Si seulement ces gens pouvaient trouver d'autres chats à fouetter ! ajouta-t-il, irrité par tous ces sous-entendus et ces allusions déplacées. Il nous faudrait une bonne catastrophe qui fournisse des gros titres à la presse et la détourne de nous.

— Par exemple ? Un tremblement de terre ? Un assassinat politique ? suggéra Casey, pleine de bonne volonté.

— Je n'ai jamais dit que je souhaitais mort d'homme. Il me suffirait d'un escroc ayant dépouillé quelques riches vieilles dames de leur fortune, en commençant par Eloïse.

— Adam ! Ce n'est pas un souhait raisonnable. Vous vous sentiriez obligé de la secourir.

— Très drôle ! répliqua Adam, constatant à part lui qu'effectivement, ces derniers temps, non seulement il se serait senti obligé d'aider sa belle-mère, mais qu'en plus il l'aurait sincèrement désiré. Comment aimez-vous votre pain grillé ? demanda-t-il en se tournant vers le toaster.

— Grillé.

— Qu'entendez-vous par là ?

— Comme ça viendra. D'après vous, combien y a-t-il de manière de griller une tartine ?

— Eh bien, vous avez : bien grillé, moyennement grillé ou légèrement grillé, précisa-t-il. Excusez-moi de vous avoir importunée avec ça, ajouta-t-il comme la jeune femme lui faisait sentir, avec un soupir excédé, qu'elle n'avait jamais rien entendu d'aussi inepte.

Voilà ce qu'on récoltait à se montrer attentionné ! Comme sa vie était facile, avant qu'il ne commence à... trouver Casey sympathique.

— Il faut que nous élaborions une stratégie, reprit-il.

— Vous voulez dire pour le pain grillé ? demanda-t-elle d'un ton provocant.

— Je veux dire pour prouver que notre mariage est authentique.

— On ne peut prouver quelque chose qui n'existe pas, objecta la jeune femme.

— Si vous croyez que je vais laisser tout Memphis

penser que je suis incapable de contenter ma femme…

— Je croyais que c'était super de paraître antipathique ?

— J'ai seulement dit que c'était préférable à pathétique, mais si les journaux commencent à insinuer que c'est ma faute si nous ne couchons pas ensemble…

— Alors, c'est juste une question d'orgueil viril, s'esclaffa Casey. Quelle horreur, qu'on puisse imaginer que « le célibataire le plus en vue de Memphis » est incapable de combler sa femme !

Un homme qui ne serait pas offusqué d'un tel soupçon serait vraiment pathétique. Mais lui ne le serait jamais, comme il l'avait bien fait entendre.

— Adam, reposez ce couteau, avertit Casey, une lueur mauvaise dans le regard, en le voyant s'avancer vers elle.

Se rendant compte qu'il tenait toujours son couteau couvert de beurre à la main, il le reposa sur la table, tandis que Casey, qui avait reculé, se retrouvait bloquée contre le réfrigérateur.

Il l'encadra de ses bras pour l'empêcher de fuir.

— Si je hurle, les journalistes vont m'entendre, menaça-t-elle.

— Rappelez-vous que j'ai fermé les grilles hier

soir. Vous êtes seule et à la merci de votre antipathique époux, dit-il en lui fermant la bouche d'un baiser.

Casey tenta d'émettre encore quelques protestations étouffées, mais l'ardeur qu'ils connaissaient si bien les envahit comme un torrent de lave, et elle se mit instantanément à lui rendre ses baisers aussi vite qu'il les lui donnait. A travers le fin coton de sa robe d'été, il pouvait sentir contre son torse la pression caressante de ses seins érigés, comme le jour de leur rencontre, quand elle l'avait percuté dans le couloir.

— Vous avez gagné, haleta-t-elle en s'écartant de lui, après l'avoir laissé s'attarder dans sa bouche à loisir. Je vais publier un communiqué dans les journaux pour proclamer que vous êtes parfaitement capable de me satisfaire.

— Vous ne pouvez pas le savoir, répliqua-t-il avec une vertueuse indignation. En fait, tout est votre faute. Si on avait couché ensemble comme je l'ai suggéré bien des fois, la fausse gouvernante n'aurait rien eu à raconter dans son article.

— Je ne coucherai pas avec vous dans la simple éventualité que la prochaine gouvernante que nous engagerons soit une espionne.

— Je vois que vous n'êtes pas prête à vous sacrifier pour la cause, répliqua-t-il, d'un ton de reproche. Il faut donc en revenir à ma stratégie initiale. Moi, au moins, je m'évertue à préserver de la ruine le travail que nous avons accompli. En ce qui concerne Eloïse, je pense qu'elle ne posera pas de problème. Je lui ai expliqué que, durant le séjour de la journaliste, nous avions fait momentanément chambre à part, car vous m'aviez fait une crise de jalousie hystérique à propos d'une de mes liaisons passées.

— Oh ! vous et votre ego démesuré ! glapit Casey, outragée. Et pourquoi n'est-ce pas vous qui auriez été jaloux de moi ?

— Eloïse sait très bien que je ne suis pas du tout jaloux, rétorqua Adam avec suffisance. Et puis, on ne va pas couper les cheveux en quatre. Ce dont on a besoin, c'est de consolider notre mariage aux yeux du monde.

— D'accord, consolidons, acquiesça-t-elle docilement.

— Jeudi soir, je participe à un gala de charité dont je suis un des parrains. Je serai forcément très en vue. Si vous m'accompagnez, nous serons le point de mire de la soirée.

Voyant qu'elle restait perplexe, Adam insista :

— Tout le monde serait à même de constater notre bonheur.

— Bon, d'accord, céda-t-elle sans enthousiasme.

— Il faudrait aussi inviter votre famille à venir passer le week-end avec nous, reprit-il.

— Ce serait peut-être judicieux, grogna-t-elle,

sachant qu'il avait raison. A cause de l'article, mon père avait l'air soupçonneux quand il m'a téléphoné hier soir, et comme j'ai l'impression que Karen et lui commencent à bien s'entendre, je ne voudrais pas les perturber. Et si nous invitions en même temps votre famille, tous les actionnaires de *Carmichael Broadcasting* ? lança-t-elle soudain sous le coup d'un éclair de génie. Nous pourrions organiser un déjeuner dimanche.

Constatant qu'Adam n'avait pas l'air emballé à l'idée de fréquenter sa parentèle pendant le week-end, elle insista :

— Ça ne peut pas faire de mal d'essayer de se rabibocher un peu. Quelle que soit l'issue de la bataille juridique qui vous oppose, vous serez toujours obligé de travailler avec Henry et Anna May. Et puis, si je leur présente votre famille, mes propres parents se laisseront plus facilement convaincre.

— Oui, ce n'est pas une mauvaise idée, reconnut Adam. Qu'est-ce que vous diriez d'un barbecue ? C'est moins formel.

— Ce serait super.

— Oh ! autre chose, reprit Adam. Quand votre famille sera là, nous devrons partager la même chambre. Alors, vous ne pensez pas qu'il serait temps que nous fassions l'amour ?

Casey sursauta. C'était la première fois que

son mari parlait de sexe en employant le mot « amour ».

Soufflée, elle s'affaissa dans son siège en portant une main à son cœur, comme si elle venait de recevoir un choc.

— Certainement pas, affirma-t-elle.

— Ça finira par arriver, Casey, répliqua Adam. Le compte à rebours a commencé.

Adam avait catégoriquement interdit à Casey de s'habiller à ses frais pour le gala de charité. Il avait donc chargé Eloïse de l'accompagner dans les meilleures boutiques de Memphis, pour l'aider à trouver la robe idéale pour l'occasion.

Elle appréciait dans le miroir celle qu'elle avait choisie, en satin jaune citron : le décolleté bain de soleil flattait ses épaules, le bustier la mettait en valeur, et la jupe étroite qui lui arrivait à la cheville lui moulait les hanches, lesquelles se balançaient de façon suggestive grâce aux hauts talons de ses sandales assorties.

Elle n'avait l'intention de séduire personne ce soir, affirma-t-elle à son reflet. Mais il fallait tout de même qu'elle paraisse en mesure de séduire son mari ! Adam n'était pas le seul dont l'amour-propre avait été blessé par l'article du journal du dimanche.

— Vous êtes superbe, déclara son époux quand ils se retrouvèrent au rez-de-chaussée. Pourquoi ne porteriez-vous pas cette robe samedi soir ?

— Samedi ? Et pourquoi donc ?

— Pour faire l'amour, répondit-il. J'ai très envie de vous l'ôter.

— Je vous ai déjà dit que nous ne ferions pas l'amour, protesta-t-elle, le visage en feu.

— Vous craignez encore d'être une victime ? Vous avez plutôt l'air d'un bourreau des cœurs ! répliqua Adam.

On ne pouvait lui faire plus grand compliment, et elle rayonna de plaisir.

Bien décidée à clore le bec de tous les faiseurs de ragots, elle pénétra la tête haute au bras de son mari dans le restaurant où avait lieu le gala.

Il y avait au moins cent cinquante invités.

Adam étant obligé de faire la conversation à un maximum d'entre eux, elle rejoignit Eloïse, qu'elle repéra au milieu d'un groupe de femmes très élégantes.

— Casey, ma chérie, la salua sa belle-mère en l'embrassant sur la joue, avant de la présenter à ses relations. Nous parlions de l'œuvre très controversée du peintre local Kevin Mallory, qui vient, comme vous le savez, de remporter un prix prestigieux.

— Cette peinture n'a aucun sens, s'emporta l'une des femmes. C'est du charabia, un micmac de couleurs et de lignes qui ne mène nulle part... Qu'est-ce que c'est censé représenter, je vous le demande ?

— C'est assez déconcertant, je vous l'accorde, répliqua Eloïse. Mais pour moi, ça n'a rien d'un micmac, ce serait plutôt...

— Intriguant, suggéra dans son dos Sam Magill, la faisant une fois de plus sursauter.

Les dames agrandirent volontiers leur cercle pour faire place à ce prestigieux représentant célibataire de la gent masculine.

— Je ne peux pas dire que je comprenne vraiment où Mallory veut en venir, expliqua-t-il. Mais je trouve que ces couleurs, leur profondeur, sont à couper le souffle.

Eloïse remarqua que l'avocat captivait son auditoire.

Il fallait avouer que sa silhouette mince parfaitement conservée était mise en valeur par son smoking. Il était plutôt fringant, et certaines de ces dames se ridiculisaient en se conduisant devant lui comme des collégiennes, minaudant et battant des cils.

Au cas où l'attitude de ces femmes l'aurait mis mal à l'aise, elle se rapprocha de lui, mais Sam ne sembla pas la remarquer. Il continua de livrer son point de vue poliment, laissant les autres exprimer le leur sans les interrompre, et la lueur d'intérêt pleine d'intelligence qui brillait dans ses yeux gris possédait une étrange séduction…

Se retournant soudain vers elle, Sam découvrit avec stupéfaction qu'elle le considérait avec attention.

Aussitôt elle s'écarta de lui dans un mouvement gracieux qui attira irrésistiblement les prunelles de l'avocat sur sa nouvelle paire d'escarpins noirs à hauts talons qui, elle ne l'ignorait pas, flattait la finesse de ses chevilles.

— Comme toujours, vos chaussures sont d'un goût exquis, déclara Sam après s'être rassasié du spectacle.

Sentant qu'elle rougissait, elle se tourna vers Casey, éperdue.

— Ma chérie, dit-elle, venez un peu par ici que je vous présente à l'une de mes meilleures amies.

Se retenant difficilement de rire, Casey adressa un regard d'encouragement à Sam avant de se laisser entraîner par sa belle-mère.

Toutes les deux s'étaient à peine éloignées de quelques pas qu'Eloïse s'immobilisa pour faire le tour de la salle des yeux.

— Une de vos meilleures amies ? lui souffla Casey.

— J'ai dû me tromper, répondit sa belle-mère, confuse. Je ne la vois nulle part.

— Nous devrions retourner auprès de vos amies, la taquina-t-elle.

— Oh, j'aperçois Dave Dubois, l'ami d'Adam ! Allons bavarder avec lui, proposa Eloïse.

C'était la première fois que Casey revoyait Dave depuis qu'il avait officié à son mariage. Adam avait beau l'avoir mis dans la confidence de la nature véritable de leur union, il l'accueillit comme une vieille amie et l'embrassa sur les deux joues comme du bon pain. Ayant droit au même traitement, Eloïse éclata de rire, lui tapota la main comme à un garnement, puis prit congé pour répondre au salut d'un ami.

— Vous êtes resplendissante ! déclara Dave à Casey d'un ton charmeur.

— Vous êtes presque aussi convaincant que quand vous célébrez un faux mariage.

— Je vous ferais remarquer que ce n'était pas un faux mariage, madame Carmichael. Votre mari est là pour en témoigner.

— Je sais, merci ! rétorqua-t-elle sèchement.

— Cela fait d'ailleurs longtemps que je n'avais pas vu Adam aussi décontracté, reprit Dave en désignant l'intéressé qui discutait avec le maire de Memphis, de l'autre côté de la salle. On dirait que le mariage lui réussit.

Si on l'examinait le plus objectivement possible,

Dave avait raison. Depuis quelques jours, Adam souriait davantage et semblait moins rigide.

— Peut-être, hésita-t-elle.

— Et à vous ?

— Ce mariage nous réussit à tous les deux... provisoirement, répliqua-t-elle en riant de la muflerie de Dave.

— Vous ne devriez pas vous dépêcher de rompre, reprit Dave. Je ne crois pas qu'en faisant exprès de vous marier j'aurais obtenu un meilleur résultat.

— Vous ignoriez que la cérémonie était valable, n'est-ce pas ?

— Je n'en avais pas la moindre idée. Depuis, j'ai étudié la question, et il s'avère qu'en tant qu'ex-membre du bureau exécutif du comté j'ai le droit de faire plein de choses bizarroïdes.

— Est-ce que vous pouvez prononcer une annulation ? s'enquit-elle.

— Euh, malheureusement pas. Mais si vous souhaitez un permis pour élever un alligator dans votre baignoire...

— C'est vrai ? frissonna-t-elle.

— A moins que je n'aie lu cet article de travers... Il faut avouer que, globalement, c'est d'un ennui mortel.

— Tu veux parler du fait de tenir une conversation avec toi ? lança Adam en posant soudain une main possessive autour de la taille de Casey.

— Non, je parlais du mariage avec toi, rétorqua Dave en lui envoyant une bourrade.

— Est-ce que c'est si ennuyeux ? demanda Adam.

Casey sentait la chaleur de sa main lui embraser les reins à travers le fin tissu de sa robe. Il était si proche d'elle qu'en se haussant sur la pointe des pieds elle aurait pu l'embrasser.

— En fait non, ça ne manque pas d'intérêt, répondit-elle.

Pendant un instant fugace, tout sembla demeurer en suspens : son souffle, les murmures des voix alentour, la musique... Seul vibrait l'intense regard lumineux d'Adam sur elle.

— Vous devriez arrêter de vous faire les yeux doux, remarqua Dave. Ou je vais finir par penser que ce mariage est plus authentique que vous ne le prétendez.

— Tu te tromperais, rétorqua Adam. Les discours vont commencer d'une minute à l'autre, lança-t-il en s'esquivant, je vais voir quand mon tour est prévu.

Lorsqu'elle eut pris congé de Dave, Casey s'aperçut qu'elle était l'objet d'une certaine curiosité : on voulait rencontrer la femme qui avait épousé Adam Carmichael en direct à la télé. Si la plupart des convives étaient trop bien élevés pour l'aborder directement, un jeune homme qu'elle avait la vague sensation d'avoir déjà rencontré quelque part se montra plus entreprenant.

Elle repoussait ses avances depuis cinq bonnes minutes, quand il déclara :

— Je crois que des félicitations s'imposent. A moins qu'il ne faille vous souhaiter un « bon anniversaire » ?

— Pardon ?

— Cela fait bien presque un mois que vous êtes mariée, n'est-ce pas ?

C'était vrai. Cela faisait un mois qu'Adam et elle s'étaient unis. Ce qui signifiait que l'annulation de leur mariage était imminente.

Cette idée fit resurgir dans l'esprit de Casey le souvenir de la première fois où elle avait vu son interlocuteur : sous la fenêtre de sa chambre, à 7 heures, un samedi matin. Cette vermine était journaliste.

S'efforçant de cacher sa découverte, elle prolongea la conversation en se demandant s'il y avait moyen d'en tirer avantage. Comme il lui exprimait avec toutes les marques d'un intérêt sincère sa sympathie face au harcèlement de la presse, elle sentit qu'il venait de lui en offrir l'opportunité sur un plateau.

— C'était terrible, déclara-t-elle d'une voix tremblante en hochant la tête. Et quand je pense à tous ces mensonges…

— Ah bon ? s'étonna-t-il sans parvenir à dissimuler son avidité. Alors, vous et Adam êtes... euh, un couple normal ?

— Je ne sais pas ce que vous entendez par « normal », lança-t-elle avec un sourire coquin. Avez-vous déjà entendu parler de combustion spontanée ? chuchota-t-elle en se penchant vers lui en confidence. Eh bien, c'est tout à fait ce qui se passe entre Adam et moi. Vous voyez ce que je veux dire ? insista-t-elle en lui lançant un clin d'œil pour être sûre qu'il saisissait l'allusion.

Chapitre 13

Le matin suivant, au petit déjeuner, Adam, qui avait rapporté le courrier avec le journal, ouvrit une enveloppe lilas sans timbre au nom de M. et Mme A. Carmichael.

— Casey, dit-il d'une voix suave, après avoir lu la missive.

— Oui ? répondit-elle en levant le nez de ses céréales.

— Ce mot nous est adressé par M. et Mme Harvey, qui sont ravis d'être invités à déjeuner ici, mardi... Il faudra leur dire qu'ils se sont trompés d'adresse.

— Euh, pas exactement, marmonna-t-elle, la bouche pleine de corn lakes.

— Il me semble vous avoir avertie que notre mariage se désagrégerait à la minute où vous inviteriez des voisins, signala-t-il, le visage renfrogné.

— Quand cet horrible article est sorti dans le journal, ils nous ont apporté des fleurs, expliqua la jeune femme. Ce déjeuner est ma façon de les remercier pour leur soutien. A cette heure-là, vous serez au travail, ça ne vous concerne en rien.

— Et n'y aura-t-il que M. et Mme Harvey ? s'enquit Adam, soupçonneux.

— Eh bien, avoua Casey, j'ai aussi invité Alison Dare, qui habite de l'autre côté. Avec ses trois jeunes enfants. Elle et les Harvey ne se connaissent pas, et ses enfants n'ont pas de grands-parents, alors j'ai pensé que...

Avec comme seule réponse un reniflement offusqué, Adam ouvrit grand son journal et disparut derrière.

Soulagée par cette réaction beaucoup plus mesurée qu'elle ne l'avait craint, Casey retourna à ses corn flakes.

— Ça alors ! s'exclama Adam en abaissant soudain son journal. Vous avez vu le titre de la page 5 ?

— Comment l'aurais-je pu, quand c'est vous qui lisez le journal ? observa-t-elle posément.

— Vous avez vraiment dit un truc pareil ? dit-il en tournant vers elle la page incriminée, sur laquelle elle put lire : « Casey Carmichael déclare : "Mon mari est une bombe." »

— Bien sûr que non ! Ce que je lui ai dit, c'est que *moi*, je suis une bombe. Comment cet imbécile de journaliste a-t-il fait son compte pour tout interpréter de travers ? C'est un réflexe typiquement masculin de vous attribuer automatiquement tout le crédit en matière de sexe.

— Ce qui est, comme vous allez le constater très bientôt, amplement justifié, assura Adam.

— Sûrement pas, rétorqua-t-elle d'une voix qui manquait d'assurance.

Adam observait avec fierté la carrosserie étincelante de son Aston Martin. Cela lui avait pris une bonne partie de la matinée, mais il préférait bichonner lui-même son bolide.

Serait-il aussi performant pour convaincre la famille de Casey de relâcher sa pression sur elle ?

La jeune femme avait besoin de sérénité pour terminer son roman et celui-ci le méritait. La veille au soir, quand il lui avait demandé s'il pouvait lire une partie de son travail, il s'était d'abord entendu répondre que les écrivains ne laissent personne lire leurs œuvres inachevées, puis elle lui avait tendu le manuscrit.

Même si l'adolescence n'était pour lui qu'un vieux souvenir, il était presque sûr de n'avoir rien lu d'aussi bon à cette époque. Casey avait réussi à capter le sentiment d'angoisse qui prévalait à cet âge tout en y injectant une dimension comique. Son livre laissait espérer qu'il pourrait toucher à ce but presque inaccessible : aider les adolescents à ne pas se prendre au sérieux. Si cette histoire d'écriture lui était toujours apparue comme une chimère, il fallait reconnaître que Casey avait visiblement le don de concrétiser ses rêves.

En entendant un crissement de pneus sur le gravier, il rejoignit sa femme sur le seuil de la porte pour accueillir sa famille.

— On va leur en mettre plein la vue, lui murmura-t-il à l'oreille, tressaillant de plaisir au sourire coquin qu'elle lui retournait.

Pourtant, ils ne demeurèrent dans les bras l'un de l'autre que fugitivement, car elle se rua pour arracher le bébé avec tous ses accessoires des bras de Karen.

— Laisse-moi faire, dit-elle, alors qu'Adam levait les yeux au ciel.

— Chérie, c'est beaucoup trop lourd pour toi, déclara-t-il, plein de sollicitude, en lui prenant des mains le siège de bébé.

— N'est-ce pas qu'elle est magnifique ? demanda Casey en voyant qu'il posait les yeux sur sa nièce.

Il trouvait personnellement que ce bébé, avec sa face rougeaude et sa bouche baveuse, était tout à fait ordinaire. Il y avait fort à parier que la fille de Casey serait bien plus jolie que cela.

Même si c'était le cadet de ses soucis d'imaginer à quoi ressembleraient les enfants de Casey…

— Magnifique, acquiesça-t-il, peu contrariant, en jonglant avec le siège de bébé afin de tendre la main au père de son épouse, qui faisait de même de son côté avec sa canne.

Il embrassa ensuite Karen, qui était venue sans Mike — ce qui importait peu, car il n'était pas la cible de la manœuvre.

Quand ils furent tous rentrés dans la maison, il eut encore fort à faire pour empêcher Casey de porter toutes les valises à l'étage, tout en faisant du café et en nourrissant sa nièce au biberon. Pas étonnant que personne dans cette famille ne sache lever le petit doigt.

Il l'envoya avec les autres au salon, puis mit la bouilloire à chauffer et s'occupa lui-même des bagages.

Il installa Ed dans une chambre du rez-de-chaussée, pour lui éviter d'avoir à monter l'escalier, tandis que le sac de Karen ainsi qu'un berceau et une montagne de matériel de bébé atterrissaient dans ce qui avait été jusque-là la chambre de Casey. Il se rappela alors, même s'il ne l'avait évidemment pas oublié, que ce soir lui et sa femme allaient partager le même lit.

Ce soir, il n'accepterait aucun refus de sa part. Quoique…

Il savait bien qu'il y serait obligé, car Casey, sans qu'il ait compris comment, avait réussi à prendre les cartes en main et contrôlait la situation, que cela lui plaise ou non. Et il n'avait pas envie de tout perdre.

De retour dans le salon, il se dirigea droit vers sa femme et, se penchant au-dessus du canapé, lui déposa un baiser sur le sommet du crâne.

— Comment vas-tu, mon amour ? demanda-t-il avec tendresse. Tu te sens mieux ?

— Elle est malade ? s'inquiéta aussitôt Ed, alors que Casey le regardait, stupéfaite.

— Elle travaille trop, dit Adam. Il faut toujours que je la force à en faire moins.

— Quel travail ? demanda Karen, curieuse. Le journal dit que vous avez une gouvernante.

— Je n'attends pas de mon épouse qu'elle s'occupe des corvées ménagères, rétorqua-t-il, constatant à l'air coupable de Karen qu'il avait atteint sa cible. Non, c'est à son livre que Casey travaille avec trop d'acharnement.

Le regard médusé de Karen indiquait clairement qu'elle n'avait jamais considéré l'écriture comme un travail, s'agissant de sa sœur.

— Et vous, Karen ? J'ai cru comprendre que vous ne travailliez pas en ce moment. Vous avez pris un congé de maternité ?

— Je… Eh bien oui, mais ce n'est pas facile de s'occuper seule d'un bébé, répondit la jeune femme avec des trémolos dans la voix.

— C'est vrai, reconnut Adam sur un ton faussement innocent. Vous vouliez donc que Casey vous serve de nounou, n'est-ce pas ? Pour pouvoir reprendre votre boulot d'avocate ?

Si les regards avaient pu tuer, les coups de poignard que lançaient les yeux de Casey l'auraient cloué sur place.

— Casey sait toujours ce qu'il faut faire, dit Karen, les lèvres tremblotantes. Elle s'occuperait bien mieux de Rosie que moi.

— Ça, ce n'est pas vrai, mon trésor, protesta chaleureusement Casey. Rosie est parfaitement heureuse, ça se voit. Elle dort comme un ange dans son siège auto depuis que vous êtes arrivés.

Karen croyait pourtant dur comme fer à ce qu'elle venait de dire. En fin de compte, l'égoïsme qui la poussait à tout attendre de Casey relevait surtout du manque de confiance en soi. En l'attaquant, il ne ferait que pousser Casey à s'apitoyer sur sa sœur, ce qui n'était bon pour personne. Aussi déclara-t-il :

— Evidemment que c'est faux. Elever un bébé demande un temps d'apprentissage, c'est tout. Vous vous en tirerez très bien, conclut-il, avant d'orienter en douceur la conversation vers des sujets moins périlleux.

Comme il se tenait toujours derrière le canapé, il commença à masser la nuque de Casey comme l'aurait fait un mari aimant, ce qui l'obligeait à enfouir ses doigts dans l'épaisse masse ondoyante de sa chevelure pour atteindre la peau soyeuse.

Imperceptiblement, il la sentit se cabrer à la rencontre de sa main.

Durant tout l'après-midi, il s'arrangea pour ne jamais rompre le contact physique avec sa femme.

— Vous en faites des tonnes, finit-elle par lui chuchoter, alors qu'ils se trouvaient dans la véranda de derrière pour prendre l'apéritif.

Elle était installée sur la balancelle, les jambes allongées, en train de câliner le bébé, quand Adam vint s'asseoir à l'autre bout. Elle allait retirer ses pieds quand il les attrapa et se mit à jouer à *Ce petit cochon* avec ses orteils. Sans prononcer les paroles, bien sûr, mais elle savait très bien ce qu'il faisait.

Est-ce que *lui* se rendait compte de ce qu'il faisait ? A part profiter du meilleur moment qu'il ait jamais vécu ?

Bien sûr. Il jouait la comédie, c'est tout. Et il en faisait juste assez pour convaincre sa famille par alliance qu'il adorait Casey.

Aïe ! Voilà qu'il se mettait lui-même à utiliser ce mot.

Allons, c'était juste un mot. Ce n'est pas parce qu'il y pensait que c'était vrai. Néanmoins, peut-être valait-il mieux calmer le jeu et s'en tenir aux mots doux, en oubliant les caresses.

Ce qui lui donna la sensation que ses mains oisives avaient abandonné la tâche pour laquelle elles étaient conçues.

Ils dînèrent tard, après que Rosie eut été mise au lit.

Pendant le repas, Karen leur apprit qu'ayant entamé une procédure de divorce elle s'installait pour de bon à Parkvale. Le bilan d'Ed n'était pas fameux non plus depuis le départ de Casey. Tous les deux s'apitoyaient visiblement sur leur sort, pensa Adam peu charitablement.

— Alors, qu'est-ce que vous pensez de l'article de l'autre jour ? demanda enfin Karen, en évoquant le scoop du moment. On dit que vous faites chambre à part ?

— Cette femme n'est restée ici que quelques jours, signala Casey. Quand elle est arrivée, Adam et moi venions de nous disputer, et j'ai dormi quelques nuits dans la chambre d'amis.

— C'était à cause de ma jalousie maladive, la soutint-il. Mais voyant Casey qui buvait un verre d'eau manquer de s'étouffer, il s'inquiéta : Ça va, ma chérie ?

— Pourquoi donc étiez-vous jaloux ? demanda Karen.

— Je l'avais surprise en train de flirter avec le jardinier, improvisa-t-il. Je veux dire que *j'avais cru* qu'elle flirtait avec le jardinier, se reprit-il vivement après avoir reçu un violent coup de pied dans les mollets. Ce n'était pas le cas, bien sûr, et elle a décidé d'aller dormir ailleurs jusqu'à ce que je retrouve mon bon sens. Je lève mon verre à la famille Greene, déclara-t-il, choisissant de porter un toast pour se tirer de ce mauvais pas.

Tous levèrent leurs verres.

Cependant, en croisant le regard de Casey, il vit qu'il était brouillé de larmes, et dès la fin du dîner elle les pria de l'excuser, invoquant la fatigue pour se retirer.

Qu'est-ce qu'il avait fait de mal ?

Déchiré entre l'envie d'aller la rejoindre, l'obligation de se montrer courtois envers ses hôtes et le besoin de rattraper le manque d'égards dont il avait fait preuve envers Karen, il finit par conclure que Casey apprécierait davantage qu'il demeure avec sa famille, et il attendit plus d'une heure avant de la rejoindre.

Les lumières étaient éteintes dans la chambre et il ne pouvait discerner aucun son. Casey dormait-elle déjà ? Lui-même était sûr de ne pouvoir fermer l'œil de la nuit, couché dans le même lit qu'elle. Ah ! Ce qu'elle était exaspérante !

Casey ferma les paupières quand Adam alluma dans la salle de bains, qu'il avait rejointe à tâtons, sans faire de bruit, et elle resta immobile tant qu'il n'eut pas refermé la porte.

Elle n'avait jamais su dissimuler ses sentiments. Son mari allait-il deviner la terrible évidence qui l'avait frappée, ce soir, après une journée entière d'attentions et de gestes tendres ?

Aujourd'hui, l'éclat tentateur de ce qui aurait pu être si elle avait été réellement mariée à Adam et s'il l'avait aimée avait porté à la lumière une vérité qu'elle refoulait depuis des semaines : l'évidence que, pour le meilleur ou pour le pire, elle était amoureuse de son mari.

C'était *cela* qui lui donnait tant de plaisir quand il lui souriait. C'était *cela* qui provoquait en elle cette tension chaque fois qu'il l'effleurait. C'était *cela* qui, en sa présence, lui donnait toujours la sensation d'être pleinement vivante, d'être elle-même à cent pour cent. Cette découverte accablante pesait depuis sur elle et ne la lâchait plus.

Toute la semaine, la conviction d'Adam, maintes fois répétée, qu'ils feraient l'amour cette nuit avait fait bouillonner son sang, exacerbé ses sensations, fait naître en elle une tension insoutenable, alors même qu'elle lui répondait qu'il n'en serait rien. Mais, maintenant, elle savait qu'il lui serait impossible de se refuser à lui.

Elle se tourna et se retourna sous les draps. Savoir que d'habitude c'était le corps d'Adam qui occupait l'espace où elle reposait la mettait dans tous ses états. Elle aurait dû s'habiller, ou plutôt se déshabiller pour l'occasion. Adam voudrait-il d'elle, ainsi fagotée ?

Voudrait-il d'elle si elle lui disait qu'elle l'aimait ?

La porte de la salle de bains s'ouvrit, et la voix profonde de son mari lança doucement :

— *Ma femme*, j'arrive.

— Voilà que vous vous conduisez encore comme un homme de Neandertal, répondit-elle, tentant d'afficher une désinvolture qu'elle était loin d'éprouver.

Adam gloussa, éteignit les lumières de la salle de bains, et elle le sentit, plutôt qu'elle ne le vit, traverser la chambre dans le noir. Pourquoi avait-elle fermé les persiennes ?

Elle se figea, écartelée par l'attente de savoir quelle partie de son corps il allait toucher en premier.

Quand il toucha la couette qu'elle avait remontée sur elle malgré la chaleur de la nuit, sa main lui effleura l'omoplate, et comme il écartait la couverture, elle sentit un courant d'air lui parcourir la peau. Bien qu'il ne l'ait pas encore touchée, des picotements lui parcoururent tout le corps.

Elle sentit un creux se former de l'autre côté du matelas, et Adam fut au lit avec elle.

Avec la légèreté d'une plume, il lui effleura le front en repoussant les petits cheveux de côté, puis glissa un doigt le long de l'arrête de son nez, pour aller dessiner l'arc de sa lèvre supérieure.

Elle prit le doigt dans sa bouche et le mordilla

entre ses dents jusqu'à ce qu'Adam se mette à haleter. Alors, elle en caressa le coussinet de sa langue.

Enfouissant les doigts dans ses cheveux, il glissa la main sous sa nuque et la rapprocha de lui, tandis qu'elle levait timidement la main pour aller à sa rencontre.

Elle sentit la masse ferme de son torse, le contact soyeux de sa toison. Etait-il déjà nu ? Elle discerna un froissement de soie contre sa hanche et en conclut qu'il portait un boxer-short.

Tâtonnant sur ses épaules, il grogna soudain.

— Mais comment êtes-vous attifée ?

La lampe de chevet s'alluma, la faisant cligner des yeux, et elle vit Adam ouvrir de grands yeux, où l'ironie le disputa à la concupiscence tandis qu'il la découvrait en T-shirt et short de jogging.

— Vous êtes superbe, souffla-t-il, et ce mensonge éhonté la fit glousser.

Gloussement qui se transforma en halètement quand son mari profita de ce que son T-shirt était remonté pour caresser la peau tendre de son ventre.

— A en juger par votre tenue, vous n'êtes toujours pas décidée à me laisser vous faire l'amour, constata-t-il à regret.

— Eh bien, en fait, ça ne veut pas du tout dire ça…

Elle humecta ses lèvres sèches et remarqua

qu'Adam suivait, fasciné, le mouvement de sa langue. Son cœur se mit à tambouriner si fort dans sa poitrine qu'elle se dit qu'il ne pouvait manquer de l'entendre.

Son mari la fixa sans rien dire, et comme elle lui adressait un petit hochement de tête elle vit naître sur ses lèvres un lent sourire qui gagna lentement ses yeux.

Quand il prit sa bouche, elle lui rendit avec ardeur ses baisers. Ce qu'elle avait raconté au journaliste à propos d'autocombustion était en dessous de la réalité, se dit-elle, tandis que les lèvres d'Adam glissaient de son visage vers son cou et allaient fourrager dans ses épaules en écartant son T-shirt.

Il passa ensuite les mains sous le tissu et lui explora le dos, faisant éclore un bouquet de sensations délicieuses le long de sa colonne vertébrale. Quand il vint cueillir la rondeur de ses seins dans ses paumes, elle ne put retenir un petit cri.

Adam recula en haletant. La lueur de désir qui brillait dans ses yeux était à la fois exaltante et redoutable.

— Otez-moi ce vêtement outrageusement aguichant, ordonna-t-il, essoufflé, en entreprenant de lui faire passer le T-shirt par-dessus la tête.

Ses bras s'étant entravés dans l'étoffe, il lui tint les mains en l'air et plongea la tête dans ses seins, faisant naître dans sa gorge un gémissement de plaisir auquel il répondit par un grognement sourd. Le T-shirt s'envola, puis il s'attaqua à son short qu'il fit glisser vers le bas.

Alors, il s'interrompit et, les yeux mi-clos, examina son corps nu avec une intensité qui la fit frémir.

— A vous, murmura-t-elle, nerveuse, en agrippant maladroitement la ceinture élastique de son boxer.

Adam s'en dépouilla d'un geste rapide, et la vision de sa glorieuse nudité envahit Casey d'une vague de désir. Elle posa la main sur sa bouche puis glissa en une longue caresse à travers son cou, jusqu'à sa poitrine, puis de là à son ventre, pour finir sur son sexe.

— Mon amour, tu es si belle, dit Adam en se penchant vers elle pour lui faire sentir à quel point il était dur et la désirait.

Se cambrant alors vers lui, Casey se mit à vibrer de tout son corps, tandis que de sa gorge montait un son guttural presque douloureux. Elle se sentait prête, mais Adam continua d'user de sa bouche et de ses mains avec une indicible lenteur, aussi frustrante qu'envoûtante, explorant chaque pouce de son corps pour l'amener à un degré de désir qu'elle n'avait même pas rêvé connaître. Et, au moment où elle pensait qu'elle allait en mourir, il la fit brusquement sienne.

***

Quand Casey émergea du plus profond sommeil qu'elle ait jamais connu, elle était seule dans son lit.

Après s'être brusquement redressée, elle se détendit en entendant couler la douche dans la salle de bains et resta voluptueusement allongée, laissant les souvenirs de la nuit surgir à sa mémoire.

L'intimité, la passion qu'ils avaient partagées avaient dépassé tout ce qu'elle avait pu imaginer. Malgré son inexpérience, il lui semblait évident que c'était aussi ce qu'avait ressenti Adam. En tout cas, suffisamment pour avoir eu envie de renouveler l'expérience deux fois durant la nuit.

Et maintenant ? Son corps qu'elle croyait rassasié la picotait déjà, prêt à recommencer.

Certes, mais qu'allait-il advenir de leur mariage ?

Leurs relations avaient changé de nature, mais elle n'était pas assez naïve pour espérer qu'Adam soit tombé amoureux d'elle à la faveur de cette nuit.

La douche s'arrêta, et elle attendit que son mari sorte, désappointée de le voir apparaître totalement habillé.

Son « bonjour » enjoué mourut sur ses lèvres quand elle croisa le regard glacé d'Adam.

— Il faut que nous parlions, dit celui-ci en

s'asseyant à l'extrême bord du lit pour laisser le plus grand espace possible entre eux.

Elle attendit, redoutant de bégayer si elle parlait, et comme Adam paraissait avoir du mal à trouver ses mots, il régna pendant un moment entre eux un silence contraint.

— Nous avons fait une erreur, cette nuit. Je sais que c'était mon idée et que je vous ai poussée à le faire, mais ce n'était pas bien.

— Pourquoi ? réussit-elle à demander d'une petite voix.

— J'aurais dû comprendre que, parce que vous manquiez... d'expérience, cela aurait plus d'importance pour vous.

— Alors que ça n'en a aucune pour vous ? dit-elle, sonnée.

— Vous savez bien que ce n'est pas vrai, s'insurgea Adam, tandis que ses yeux prenaient une nuance indigo.

Si c'était seulement parce qu'il s'inquiétait pour elle, elle pouvait le rassurer. Aussi se pencha-t-elle pour poser sa main sur la sienne.

— Casey, dit Adam en retirant sa main comme si elle l'avait brûlé, cette nuit a été incroyable, mais ça ne change rien entre nous. Vous et moi sommes trop différents. Vous voulez qu'un homme vous adore, c'est votre rêve, et vous méritez de l'accomplir. Mais moi, ce n'est pas mon truc.

Alors, faire l'amour… enfin, le sexe ne fait que tout embrouiller.

Elle renifla rageusement. Malgré les larmes qui lui brûlaient les yeux, elle refusait de pleurer devant lui et se cuirassa pour lui mentir, en priant pour paraître convaincante.

— Vous n'avez pas du tout l'air embrouillé, pas plus que moi, déclara-t-elle en avalant la boule qui lui bloquait la gorge. Je ne vous adore pas, Adam, et je n'ai jamais pensé que vous pourriez m'adorer.

Etait-ce bien un éclair de soulagement qu'elle voyait sur son visage ?

— Je n'ai même pas pris de précautions cette nuit, reprit Adam. Vous pourriez tomber enceinte.

— Ça paraît peu probable, répondit-elle évasivement, sans prendre la peine de lui expliquer pourquoi.

Pourquoi lui parler de sa stérilité, alors qu'il venait de lui déclarer qu'ils n'avaient aucun avenir commun ?

Cette fois, elle sentit monter en elle une colère subite, qui força son chagrin à battre en retraite. Même si, elle le savait, il n'allait pas tarder à ressurgir.

— Laissez-moi maintenant, Adam. Vous avez été formidable au lit, mais quand il s'agit de rapports humains, vous êtes minable.

Il hocha la tête, sortit de la chambre, et elle

l'entendit siffloter en descendant l'escalier. Si elle avait espéré qu'il protesterait, elle en était pour ses frais.

Alors elle se laissa aller lentement contre les oreillers en exhalant un soupir, comme si, en n'effectuant que des gestes prudents, elle pouvait empêcher que son cœur ne se brise. Doucement, elle étala les mains sur la couette en se forçant à contrôler sa respiration, et l'éclat terne de son alliance lui frappa le regard.

La mère d'Adam et elle avaient beaucoup plus en commun que cette bague. Comme la femme qui avait porté ce bijou avant elle, elle était amoureuse d'un mari qui ne l'aimerait jamais.

A présent, présider ce déjeuner dominical où elle aurait à faire face à Anna May et à Henry ainsi qu'à toute la parentèle d'Adam était la dernière chose dont Casey avait envie. Pourquoi continuer cette mascarade inutile ? Autant arrêter tout de suite.

Mais c'était impossible. Parce que alors, son père et Karen apprendraient la vérité, parce que Eloïse serait profondément blessée, et aussi parce qu'elle-même ne résistait pas à la tentation de faire durer les choses au maximum. Et puis, Adam et Sam avaient encore besoin de temps pour monter un dossier solide contre les dernières volontés de James.

Le show devait continuer.

Heureusement, son mari et elle n'auraient guère l'occasion de se croiser en préparant la réception de leurs hôtes. Adam s'occupait du barbecue, tandis qu'elle devait confectionner une demi-douzaine de salades composées, ainsi que le gâteau préféré d'Eloïse, un fraisier.

Chapitre 14

Vers 13 heures, quand tous les invités arrivèrent, un filet de bœuf rôtissait sur les braises.

Casey s'occupa de présenter les uns aux autres les membres des deux familles, s'assurant que chacun avait bien quelqu'un à qui parler et un verre plein à la main.

Eloïse, qui l'observait de loin, était fière de sa gracieuse belle-fille au charme si naturel. Elle sentait bien que quelque chose clochait entre elle et Adam, mais elle priait le ciel que celui-ci réalise que la jeune femme ne ressemblait en rien aux membres de sa famille et que, si elle avait besoin de lui, il avait encore plus besoin d'elle.

Comment se montrer pessimiste, alors que le soleil brillait et qu'une douce senteur de magnolia se mélangeait aux effluves de bœuf grillé ?

Elle se tourna vers Beth et Cécile sans réussir à se concentrer sur leur conversation, l'esprit troublé par des images d'amour et de mariage. Ah ! l'amour…

Pour une raison bizarre — certainement parce qu'il ne se trouvait qu'à quelques pas — Sam occupait ses pensées.

Adam n'aurait pas dû l'inviter — il ne faisait pas partie de la famille au sens strict. Pas plus que ses propres amies, d'ailleurs, que son beau-fils avait conviées en pensant sans doute qu'elle apprécierait davantage leur compagnie que celle de la plupart de ses parents. Mais les œillades que Cécile décochait sans vergogne à Sam l'énervaient plus qu'autre chose.

— Tu cherches trop manifestement à attirer l'attention de Sam Magill, Cécile, lança-t-elle d'un ton acerbe. Ça n'est jamais bon de se jeter à la tête d'un homme.

— Moi, j'appelle ça « admirer la vue », répliqua vivement son amie. Il est tellement séduisant.

— Et tellement grand ! s'extasia Beth. Attention, il regarde dans notre direction, souffla-t-elle à Cécile. C'est certainement après toi qu'il en a.

Se redressant sur sa chaise, celle-ci lança un coup d'œil par-dessus son épaule.

Eloïse eut du mal à ravaler la réflexion acerbe qui lui montait aux lèvres. Cette attitude était impudique de la part de femmes qui venaient de fêter leurs soixante ans. Comment se permettaient-elles de jeter les yeux sur *son* Sam ?

Soudain, elle sentit les larmes lui monter aux yeux.

Et elle, comment pouvait-elle se montrer aussi mesquine avec ses amies ? Qu'est-ce qui lui prenait ? Avec un soupir d'exaspération qui se transforma presque en sanglot, elle tourna délibérément le dos à l'avocat et tenta de plaisanter.

— Mesdames, si vous ne vous rendez pas compte que Sam Magill est un individu rabougri, pathétique et ennuyeux... c'est que vous êtes veuves depuis trop longtemps.

Sa plaisanterie avait fait un four : ni l'une ni l'autre ne riaient, elles affectaient au contraire un silence horrifié. Il n'y avait pourtant pas de quoi, ce qu'elle venait de dire était dix fois moins méchant que ce que racontaient d'habitude ses amies sur les hommes...

— Eloïse, entendit-elle dans son dos.

C'était la voix de Sam.

Elle eut un hoquet et se retourna.

Il semblait plus grand que dans son souvenir. Ce n'était pas seulement son mètre quatre-vingts, c'était autre chose. Il était... imposant. Pas gros, non, seulement terriblement viril.

Mortifiée, elle ferma les yeux, se rappelant soudain une fois où, petite fille, elle avait reçu de sa mère une bonne correction pour s'être montrée insolente envers une domestique. Or elle avait été ce jour-là beaucoup moins offensante qu'elle ne venait de l'être avec Sam.

— Sam, je suis impardonnable, murmura-t-elle, le cœur au bord des lèvres.

Pour la première fois, les yeux gris de l'avocat restèrent inflexibles, et elle vit à quoi il devait ressembler dans l'enceinte d'un tribunal.

Sans rougir ni bafouiller aucune des maladresses auxquelles il l'avait habituée, Sam Magill prit la parole.

— Eloïse Carmichael, déclara-t-il du ton d'un juge qui prononce une sentence, vous êtes une sale gamine trop gâtée.

Cécile éclata d'un rire nerveux, tandis que Beth se figeait, médusée.

— Quand vous serez décidée à vous conduire poliment, comme l'éducation que vous avez reçue devrait vous porter à le faire..., reprit-il.

C'était trop fort ! Voilà qu'il lui renvoyait ses propres pensées à la figure.

— ... nous reparlerons de cet incident. En attendant, je vous laisse avec ceci.

Alors qu'elle levait sur lui des yeux effarés, l'esprit vide, sans comprendre où il voulait en venir, deux mains puissantes emprisonnèrent son visage pour l'attirer à lui, et la bouche de Sam se pressa contre la sienne.

— Comment osez-vous ? hoqueta-t-elle en tentant de se dégager.

Mais il l'embrassa encore, avec une avidité inextinguible, étouffant ses protestations.

Bonté divine ! Bien qu'elle cherchât à le repousser en plaquant les mains sur son torse, elle se sentit soudain fondre. Ses doigts s'agrippèrent au tissu de sa chemise, tandis que montait de sa gorge un bruit qui ressemblait à un... *gémissement*.

Enfin, Sam la libéra, le visage empourpré, mais pas l'air embarrassé pour deux sous, et il s'éclaircit la gorge.

— Je ne suis pas James et ne le serai jamais, martela-t-il.

Elle eut l'impression que chaque mot était une gifle qu'il lui assénait et s'écarta vivement, mais un partie traîtresse d'elle-même aurait voulu qu'il recommence à l'embrasser.

— Et vous voulez savoir la vérité ? reprit-il. Je n'en ai aucune envie.

Il s'inclina à sa manière un peu bizarre — beaucoup moins élégamment que son mari ne l'aurait fait, mais avec peut-être plus de... elle ne savait quoi. Puis, lui ayant tourné les talons, il traversa à grands pas la pelouse pour rejoindre la rue, non sans se cogner en chemin à un parasol.

Ses amies et elle le suivirent des yeux jusqu'à ce qu'il ait disparu, après quoi Beth déclara :

— Tu vois, Eloïse, je t'avais bien dit que tu lui plaisais !

A sa grande surprise, Casey avait pris beaucoup de plaisir à cette fête de famille.

Elle avait aimé se conduire en hôtesse des lieux

et accueillir la famille d'Adam, y compris Anna May et Henry. Elle avait surtout beaucoup apprécié la manière dont Sam avait clamé ses droits sur Eloïse, qui avait fui peu de temps après son départ en prétextant une migraine.

Tout l'après-midi, elle avait cherché une occasion d'engager la conversation, seule à seule, avec la tante d'Adam. N'ayant pas parlé à son mari de son projet, elle redoutait un peu que ce ne fût une idée stupide.

Après tout, ses problèmes de famille ne la regardaient pas. Ne lui avait-il pas bien fait comprendre, ce matin, qu'elle n'était rien de plus qu'une épouse provisoire ? Mais elle l'aimait…

A la fin du déjeuner, quand la plupart des invités s'étaient réunis sous la véranda pour prendre le café et qu'Adam, toujours aussi maniaque, était en train de s'affairer à remettre de l'ordre, elle put enfin s'asseoir à côté d'Anna May, qui regardait son fils jouer au tennis avec des cousins sur le court de la propriété.

— Ce garçon est un véritable athlète, déclara tendrement Anna May, avant de se renfrogner en découvrant à qui elle s'adressait.

— Il est très doué, acquiesça Casey.

A voir la silhouette trapue d'Henry, on ne l'aurait jamais cru sportif, mais il se débrouillait très bien avec une raquette.

— Mon fils a toujours eu un don sur le court, reprit sa mère, flattée.

— Comme *à la cours*, répliqua Casey, allant droit au but.

— Je ne vous dirai pas un mot sans la présence d'un avocat, déclara la tante d'Adam, furibonde.

— Anna May, demanda Casey sur un ton conciliant, serait-il possible que vous renonciez à attaquer le testament de James ?

— Absolument, répliqua celle-ci, raide comme la justice. Il suffit qu'Adam accorde sa promotion à Henry et nous paye les dividendes qu'on nous doit.

Casey soupira. C'était le moment d'avouer sa défaite ou bien de sortir un lapin de son chapeau.

— Je connais votre amour pour Henry et je sais pourquoi vous vous battez bec et ongles pour lui.

— Parce que je l'aime.

— Bien sûr. Mais, depuis votre dernière entrevue, Adam a l'impression qu'au fond Henry ne se sent pas vraiment impliqué dans cette bataille.

— Vous ne connaissez rien des aspirations de mon fils, rétorqua la dame, écarlate.

— Je sais ce que c'est que d'agir par amour pour quelqu'un, dit Casey — en omettant d'ajouter : « pour l'enchaîner à soi ». Mais, en définitive, ça ne suffit jamais, ni pour soi ni pour l'autre. Avez-vous déjà interrogé Henry sur ses vrais désirs ? ajouta-t-elle après un silence.

— Ne soyez pas insolente, se révolta Anna May en la foudroyant du regard. Je sais très bien ce que veut mon fils. Je sais ce que je dois faire. Et ça ne vous concerne pas, précisa-t-elle.

Puis elle lui tourna le dos pour applaudir à un service d'Henry, véritable boulet de canon qui avait causé la débandade de son adversaire.

Casey observa les épaules crispées d'Anna May avec un terrible sentiment d'impuissance. Son intervention n'avait servi à rien.

Les membres de la famille d'Adam s'en allèrent aux alentours de 16 heures.

Lorsqu'ils furent partis, la tension entre elle et Adam devint beaucoup plus palpable. Ils étaient guindés l'un envers l'autre, se parlaient avec raideur et, malgré les efforts d'Adam pour la dérider, elle était plongée dans un silence morose.

Elle eut du mal à cacher son soulagement quand son père et sa sœur annoncèrent qu'ils allaient partir.

Avant son départ, Karen la prit à part. Pour une fois, sa sœur semblait sincèrement préoccupée.

— Vous vous êtes disputés avec Adam ? demanda-t-elle. Il montre un front poli, mais on voit bien que vous êtes de très mauvaise humeur tous les deux.

— Oui, c'est vrai, avoua simplement Casey, n'en pouvant plus de sauvegarder les apparences.

— Tu es toujours certaine d'avoir pris la bonne décision ? J'ignore depuis combien de temps vous vous connaissez, Adam et toi, mais ça ne doit pas faire très longtemps, alors si ton mariage est un échec, tu peux toujours revenir à la maison.

— Je ne sais pas encore si c'est une réussite ou un échec, répondit-elle. Merci de ton offre, Karen, mais je ne reviendrai pas à Parkvale. En tout cas, je vous félicite de la façon dont vous vous en tirez, papa et toi. Je suis fière de vous.

Malgré la déception atroce de la matinée, elle ressentit en prononçant ces mots une légèreté d'esprit inhabituelle.

Elle venait enfin de dire qu'elle ne reviendrait pas, et cette fois elle en était convaincue. Cela n'avait rien à voir avec auparavant, quand elle parlait de quitter la maison sans s'engager à fond dans la construction de son avenir. S'être éloignée de Parkvale et avoir rédigé son livre lui avaient procuré une confiance en elle que toutes les affirmations du monde auraient été incapables de lui offrir.

— Oui, je suis certaine qu'on va trouver un bon *modus vivendi*, dit timidement Karen, à qui sa résolution nouvelle n'avait pas échappé. Bonne chance et merci pour tout. Du fond du cœur.

Et voilà. Mission accomplie.

*
* *

— C'est votre femme qui m'a conseillé de montrer à Eloïse ce que j'avais dans le ventre, déclara Sam en baissant les yeux.

— Casey vous a dit ça ? s'étonna Adam en pianotant sur son bureau.

On n'était que mardi, mais il aspirait déjà au week-end, pour pouvoir passer deux jours auprès de son épouse. C'était totalement absurde, après ce qu'il lui avait déclaré l'autre dimanche.

— C'est votre unique femme, non ? plaisanta l'avocat qui, depuis le début de leur entrevue, était aussi primesautier que lui-même se montrait revêche. A moins que les choses ne soient encore plus compliquées que je ne le supposais ?

— Si la façon dont vous avez embrassé Eloïse devant tout le monde révèle votre moi profond, répliqua Adam sans sourire, je ne suis pas sûr qu'on gagne à le connaître.

— Vous ne vous en êtes peut-être pas rendu compte, répliqua l'avocat en se renfrognant, mais je suis, euh, très attaché à votre belle-mère.

— Attaché, Sam ? Dimanche, vous avez failli la dévorer toute crue ! protesta Adam, qui n'avait aucune envie d'entendre parler des amours des autres, quand le sien n'était qu'un champ de ruines.

— Je souhaite seulement vous avertir, reprit

Sam, vexé, que j'ai le dessein de courtiser Eloïse avec des intentions honnêtes.

— Ne serait-ce pas plutôt elle qu'il faudrait prévenir ? rétorqua Adam. Au cas où elle ne vous aurait pas vu arriver avec vos gros sabots ?

— J'ai bien l'intention de le faire.

— Très bien. Alors, me voilà au courant, soupira-t-il. Et bon vent !

— Le juge Skelton est rentré de vacances, reprit l'avocat, revenant avec un soupir au sujet qui les préoccupait, et je défends aujourd'hui devant lui la demande d'annulation.

Adam se figea à cette nouvelle.

— Parfait, souffla-t-il.

— Mais si vous souhaitiez entériner ce mariage, je peux lui demander de suspendre sa décision.

— Il n'y a aucune raison, répliqua-t-il vivement, se sentant atteint d'un léger vertige. Même si Casey restait, Anna May prétend maintenant s'appuyer sur l'enregistrement de l'émission et sa couverture médiatique pour contester l'authenticité de notre mariage.

— Je continue de penser que nous pouvons l'emporter en argumentant que le testament n'est pas légal, reprit l'avocat. Mais ce que je voulais dire, c'est que si vous et Casey voulez rester unis, c'est le moment de le dire. Si c'était le cas et qu'Anna May débarque avec ce nouvel argument, nous demanderions à la cour de vous accorder un an ou deux pour prouver la réalité de votre union. Donc, si vous restez mariés nous gagnons sur tous les tableaux.

— Je ne vois pas comment prouver que nous sommes réellement mariés sans inviter Anna May dans notre lit !

— En ayant un bébé, répondit l'avocat.

Un bébé !

Adam eut l'impression d'avoir reçu un coup au ventre. Il n'avait jamais envisagé d'avoir des enfants, alors il n'allait sûrement pas le faire sous prétexte de gagner un procès !

— Ce serait un argument de poids, reprit Sam. On peut attaquer le testament, dire que votre père ne pouvait pas vous obliger à vous marier, mais peu de juges apprécient ce genre de procédure. La plupart n'ont plus que quelques dizaines d'années à vivre et n'aiment pas l'idée qu'on touche aux dernières volontés d'un individu.

— Casey et moi ne resterons pas ensemble, martela Adam, pris d'une résolution soudaine — même si la décision pesait sur son estomac comme une tonne de pain de maïs. Bon, reprit-il en regardant sa montre, il est presque l'heure de déjeuner. Que diriez-vous d'un bon cigare ?

— J'ai arrêté de fumer, répondit Sam en se levant.

— Mais vous adorez le cigare !

— Eloïse n'apprécie pas, soupira-t-il.

— C'est elle qui vous a demandé d'arrêter ?

— Eloïse est une grande dame, elle ne ferait jamais ça. C'est moi qui désire faire quelque chose pour elle, expliqua l'avocat avant de prendre congé.

Adam lança un regard renfrogné à la porte qui se refermait.

Comment Eloïse s'y prenait-elle pour que les hommes s'évertuent à la satisfaire sans même avoir besoin de le demander ? Car, d'après Sam, elle n'avait rien exigé. Peut-être n'avait-elle jamais rien demandé non plus à son père ? Peut-être James n'avait-il fait tout cela que par amour ?

— Quelle plaie, l'amour ! s'exclama-t-il, se laissant envahir par le sentiment d'irritation qui le taraudait depuis le matin.

Voilà qu'au lieu de prendre plaisir à son travail, il était obsédé par sa femme. Depuis quand l'envie de rester à la maison avec Casey l'emportait-il sur l'attrait de *Carmichael Broadcasting* ?

Fixant son ordinateur sans le voir, il reconnut que c'était un phénomène bien antérieur à la nuit qu'ils avaient passée ensemble. La tendresse, la passion de cette nuit-là n'étaient pas la cause de son malaise actuel, elles n'en étaient que les symptômes. Ce qui amenait la vraie question : quelle était exactement sa *maladie* ?

Le seul diagnostic qu'il acceptait, qui ne lui donnait pas envie de s'enfermer dans son bureau et d'en jeter la clef, c'était le désir. Si Casey l'obsédait d'une façon alarmante, non seulement à cause de son corps exquis, mais aussi de son sourire, de ses yeux, de son rire, de sa gentillesse, de son intelligence... c'était qu'il la désirait.

Le lendemain de leur nuit d'amour, il l'avait blessée par son attitude glaciale, mais il n'avait agi ainsi que parce qu'il avait été terrifié par la générosité avec laquelle Casey s'était donnée à lui. Au cours de leurs ébats, elle s'était livrée sans réserve, créant entre eux une intimité incroyable qu'il n'aurait jamais imaginé connaître.

Etait-elle amoureuse de lui ? Est-ce qu'elle croyait l'être ? Ses propos de ce matin-là avaient-ils été mensongers ? Si pour quelque raison insensée elle s'était mise en tête de l'aimer, il espérait bien que sa propre froideur lui avait remis les idées en place. Parce que, lui, il n'était pas du genre à aimer, encore moins à « adorer ».

Il leva les yeux vers le calendrier. Si le juge accédait à la demande de Sam, l'annulation du mariage ne tarderait pas à être prononcée, et sa vie reprendrait son cours normal.

Il se força à l'optimisme : avec un peu de chance, Casey et lui se sépareraient bons amis, même s'ils n'avaient échangé, depuis dimanche matin, que les strictes politesses indispensables.

Il fallait régler ce problème au plus vite, avant qu'il ne soit trop tard. Il allait tâcher de tout expliquer à Casey pour être sûr qu'elle comprenait bien son point de vue, et lui assurer qu'il appréciait à sa juste valeur le cadeau qu'elle lui avait offert.

La pendule marquait midi moins le quart.

N'était-ce pas aujourd'hui qu'elle recevait les voisins ? Tous ces gens qu'il n'avait jamais rencontrés allaient déjeuner chez lui avec sa femme.

— Annulez mes rendez-vous de cet après-midi, ordonna-t-il à sa secrétaire ahurie. Je rentre chez moi.

La sonnette retentit à midi pile, au moment précis où Casey tapait le mot « fin » au bas de son manuscrit.

Elle avait achevé son livre, l'avait corrigé jusqu'à complète satisfaction, et maintenant ce petit mot lui procurait un intense sentiment d'accomplissement, mêlé à la sensation qu'il contenait un présage de malheur inéluctable, englobant beaucoup plus que son roman.

Elle descendit ouvrir, se concentrant pour ne retenir que le soulagement de ne plus avoir ce manuscrit inachevé planant au-dessus de sa tête. Elle se sentait « vraiment bien », se répéta-t-elle comme un mantra, et elle arborait presque un vrai sourire quand elle ouvrit l'imposante porte d'entrée aux Harvey, suivis de près par Alison Dare et ses enfants.

— Entrez, dit-elle.

Elle était en train de servir le consommé quand Adam surgit dans la salle à manger.

Qu'est-ce qu'il faisait là ? Il n'allait tout de même pas jeter les voisins à la porte parce qu'elle avait bravé son interdiction ?

— Bonjour, dit-il en lui déposant un petit baiser sur les lèvres.

— Bonjour, répondit-elle nerveusement.

— Tu ne me présentes pas à tes amis, ma chérie ? lança-t-il avec un regard à la ronde.

Les présentations faites, elle se renferma dans le mutisme pendant presque tout le repas, laissant Adam entretenir la conversation avec les Harvey sur l'évolution du voisinage. Il sembla même porter un intérêt sincère aux trois petits garnements d'Alison. Quand, au moment du départ, John Harvey mentionna l'organisation d'une fête de quartier, il ne broncha même pas.

— Qu'est-ce que ça veut dire ? demanda-t-elle d'un ton inquisiteur, quand la porte se fut refermée sur leurs invités.

— Quoi donc ? rétorqua Adam en se dirigeant vers son bureau.

— Vous ne vouliez pas les voir, dit-elle en lui emboîtant le pas. Alors pourquoi vous êtes-vous montré aussi aimable ?

— Vous vous en seriez certainement très bien tirée toute seule, répondit-il en s'appuyant au plateau de chêne de son bureau, mais il n'y avait pas de raison. Comme ces relations de bon voisinage vous importent beaucoup, j'ai pensé que vous aimeriez que je sois présent.

— Et qu'est-ce que ça peut vous faire, répondit-elle, le souffle court, puisque vous ne voulez pas de moi ?

Chapitre 15

Adam sentit poindre dans ces quelques mots un tel chagrin qu'il en fut ébranlé.

— Comment pouvez-vous imaginer une chose pareille ? se récria-t-il, alors que Casey venait d'exprimer exactement ce qu'il s'apprêtait à lui dire.

La tension érigeait un mur presque palpable entre eux deux.

— Si je suis rentré aujourd'hui, reprit-il, c'est parce que je me soucie de vous. Et je me soucie aussi de votre avenir. Vous êtes une femme formidable, et j'espère que vous rencontrerez un homme qui vous mérite.

Casey fit un pas vers lui, puis un autre, s'avançant presque à le toucher, et dit d'une voix nouée :

— Et si j'avais trouvé cet homme et qu'il ne veuille pas de moi ?

Comment aurait-il pu résister, malgré toutes ses résolutions ? Il tendit le bras pour l'attirer à lui et l'embrassa avidement. De la tenir contre son corps raviva aussitôt tous ses sens, et il se sentit prêt à revivre la passion de l'autre nuit.

Les bras autour de son cou, Casey l'embrassait avec une ferveur qui ne laissait planer aucun doute sur ses propres envies. Aussi fit-il glisser ses mains le long du dos de la jeune femme jusqu'à ses fesses, qu'il empoigna pour la presser contre son désir, lui arrachant un gémissement rauque.

Rendu maladroit par le feu qui le dévorait, il arracha les boutons du chemisier de Casey sur lesquels il s'énervait, pour s'emparer à pleines mains de ses seins à travers le satin ivoire de son soutien-gorge. La jeune femme se cambra violemment contre lui tandis qu'il posait les lèvres sur les globes de chair, tout en immisçant la main sous la ceinture de son short.

Le secondant dans cette tâche, elle défit d'elle-même les boutons-pressions, permettant au short de glisser au sol, puis elle l'enjamba pour s'attaquer à sa boucle de ceinture à lui.

Il entendit vaguement résonner le téléphone sur son bureau. Mais il préféra l'ignorer, concentré sur l'incroyable sensation que lui procuraient les doigts de Casey en train de s'affairer sur son pantalon.

Quand elle l'abaissa sur ses jambes, il donna un coup de pied pour s'en débarrasser et entraîna la jeune femme vers le canapé, sans décoller une seconde sa bouche du tendre creux qu'il venait de lui découvrir à la jointure du cou et de l'épaule.

Hormis les sons étouffés de leurs halètements, la pièce était silencieuse, aussi la voix de Sam dans le répondeur leur fit-elle l'effet d'une douche froide.

— Adam, c'est Sam. Bonne nouvelle, mon ami ! Je sors du bureau du juge Skelton : il vous accorde l'annulation. Je vais de ce pas vous envoyer les papiers. Mes félicitations ! Vous voici de nouveau « le célibataire le plus en vue de Memphis ».

Adam n'aurait jamais imaginé que *ne pas être marié* à Casey pouvait à ce point être un tue-l'amour. C'était pourtant ce qui se produisait : il n'avait plus la moindre envie de faire l'amour. Casey non plus. Comme son regard l'indiquait clairement, cette idée l'avait complètement désertée.

— On ne peut pas..., hoqueta-t-elle en se tortillant pour se libérer, sans qu'il cherche à la retenir.

En trébuchant, elle alla ramasser son short et se rhabilla.

Il reprit son pantalon et l'enfila, d'abord incapable d'articuler un mot. Il réussit pourtant à se ressaisir et dit d'un ton neutre, en se passant la main dans les cheveux pour paraître naturel :

— Alors, nous y voilà ! Nous avons notre annul...

— Je ne suis pas sourde, le coupa Casey.

Miné par la déception et un intense sentiment de frustration, il eut soudain l'impression que la pièce était trop petite pour eux deux.

— Je vais faire un jogging, lança-t-il.

Adam courut pendant presque cinq kilomètres. A chaque foulée, le bruit sourd de ses baskets sur le pavé lui martelait que Casey allait bientôt partir.

Il ne voulait pas qu'elle s'en aille. Elle avait donné à sa vie une nouvelle dimension dont il ne pouvait plus se passer. Il sentait bien qu'il ne dépendait que de lui qu'elle reste, qu'il aurait suffi qu'il la courtise pour s'en faire aimer. Peut-être même l'aimait-elle déjà. Et il avait toujours projeté de se marier un jour. Alors, pourquoi pas ?

Le seul obstacle tenait à son idée du mariage. Casey voulait représenter l'essentiel pour son futur époux, être le centre de sa vie. Enfin, même si elle n'avait pas dit les choses dans ces termes, n'est-ce pas ce qu'elle entendait par être « adorée » ?

Il haletait en remontant la colline vers la maison. Encore deux kilomètres. Il fallait réfléchir, et vite.

Bon, à sa façon, il était attaché à elle. Il en était même amoureux. Mais il ne pouvait se résoudre à le lui avouer, car il ne voulait pas qu'elle se méprenne : cela n'avait rien à voir avec l'adoration qu'elle recherchait. Son désir d'elle était si violent que c'en était effrayant. Il voulait passer du temps avec elle, et il voulait lui faire des enfants !

Avant que Sam ne lui en parle, il n'avait jamais envisagé cette éventualité. Et alors ? Quelque chose au fond de lui s'attendrissait déjà à l'idée d'avoir un enfant.

Un fils.

Avoir la chance d'être père. Un père différent du sien.

Avoir la chance de guérir les blessures de son enfance, de réparer le schéma familial des Carmichael.

« Réparer » ? Ah, bravo ! se morigéna-t-il en tournant au coin de sa rue. Voilà qu'il commençait à s'exprimer comme Casey !

La maison n'était plus qu'à quelques centaines de mètres. Il se força à se concentrer sur les détails pratiques.

Comme l'avait expliqué Sam, un enfant serait la preuve que leur mariage était consommé et représenterait un atout pour l'avenir. Il ne se sentait pourtant pas prêt à troquer son indépendance contre le genre de liens émotionnels que Casey réclamait. Oui, mais s'il se trompait ? Peut-être était-elle capable d'évoluer comme lui l'avait fait ? Aujourd'hui, son empressement à faire l'amour avec lui alors qu'elle savait que leur relation arrivait à son terme, alors même qu'il lui avait seriné qu'ils n'avaient aucun avenir... cela suggérait qu'elle avait acquis une vision de l'amour plus réaliste qu'il ne l'avait supposé.

Peut-être ferait-il mieux de jouer cartes sur table et tâcher de déterminer comment ils pouvaient accorder leurs violons pour faire de leur mariage une réussite.

Le lendemain au réveil, il fallut deux secondes à Casey pour identifier l'origine du sentiment d'angoisse qui l'étreignait.

Contemplant la chambre au mobilier luxueux, elle réalisa soudain que cet endroit était très rapidement devenu son foyer. Mais tout était fini. Rien ne la retenait plus ici.

Quelle bénédiction que l'appel de Sam soit arrivé avant qu'Adam et elle n'aient refait l'amour, hier après-midi ! Cela aurait rendu les choses tellement plus difficiles encore. Cette annulation allait dénouer les derniers liens ambigus qui les unissaient. Il ne resterait plus qu'un seul problème : son cœur brisé. Et cela ne se résoudrait pas facilement. En tout cas, pas tant qu'elle resterait ici.

Elle descendit exprès plus tard que d'habitude pour le petit déjeuner, mais eut la surprise de trouver Adam encore à table, perdu dans ses pensées.

Levant la tête, il lui adressa un sourire mécanique que contredisait la noirceur de son regard.

— Voulez-vous vous joindre à moi ? demanda-t-il comme s'il s'adressait à une inconnue.

Elle se versa des céréales et remercia d'un signe de tête son ex-mari qui lui versait une tasse de thé brûlant. Elle mangea en silence, sentant peser sur elle le regard inquisiteur d'Adam.

Vite écœurée, elle repoussa son bol à moitié plein.

Cela fit l'effet d'un détonateur.

— Pouvons-nous parler ? lui lança aussitôt Adam.

— Bien sûr, répondit-elle en se demandant quelles autres formalités il y avait à remplir.

Il s'éclaircit la gorge, ce qui signifiait qu'il était nerveux.

— Cela va peut-être vous paraître bizarre, commença-t-il. Mais… puisque nous ne sommes plus mariés, voudriez-vous m'épouser ?

— Vous plaisantez ? répliqua-t-elle, repoussant la vague d'espoir qui montait en elle.

Non, Adam était visiblement sérieux. Mais il avait plutôt la tête d'un homme à qui l'on va arracher une dent que celle d'un homme sur le point de se marier, encore moins celle d'un homme amoureux.

— Mais encore ? fit-elle d'un ton circonspect.

— Je comprends votre réserve, elle est tout à fait naturelle, répondit-il, donnant l'impression qu'il s'apprêtait à lui servir une argumentation mûrement préparée. Voilà : nous nous entendons très bien, j'aime passer du temps avec vous, nous fonctionnons très bien sur le plan physique, vous êtes une épouse formidable, et je suis certain que vous ferez une mère merveilleuse. Qu'en dites-vous ? On pourrait se remarier sans que personne ne sache que notre première union a été annulée.

Elle eut un petit sourire navré.

— Non seulement c'est très pratique, répliqua-t-elle, désabusée, mais ça colle en plus parfaitement avec le testament de votre père.

Adam secoua la tête, apparemment vexé par ce résumé prosaïque de la situation.

— Je suis sûr de gagner contre le testament, il ne s'agit pas de ça. Mais c'est que j'ai de l'affection pour vous. *Beaucoup* d'affection. On pourrait partager une vie agréable.

De l'affection ! C'était exactement ce qu'elle ressentait pour Joe, cinq semaines auparavant. Elle était prête à en rabattre, à ne plus exiger qu'on l'adore, mais pourrait-elle se satisfaire de cette *affection* qu'Adam lui offrait, alors qu'elle se consumait d'amour pour lui ?

— Et puis, Eloïse vous aime, ajouta-t-il.

Une autre manière de lui rappeler, s'il en était besoin, que ce n'était pas son cas... Mais cela lui rappelait aussi qu'Eloïse, elle, n'avait jamais abdiqué l'exigence de l'amour absolu.

Se versant distraitement du sucre, alors qu'elle préférait son thé nature, elle s'absorba dans la contemplation du liquide doré tout en le remuant avec sa cuillère.

— Nous pourrions avoir des enfants, dit Adam. Je devine que ça vous plairait.

Elle se figea.

— Sam dit qu'avoir un bébé serait d'une grande utilité pour gagner au tribunal, expliqua-t-il. Si nous le désirons, il peut demander au juge de retarder sa décision. Avoir un enfant serait le meilleur argument pour prouver notre engagement et l'authenticité de notre mariage, n'est-ce pas ?

Il se pencha en travers de la table pour lui attraper la main.

— Casey, marions-nous et faisons un bébé, dit-il avec un sourire désarmant.

— Adam, souffla-t-elle, la voix tremblante, tout en retirant sa main, je ne *peux pas* avoir d'enfant.

Même si elle le savait depuis longtemps, le lui apprendre dans de telles circonstances se révélait atrocement douloureux.

— Qu'est-ce que vous voulez dire par « je ne

peux pas » ? demanda-t-il après un long moment de silence.

— A la suite d'une péritonite que j'ai faite petite fille, une infection dans le bas-ventre m'a endommagé les trompes. Les médecins ont dit que je ne pourrais jamais faire d'enfant, expliqua-t-elle en cherchant ses mots avec difficulté. Cela répond-il à votre question ?

— Ma chérie, je suis vraiment désolé, déclara Adam avec tant de tendresse qu'elle sentit les larmes lui monter aux yeux.

Il fit le tour de la table pour s'asseoir à ses côtés.

— Ma pauvre chérie, murmura-t-il en lui repoussant doucement une mèche de cheveux derrière l'oreille, je ne sais pas quoi te dire…

Le cœur de Casey bondit. « Dis-moi que tu m'aimes, que tu m'aimes quand même. »

Mais autant souhaiter que son problème de stérilité s'évanouisse comme par enchantement. Le regard d'Adam, derrière son apparente gentillesse, trahissait la gêne et, pire encore, une froide distance.

Le regardant droit dans les yeux pour être sûre qu'il comprenait bien ce qu'elle disait, elle enfonça le dernier clou du cercueil.

— Alors, si tu veux un enfant, désolée, ce ne sera pas avec moi.

A son absence totale de réaction, elle comprit qu'il laissait tomber.

Elle comprenait que, malgré son désir de l'épouser — il avait été prêt, même sans en prendre conscience, à s'investir émotionnellement et affectivement, elle le savait —, l'avenir de l'entreprise passait avant tout. Elle l'acceptait parce que de toute façon, malgré son attachement, Adam ne l'aimerait jamais autant qu'elle l'aimait. Il avait fait son choix. Maintenant, c'était à son tour de faire le sien.

Souffrant le martyre, elle repoussa sa chaise et se leva.

— Je partirai demain.

— Casey, ce n'est pas pressé. Ne pouvons-nous pas… ?

— Le congrès des écrivains va commencer, lui rappela-t-elle. Il me faut une journée de route jusqu'à Dallas. Et je ne reviendrai pas, conclut-elle après un silence.

Adam, le visage fermé, ne répondit rien.

Casey ne pouvait pas avoir d'enfant !

Allongé sur son lit, Adam n'arrivait pas à trouver le sommeil. Il avait encore du mal à digérer la nouvelle. Il se sentait trahi, comme si Casey lui avait menti.

Il savait pourtant que c'était injuste, qu'il n'avait pas le droit de lui en vouloir. Mais elle l'avait entraîné à prendre une décision capitale, celle de l'épouser — et cela en dépit du bon sens et de toutes ses convictions —, sans lui révéler la seule chose propre à le faire reculer.

Ce ressentiment était absurde. Ne lui avait-il pas répété à l'envi que leur mariage était provisoire, qu'il ne durerait que le temps d'obtenir son annulation ? Et jusqu'à aujourd'hui, il s'était soucié comme d'une guigne de sa fertilité.

Et voilà qu'il se sentait à présent floué, frustré dans son envie de bébé avec elle, dépouillé d'une vie de famille qu'il avait commencé à imaginer !

Mais son chagrin était sans commune mesure avec celui qu'elle devait éprouver. Il aurait voulu la prendre dans ses bras, la consoler, lui murmurer que ce n'était pas grave, que cela s'arrangerait.

Mais non. C'était grave, et cela ne s'arrangerait pas.

Casey ne revit Adam que le matin suivant.

Ayant pris de bonne heure son petit déjeuner en solitaire, elle était montée faire ses bagages, partagée entre l'espoir et la crainte qu'il s'en aille travailler sans lui dire au revoir. Mais quand elle redescendit à 9 heures, il l'attendait.

— Je m'en occupe, dit-il en s'emparant des sacs

qu'il alla déposer rapidement dans le coffre de la Fiesta.

Elle n'avait donc plus qu'à partir.

— Au revoir, Adam, dit-elle après s'être éclairci la gorge. J'ai passé avec vous un mois inoubliable. Et merci pour votre aide, conclut-elle en tendant une main qu'il ne prit pas.

— Au revoir, Casey, répondit-il en prenant son visage entre ses mains pour l'embrasser avec passion.

Elle grimpa dans son automobile, se raidissant pour ne pas pleurer, tourna la clef de contact et... Rien ne se passa.

Elle essaya encore plusieurs fois. Toujours rien.

— Aaah ! hurla-t-elle, frustrée, en cognant de rage sur le volant.

D'un seul coup, les larmes qu'elle refoulait depuis trop longtemps se mirent à couler et, le temps qu'Adam ouvre la portière, elle pleurait à chaudes larmes.

Il l'aida à sortir et la serra contre lui, l'encerclant de ses bras et lui caressant délicatement la nuque pour essayer de la calmer.

— Ne pleure pas, ma chérie. Ça doit être la batterie.

— J'ai changé la batterie, elle est neuve.

— Alors c'est le starter. On le fera réparer demain.

— Mais je dois être à Dallas ce soir, gémit-elle, consciente qu'elle n'aurait jamais pleuré pour si peu si elle n'avait pas été à bout.

— Prends ma voiture.

— Je ne peux pas prendre ton Aston Martin ! hoqueta-t-elle.

— Bien sûr que si, rétorqua Adam sereinement en prenant les clefs dans sa poche. C'est indispensable que tu ailles vendre ton livre à Dallas.

Il appuya sur la télécommande. Docilement, la voiture émit un bip et ses portes se déverrouillèrent.

Tandis qu'elle essuyait ses larmes et se mouchait, Adam ôta les sacs de la Fiesta pour les charger dans l'Aston Martin, avant de lui en tendre les clefs.

Le remerciant, elle monta en voiture.

— Tu reviendras après le congrès pour qu'on fasse l'échange, dit-il posément. Casey, ajouta-t-il avec une soudaine véhémence, on ne peut pas se séparer comme ça !

Qu'y avait-il d'autre à ajouter ?

Inaccoutumée au levier de vitesse, elle démarra avec un craquement sinistre qui aurait fait frémir un homme moins résolu.

Chapitre 16

Adam tamponna son front moite et soupira.

Depuis que Casey était entrée dans sa vie, rien ne tournait plus rond. D'accord, la situation n'avait rien de catastrophique, mais les choses n'avaient pas du tout suivi le cours prévu.

Par exemple, était-il normal qu'une semaine après le départ de Casey il se retrouve dans le tapecul dépourvu d'air conditionné de la jeune femme, en pleine heure de pointe, par une fin d'après-midi étouffante ?

Pourquoi conduisait-il toujours ce coucou dont le seul élément valable était le nouveau starter qu'il venait d'y faire installer ? Il aurait pu emprunter un taxi pour se rendre au bureau. Eh bien non ! Malgré sa répugnance, il s'était glissé ce matin encore dans la Fiesta, affrontant le déshonneur de conduire une voiture ornée d'un autocollant « Si tu me trouves sexy, klaxonne » sur le pare-choc arrière — ce n'était pas faute d'avoir essayé de le décoller. Tout cela parce qu'il avait l'impression d'y retrouver l'odeur de Casey.

Il lança un regard hargneux vers la BMW voisine dont la conductrice, une beauté, n'arrêtait pas de le klaxonner.

Ah ! Et puis il y avait cela aussi : à cause d'elle, impossible de retrouver les plaisirs simples que lui procurait d'habitude le sexe opposé. Comme tout homme qui se respecte, il adorait regarder les femmes. Mais depuis quelque temps, il lui semblait que la seule fonction des femmes qui l'environnaient était de lui rappeler Casey.

Si Casey et sa psychologie de bazar disaient vrai, qu'il « sublimait son côté sauvage » en pilotant une Aston Martin, alors que signifiait le fait de lui avoir prêté sa voiture ? Et pire, qu'il ne s'en soit pas soucié depuis lors ? Est-ce que cela voulait dire qu'elle l'avait « castré » ?

Non, mais qu'est-ce que c'était que ce raisonnement à la noix ?

Il était conscient de s'aventurer à la lisière d'un domaine qu'il s'était ingénié toute sa vie à éviter. En espérant qu'il n'en soit encore qu'à la lisière, et non pas déjà plongé jusqu'au cou dans ce genre de sentiment qui mettait votre univers à feu et à sang et vous embrouillait la tête. Le genre de sentiment qui vous faisait croire contre toute logique à un possible *happy end* alors que cela n'arrivait jamais ou, sinon, qui ne durait pas et vous gardait prisonnier du passé, comme Eloïse.

Il n'était sûrement pas trop tard pour retourner à sa vie ordonnée et prévisible, mais cela lui demanderait quelques efforts — plus qu'il ne l'aurait cru. Il se montrait impatient avec son équipe, et à peine poli avec sa belle-mère — qui n'en prenait d'ailleurs pas du tout ombrage, ce qui était particulièrement énervant : elle se contentait de sourire d'un air entendu chaque fois qu'il se mettait à pester.

Ce qui l'excédait par-dessus tout, c'était le cadeau de départ de Casey. Elle avait téléphoné à Mme Lowe pour la supplier de revenir travailler chez lui, et maintenant la vieille toupie était en train de le rendre fou. Comment avait-il pu penser un jour que cette gouvernante était une perle ?

Le congrès des écrivains devait être terminé, à présent. Casey aurait déjà dû lui ramener son Aston Martin.

Quand il avait demandé à Eloïse, qui était toujours en contact avec la jeune femme, de l'aider à récupérer sa voiture, elle s'était contentée de lever les yeux au ciel.

Mais il se refusait à l'appeler sur son portable. Il avait trop peur que sa voix ne l'envoûte comme le chant des sirènes et ne le persuade d'abandonner sur-le-champ son travail, pour l'épouser et couler des jours heureux. Parce que, au fond, à quoi tout cela rimait-il ?

Il fallait qu'il se guérisse de sa... distraction — et qu'il se renseigne pour savoir s'il existait un terme de psychologie pour ce phénomène.

Stop !

Il arriva chez lui en nage, et excédé de s'être fait klaxonner tout le long de la route. Les femmes de Memphis n'avaient-elles donc rien de mieux à faire ? Furieux, il projeta les clefs de la voiture à travers le jardin où elles atterrirent dans une haie.

Ouf ! Maintenant, la tentation était écartée. Il serait bien obligé de se rendre au bureau en taxi.

Satisfait d'avoir fait un premier geste pour s'ôter Casey de la tête, il écouta les messages sur son répondeur. Au lieu d'effacer comme d'habitude ceux des femmes qui lui téléphonaient pour lui dire combien elles compatissaient à l'annonce de l'annulation de son mariage dans le journal, il en rappela une ou deux pour les inviter à boire un verre un soir prochain.

Tout plutôt que rester seul dans la maison vide.

Et il avait intérêt à se trouver un costume pour la soirée d'anniversaire d'Eloïse, qui organisait un bal masqué dans la tradition de sa jeunesse. Ce n'était que dans quelques semaines, mais il ferait bien de s'y prendre dès maintenant.

Sifflotant nerveusement, il surfa sur Internet pour trouver un site de location de tenues de soirée. Il lui fallut cinq bonnes minutes pour se rendre compte qu'il sifflait *You are the sunshine of my life.*

— Vous devez bien avoir quelque chose de plus positif à me proposer ? protesta Casey, en ligne avec la hot line de sa compagnie de téléphone.

Depuis l'annulation de son mariage, *You are the sunshine* s'était révélé totalement inefficace pour lutter contre le découragement dans lequel elle était plongée.

— Qu'est-ce que vous diriez de *Blue eyes* d'Elton John ? proposa la fille à l'autre bout de la ligne.

— Non, soupira lourdement Casey. Est-ce que vous n'auriez pas le vieux tube des Split Enz : *J'espère bien ne jamais te revoir* ?

— Ça ne sonne pas très positif, observa l'employée des télécoms, dubitative. Mais je vais voir.

Comme ils ne l'avaient pas en rayon, Casey finit par se résigner à *L'amour est un champ de bataille.* Elle fournit son numéro de carte de crédit et son code pour pouvoir télécharger la nouvelle sonnerie.

Alors que le processus arrivait à son terme, son téléphone se mit à sonner.

— Eloïse ! Comment-allez vous ? Ça me fait plaisir de vous entendre.

— Je suis impatiente de vous voir, ma chérie, déclara son ex-belle-mère, lui rappelant ainsi qu'elles dînaient ensemble le soir même. Il y a si longtemps que nous n'avons pas bavardé.

Casey se sentit soudain coupable.

Enfermée dans le studio qu'elle louait non loin du centre de Memphis, elle était si complètement immergée dans son nouveau roman qu'elle en perdait la notion du temps. Avec les cours d'anglais qu'elle donnait à des enfants le soir et le week-end, il ne lui restait plus beaucoup de temps à consacrer à sa vie sociale.

— Moi aussi, je me réjouis de vous voir, assura-t-elle.

Lorsqu'elle raccrocha, elle était fière d'avoir réussi à se tenir à la règle qu'elle s'était fixée : ne pas demander de nouvelles d'Adam.

En fait, elle n'avait pas vraiment besoin d'en demander. Elle qui n'avait jamais entendu parler d'Adam Carmichael avant de l'épouser, elle ne pouvait maintenant plus lui échapper. Depuis l'annulation de leur mariage — qui n'avait tenu la une des journaux qu'une petite journée —, le nom de son ex-mari apparaissait régulièrement dans les pages économiques et dans les comptes rendus mondains. Elle frissonna au souvenir de cette photo où l'on voyait Adam tenant une splendide créature brune à son bras.

Comme elle préférait ignorer ce qu'il devenait depuis son départ, elle décida d'arrêter de lire les journaux. De toute façon, elle était bien trop occupée pour se soucier des potins mondains de Memphis. Elle venait de signer pour la publication de son premier livre — l'éditrice qui l'avait remarqué en avait acquis les droits durant le congrès —, et le deuxième progressait rapidement.

Le dimanche, elle se rendait le plus souvent à Parkvale pour rendre visite à Karen et au bébé. Elle ne croisait que rarement son père, qui s'était remis à conduire et avait commencé à fréquenter une femme habitant la ville voisine.

A propos de conduire… Elle leva les yeux de son ordinateur pour jeter un regard par la fenêtre, afin de vérifier que la voiture d'Adam était toujours en bas dans la rue. Elle mourait de peur qu'on ne la lui vole, mais elle ne pouvait se résoudre à la lui restituer, espérant ainsi obliger Adam à lui rendre visite, même fugitivement. Mais, apparemment, il préférait renoncer à son véhicule adoré plutôt que de lui reparler.

Elle poussa un soupir. A quoi servait de retarder l'inévitable ? Ce soir, elle allait laisser l'Aston Martin chez Eloïse et reviendrait en bus. Adam lui ramènerait la Fiesta quand cela lui chanterait.

Elle allait faire un dernier tour de bolide pour emmener Brodie-Ann pique-niquer au parc : son amie, qui avait pris un jour de congé, allait arriver d'un instant à l'autre.

— On peut dire que tu as du succès avec cette voiture, commenta Brodie-Ann peu de temps après, alors que pour la énième fois un homme klaxonnait Casey en lui adressant un signe appréciateur dans le rétroviseur.

— Oui, c'est encore plus efficace que l'autocollant de la Fiesta, acquiesça Casey en faisant ronfler le moteur pour démarrer au quart de tour et clouer sur place l'admirateur de l'Aston Martin.

Ayant reçu ces dernières semaines plus d'attentions de la part des hommes qu'en vingt-cinq ans d'existence, elle allait regretter de ne plus pouvoir faire rugir ce félin par les rues de la ville.

Mais elle n'avait pas vraiment besoin de cette voiture pour gonfler son ego. De nombreux hommes l'avaient invitée à sortir, qui n'avaient même pas entrevu l'Aston Martin.

Si elle se sentait plus sûre d'elle-même à présent, ce n'était pas tant grâce à son système d'affirmation ou à la satisfaction que lui procurait autrefois la certitude que les autres ne pouvaient s'en sortir sans elle, ni parce qu'on la courtisait. C'était dû à Adam.

Le temps qu'elle avait passé avec lui et, paradoxalement, la demande en mariage absurde qui avait clos leur relation lui avaient enseigné qu'elle pouvait survivre et même réussir sans servir de béquille à personne, et que dans la vie il était aussi important de recevoir que de donner. Elle se doutait bien que cette conviction ne pouvait seule lui apporter le bonheur, mais se consacrer à fond à sa passion pour l'écriture le pourrait. C'est ce qu'elle soupçonnait auparavant, mais n'avait jamais eu le courage de tenter.

Après leur arrivée dans le parc, alors qu'elle étalait les victuailles sur le gazon avec son amie, lui revint en mémoire le souvenir doux-amer du pique-nique qu'Adam et elle avaient partagé ici-même. Et de fil en aiguille d'autres souvenirs surgirent : ceux de la nuit qu'ils avaient passée ensemble, et l'espoir insensé qui s'était emparé d'elle envers et contre tout, cette nuit-là, de concevoir un enfant de lui.

Mais le miracle ne s'était pas produit.

Et la voilà, pauvre âme en peine, qui devait écouter Brodie-Ann lui rebattre les oreilles de son merveilleux Steve et de son existence idyllique de femme mariée.

— A trois mois de bonheur sans nuage ! trinqua celle-ci en cognant sa cannette de soda sur la sienne.

— Bon anniversaire ! répondit-elle sur un ton sinistre.

— Tu avais raison, Steve et moi sommes faits

l'un pour l'autre, reconnut son amie, épanouie. Depuis que j'ai compris comment fonctionne ce truc de donner et recevoir, les choses fonctionnent comme sur des roulettes. En parlant de donner et recevoir, est-ce que tu as revu Adam, dernièrement ? demanda-t-elle avec un regard scrutateur. Ou est-ce qu'il t'aurait offert son Aston Martin en cadeau de séparation ?

— Je continue de croire qu'il viendra me la réclamer, répondit Casey.

Pourquoi ne pas affronter l'évidence ? Son ex-mari était tellement soucieux de l'éviter qu'il était prêt à se priver encore longtemps de son précieux bolide.

— Tu agis exactement comme il faut, Casey. Surtout, ne flanche pas, l'encouragea son amie en lui tapotant l'épaule.

Elle hocha la tête.

Tout allait bien, se répétait-elle tous les jours. Elle avait signé pour un livre, elle s'en tirait plutôt bien, et elle n'était plus phagocytée par des gens incapables de lever le petit doigt sans elle. Le seul objectif qu'elle n'avait pu atteindre était son idéal d'amour libre de toutes contingences, car Adam, quand il avait débarqué dans sa vie, était prisonnier des mêmes chaînes que tous ceux qu'elle avait aimés.

A 18 heures, Casey se rendit chez Eloïse. Arrivée à bon port, elle verrouilla pour la dernière fois la voiture d'Adam, puis grimpa les marches du perron.

— Entrez, ma chérie, dit Eloïse qui la tira à l'intérieur en refermant vivement la porte.

— Un problème ? s'enquit Casey en regardant autour d'elle. Que se passe-t-il, Eloïse ? questionna-t-elle en découvrant le vestibule orné de guirlandes et de fleurs, un serveur en uniforme qui se hâtait, un plateau de verres de vin blanc à la main, et au bout du vaste couloir menant vers l'arrière de la maison, les portes donnant sur le jardin grandes ouvertes et révélant… une tente de réception !

— C'est juste une petite fête, mon cœur… Pour mon anniversaire, répliqua son aînée, qui n'osait la regarder en face, avec un sourire contrit.

— Une *petite* fête ?

— Oh ! Pas plus de trois cents invités. Beaucoup moins que l'an passé, je vous assure, affirma Eloïse en lui prenant la main. Excusez-moi, Casey, je voulais absolument vous avoir, et je pensais que, si vous étiez au courant, vous ne viendriez jamais.

— Je suppose qu'Adam sera là ? marmonna Casey.

— Bien sûr. Il n'a pas le moral ces derniers temps, et j'ai pensé qu'une petite fête le dériderait, répliqua Eloïse en fuyant son regard. Hum, en fait, je ne suis pas sûre de lui avoir dit que vous seriez là.

Casey eut un bref signe de tête pour signifier que toute tentative de les réconcilier, Adam et elle, était superflue, mais elle ne fit aucun commentaire.

Eloïse savait aussi bien qu'elle que, s'il était stressé, la dernière chose dont Adam aurait envie était d'assister à une soirée. Mais après tout son moral ne la regardait pas. C'était sûrement que sa voiture lui manquait.

— Je ne suis pas du tout habillée pour la circonstance, dit-elle en baissant les yeux sur la petite robe en coton qui lui avait paru convenir pour dîner avec Eloïse.

— Je sais, ma chérie, répondit son amie, satisfaite d'entendre cette réflexion. J'espère que vous ne le prendrez pas mal, mais j'ai pris la liberté de vous acheter quelque chose en prévision. Ce sera mon cadeau d'anniversaire.

— Est-ce que ce n'est pas supposé fonctionner dans l'autre sens ? s'esclaffa Casey en suivant Eloïse jusqu'à une chambre d'amis située à l'étage.

Elle resta ébahie en découvrant la splendide robe-bustier de créateur en soie bleu nuit qui, rien qu'au premier regard, paraissait lui aller comme un gant.

Le vêtement somptueux moulait en effet ses formes comme s'il avait été cousu sur elle.

— Mon coiffeur vous attend, dit Eloïse. Et je vous ai aussi acheté ça, ajouta-t-elle en sortant de sa boîte un masque très raffiné couvert de plumes dorées, avec des rubans de satin bleu. C'est un bal masqué, expliqua-t-elle.

Casey avait soudain l'impression d'être prise au piège.

Eloïse n'aurait quand même pas…

— Promettez-moi que vous n'avez pas organisé un défilé de filles à marier, implora-t-elle.

— C'est une façon très limitée de voir les choses, ma chère, rétorqua Eloïse en riant sous cape. Il se trouve qu'il y aura ce soir dans l'assistance quelques mâles célibataires tout à fait intéressants. Alors prenez plutôt ça comme un défilé de garçons à marier !

— Tu as gagné, Casey !

Adam eut un petit sourire. Dans la solitude de son bureau, ces mots étaient faciles à prononcer. Mais au lieu d'avoir le sentiment de perdre le contrôle de la situation, il sentait l'impatience faire bouillonner son sang, une sorte d'ivresse l'envahir. Oui, il avait la conviction qu'avec Casey à ses côtés, tout était possible !

Il l'avait pourtant laissée partir. Elle n'était plus là. Ah ! bravo. Quel succès !

Il coinça son téléphone sous son menton pour pouvoir remonter sa manche et regarder l'heure.

La soirée de sa belle-mère devait être en train de démarrer. Il n'avait aucune envie d'y aller sans Casey — comme d'ailleurs il n'avait envie d'aller nulle part.

— Vous avez dit quelque chose ? demanda Sam qui était en train de fouiller dans ses papiers à l'autre bout de la ligne pour retrouver le paragraphe qu'il voulait lui lire.

— Non, je pensais tout haut…

— Ce qui me frappe, c'est qu'en ce moment vous pensez beaucoup trop, répliqua vertement le juriste. Cette idée est tellement insensée que je me demande même comment le juge a pu la recevoir. Vous ne devriez pas passer à autre chose ?

— Je suppose que c'est votre avis de professionnel, rétorqua Adam sans se frapper.

— Je vous le donne pour ce qu'il est. De toute façon, ce qui est fait est fait, mais ne vous attendez pas à ce que ce soit aussi facile à défaire, cette fois.

— Je ne le déferai jamais, affirma-t-il avec assurance en se laissant aller en arrière dans son fauteuil pour poser les pieds sur son bureau — ce qu'il ne faisait jamais. Vous allez à la fête d'Eloïse ?

— Je ne suis pas invité, avoua Sam après un silence gêné. Ce qui, en soi, est très signifiant, vous ne pensez pas ?

— Heu, peut-être, éluda Adam.

— Mais je vais m'y rendre quand même.

— Vous allez jouer les pique-assiettes chez Eloïse ? lança-t-il, abasourdi.

Ce n'était pas le genre de Sam, ni le genre de chose qu'on se permettait chez sa belle-mère.

— Il me semble que c'est comme ça qu'on dit, oui, acquiesça l'avocat avec raideur.

— Mazette ! s'exclama Adam, impressionné. Alors, à tout à l'heure ! reprit-il, avant de raccrocher et d'aller enfiler le smoking qu'il avait préparé pour l'occasion.

Une fois au volant de la voiture de société qu'il utilisait, tant qu'il n'avait pas pris de décision au sujet de l'Aston Martin, il changea soudain d'avis et se dirigea vers la banlieue verdoyante où résidait Casey.

Après avoir vainement pressé à plusieurs reprises la sonnette de son appartement, il se mit à jurer. Il avait été tellement porté par l'idée qu'il allait bientôt la voir et lui parler qu'il ne pouvait pas concevoir qu'elle soit absente. Et il n'y avait pas non plus de trace de la voiture de Casey — ou plutôt de la sienne.

Tant pis, il attendrait.

Chapitre 17

Arrivé devant chez Eloïse, Sam, après être descendu de taxi, tâcha de réajuster son déguisement.

Quel accoutrement inconfortable ! Il se sentait horriblement comprimé dans ses hauts-de-chausses trop étroits et embarrassé par le bouillonnement de dentelles débordant des poignets de sa redingote. Quant à sa couleur… C'était la première et la dernière fois qu'il arborait du bleu paon. Il avait tout de même posé une limite : pas de perruque. Ce soir, il incarnait le prince charmant, pas le prince ridicule.

L'avocat regarda sa montre à travers les fentes de son loup : 20 h 30. La fête devait battre son plein.

Il allait faire une entrée fracassante, déclamer son texte tout à trac, réclamer son tribut, et après cet exploit endurer stoïquement de porter ce costume quelques heures de plus.

Il récupéra son fardeau, qu'il avait posé sur les marches le temps de se rajuster. Ce maudit coussin devait être empoigné des deux mains et parfaitement d'aplomb, sinon la pantoufle de vair discrètement attachée dessus se mettait à ballotter de façon fort peu romantique.

Il s'efforça de calmer sa nervosité en respirant lentement.

Porter ce costume grotesque était un léger prix à payer s'il parvenait à obtenir ce qu'il désirait. Il se remémorait la fougue avec laquelle Eloïse avait répondu à son baiser, lors du barbecue.

Dans sa jeunesse, il avait travaillé comme procureur dans des affaires financières. Le moment le plus satisfaisant de ce genre de procès était celui où un témoin capital, jusque-là inconscient de ce qui s'était passé sous son nez, prenait soudain conscience des faits. Sa crédibilité était alors mille fois supérieure à celle de tout autre témoin, et il était alors sûr que l'affaire était dans le sac.

C'était sans doute ce genre de révélation qui avait motivé la décision d'Eloïse de ne pas l'inviter ce soir. L'élan passionné dont elle avait fait montre avait dû la bouleverser encore plus que lui. Elle ne se l'avouait peut-être pas, mais elle devait être morte de peur.

Il marqua une pause sur le seuil de la porte.

Avec Eloïse, il n'allait pas jusqu'à penser que l'affaire était dans le sac. Mais il lui semblait qu'elle était entrée dans la phase de prise de conscience.

Ayant sur ce point quelques coudées d'avance sur elle, il avait tous les atouts en main.

Il souleva le lourd heurtoir en cuivre, qui retomba avec un son mat, et la porte s'ouvrit aussitôt sur un portier en uniforme qui lui fit signe d'entrer.

En découvrant la foule des invités en robes du soir et smokings pressée dans l'antichambre, Sam se mit à regretter de ne pas avoir reçu de carton d'invitation.

— Alors, si je comprends bien, ce n'est pas une soirée déguisée ? observa-t-il.

— Non, monsieur, c'est un bal masqué, lui répondit le portier. Puis-je vous demander votre invitation ?

Sam, qui avait résisté à la suggestion de la fille de la boutique de location de se coller une mouche sur la joue, eut une brève action de grâces. Snobant le représentant de la valetaille qui le suivait de près, il traversa le vestibule, agrippé à son coussin, pour se planter au milieu de la foule à la recherche d'Eloïse. Malgré sa déroute totale sur le front du costume, il lui restait néanmoins une mission à accomplir.

Il l'aperçut enfin à l'autre bout de la pièce, éblouissante dans une robe de velours d'un vert profond mettant en valeur sa taille fine et ses formes voluptueuses, propres à satisfaire la main d'un honnête homme. Un masque vert et or donnait une aura exotique et mystérieuse à cette créature somptueuse… qui n'était pourtant que l'Eloïse qu'il aimait.

Mais oui, il l'aimait ! Depuis trois ans qu'il se conduisait comme un écolier stupide et maladroit, ses sentiments avaient eu le temps de s'épanouir en un amour inébranlable.

Si elle ne voulait pas de lui…

Il croisa alors le regard d'Eloïse, qui trahit son ébahissement de le voir surgir dans un accoutrement pareil sans avoir été invité. Il vit les commissures de ses lèvres se retrousser, et elle porta la main à la bouche.

Elle riait de lui. S'il lui déclarait son amour maintenant, il allait déclencher une crise d'hystérie.

Sentant un goût de fiel lui envahir la bouche, il déglutit. Visiblement, le témoin n'avait pas encore atteint le stade de la prise de conscience comme il l'avait espéré. Il allait falloir qu'il prenne les choses en main.

Lui ayant adressé un brusque salut, il repoussa la main du portier qui cherchait à le retenir et traversa la foule des invités pour s'éloigner le plus possible.

D'abord abattu, puis de plus en plus irrité, Adam avait fait le pied de grue jusqu'à 23 heures devant la porte de Casey.

Elle avait intérêt à ne pas s'être rendue à un

rendez-vous galant ! Conscient que sa jalousie était irrationnelle, il cherchait à la refouler, mais ne pouvait néanmoins s'empêcher d'en souffrir.

Il fallait se résigner. Même s'il en avait très envie, il ne verrait pas Casey ce soir. Alors, puisque cette soirée était ratée, autant ne pas blesser sa belle-mère en manquant sa fête d'anniversaire.

Devant chez Eloïse, les choses lui apparurent sous un tout autre jour. Dans l'éclat féerique des lumignons suspendus aux piliers de la véranda, garée devant la porte d'entrée, se trouvait son Aston Martin !

Euphorique, il grimpa les marches quatre à quatre pour se ruer dans la maison bondée. Des invités se pressaient dans les moindres recoins entre le vestibule, les escaliers et la tente du jardin. Il pénétra dans la salle de bal et reconnut Casey aussitôt.

Elle dansait dans les bras d'un homme qu'il n'arrivait pas à identifier, même s'il savait très bien reconnaître le sourire niais peint sur la figure de cet imbécile.

En voyant l'homme se pencher à l'oreille de la jeune femme pour lui murmurer quelque chose, il se raidit, poings serrés, avant de se détourner au contact d'une main légère sur son bras.

C'était Eloïse, masquée de vert et d'or, resplendissante.

— Adam, mon chéri, dit-elle en tapotant sa joue

sous le domino bleu qui ne réussissait pas du tout à dissimuler son identité. Tu as réussi à venir.

— Désolé d'être en retard, s'excusa-t-il distraitement, sans quitter des yeux Casey qui souriait à une plaisanterie de son cavalier.

— C'est vrai que tu fonctionnes au ralenti, depuis quelques mois. Mais ce soir, ça va, tu n'es pas trop en retard.

— Hein ? répliqua-t-il en sursautant.

Se tournant vers sa belle-mère, il vit qu'elle aussi regardait Casey. Si elle lui avait caché la venue de la jeune femme ce soir, cela faisait sûrement partie d'un de ses plans subtils pour les remettre ensemble. C'était typique d'Eloïse, et cette gentillesse le touchait au cœur, même si elle s'était donné une peine inutile. Car comment aurait-elle pu savoir qu'il avait déjà tout organisé ?

— Merci, lança-t-il d'un ton brusque, ému de gratitude.

— Va, mon garçon, répondit-elle en souriant, les larmes aux yeux. Va revendiquer tes droits sur ta femme, avant que Richard Lovington III ne lui grignote un bout de l'oreille.

— Si j'ai bonne mémoire, observa-t-il soudain en se figeant, ton anniversaire est en novembre. Cette fête, ce n'est pas pour toi que tu l'as organisée… C'est pour moi et Casey.

— Eh oui, une « parade nuptiale » de plus, soupira

Eloïse sans paraître le moins du monde repentante. Je sais que je n'aurais pas dû, mais…

— Merci, l'interrompit-il en lui plaquant un baiser sur la joue. Mille fois merci, Eloïse.

— Je crois que je ne comprendrai jamais les hommes, conclut-elle en le serrant sur son cœur puis en le repoussant pour s'essuyer les yeux. Sais-tu que Sam est venu à ma fête sans y avoir été invité ? ajouta-t-elle, sur un ton qui hésitait entre l'indignation et l'amusement. Et regarde un peu de quoi il a l'air !

Adam réprima un éclat de rire en voyant Sam danser avec une femme en robe rouge courte. Sous l'élégance tapageuse de son costume de prince charmant, on ne pouvait pas ne pas reconnaître la façon si personnelle qu'il avait de traîner les pieds.

— As-tu déjà dansé avec lui ? demanda-t-il à Eloïse.

— Il ne m'a même pas adressé la parole, maugréa-t-elle. Mais à quoi peut bien jouer cet homme ?

La danse terminée, comme s'il avait deviné le sujet de leur conversation, l'avocat vint droit sur eux.

Ils se saluèrent d'un signe de tête, et Adam s'abstint de tout commentaire sur la tenue de son avocat.

— Bonsoir, Eloïse, dit Sam en s'approchant d'elle sans provoquer son recul.

— Sam, répondit-elle froidement mais en oscillant légèrement dans sa direction.

— Je crois que mon invitation s'est égarée.

— Je ne vous en avais pas envoyé.

— Alors, veuillez excuser ma présence. Je ne voulais pas vous embarrasser.

— Vous ne m'embarrassez pas du tout, répliqua Eloïse avec courtoisie.

— Il fallait que je vienne.

— Pour constater que je jette mon argent par les fenêtres ? Pour vérifier si j'ai su transmettre mes directives aux employés du traiteur ? Ou pour me harceler afin que je paye à temps ma police d'assurance ?

— Pour danser avec vous.

— Oh ! souffla Eloïse, troublée.

Adam, qui prenait grand plaisir au spectacle, remarqua que sa belle-mère, loin de baisser sa garde, reprenait aussitôt l'avantage.

— Pourquoi ne me l'avez-vous pas alors demandé plus tôt ? lança-t-elle d'un ton acerbe.

— J'attendais que l'orchestre joue l'air que je lui ai réclamé, rétorqua Sam qui, après une pause, reprit, tout frétillant : Ça ne devrait pas tarder.

Une fois de plus, il avait réussi à désarçonner Eloïse, et, pour la première fois, l'idée vint à Adam que l'avocat pouvait avoir sur elle un effet positif.

Alors que l'orchestre se mettait à jouer *Tout ce*

que tu es pour moi, Eloïse, retenant son souffle, jeta un regard hésitant à Adam.

Il hocha la tête pour l'encourager.

Elle se tourna alors vers Sam, qui ordonna en lui tendant la main :

— Dansez avec moi.

Casey ne savait plus avec combien d'hommes elle avait bavardé durant le dîner sous la tente et avec combien elle avait dansé ensuite dans la salle de bal. Cependant, malgré leurs masques, elle savait qu'aucun d'eux n'était Adam. Ayant appris sa venue, avait-il décidé de renoncer à venir à la fête ? Quel lâche !

Soudain, comme si son accès de colère l'avait fait apparaître par magie, Adam, masqué mais totalement reconnaissable, se planta à côté de son cavalier du moment.

— Puis-je ? demanda-t-il en tapotant l'épaule du jeune homme.

Comme celui-ci hésitait à lui céder la place, Adam, d'habitude si parfaitement bien élevé, le repoussa du coude, et comme son rival bredouillait un « on se voit plus tard », il lui lança un regard si menaçant que celui-ci n'osa plus ajouter un mot.

Stupéfaite, elle glissa la main dans celle de son

ex-mari en essayant de calmer les battements de son cœur. Comment avait-il fait pour la reconnaître avec cette robe et cette coiffure inconnue, et sous un masque qui dissimulait l'essentiel de son visage ?

Tout au plaisir de sentir la main d'Adam posée au creux de ses reins, elle se laissa aller à danser avec lui quelques instants en silence.

— Je vous ai reconnue à vos épaules, avoua-t-il soudain, en effleurant du doigt la courbe de son épaule, du cou jusqu'à la naissance du bras. En entrant dans la salle, j'ai su tout de suite qui vous étiez. C'est curieux, n'est-ce pas ?

— C'est curieux, en effet, acquiesça-t-elle dans un souffle en frissonnant.

Il l'attira contre lui tout en continuant de danser.

— J'ai lu des articles sur vous dans le journal, dit-elle.

— Vous avez vu la photo, avec cette femme ? demanda-t-il. Quel est le terme utilisé en psychologie pour désigner cela ? Sublimation, substitution ?

— Substitution ? A quoi ?

— C'est vous qui êtes psychologue, c'est à vous de trouver. Ecoutez ça : depuis votre départ, je n'ai pas touché une seule femme. A part un ou deux baisers de pure politesse sur la joue.

— En deux mois…

— Certaines personnes mettent du temps à

comprendre, expliqua-t-il en posant doucement le menton sur sa tête. Oh ! J'ai de mauvaises nouvelles à vous apprendre.

— Lesquelles ?

— J'ai envoyé votre bagnole à la casse.

— Vous avez *quoi* ? s'indigna-t-elle, sans qu'Adam la laisse se dégager de plus de quelques centimètres.

— J'ai perdu les clefs. Que pouvais-je faire d'autre ? expliqua-t-il tout en manœuvrant pour la diriger vers la porte qui menait sur l'arrière de la maison.

Ils émergèrent dans l'air frais de la nuit, et il la guida vers un banc proche où, après avoir ôté son masque, il l'aida sans un mot à enlever le sien.

— C'est pourquoi je veux que vous gardiez l'Aston Martin, reprit-il.

— Comment ? Vous adorez cette voiture ! s'exclama-t-elle, médusée.

— Ce n'est pas une voiture, mais la « sublimation de mes rêves de gamin », déclara Adam en lui prenant délicatement les deux mains. Aujourd'hui, j'ai d'autres rêves.

— Lesquels ?

— Je vous en parlerai plus tard… Voyez-vous, je n'étais pas ravi qu'on voie mon épouse se balader en ville dans un vieux tas de boue.

— Je ne suis pas votre épouse.

— Eh bien si ! C'est la seconde mauvaise nouvelle : nous sommes toujours mariés.

— Comment ? Pourquoi ? balbutia-t-elle.

— Je dois avouer que c'est entièrement ma faute, confessa Adam sans paraître le moins du monde repentant. Je ne pouvais plus supporter le mensonge.

— Quel mensonge ? De quoi parlez-vous ?

Il semblait savourer avec délice son indignation.

— Sam m'a donné une copie du jugement d'annulation. Or il se trouve que le juge s'était laissé convaincre par deux arguments de poids : premièrement nous ne savions pas que le mariage était valide, et deuxièmement nous n'avions pas...

— ... consommé le mariage ! Oh ! Ce n'est pas vrai, gémit-elle.

— Si c'est votre seule réaction à l'évocation de cette fameuse « consommation », ce n'est pas particulièrement flatteur pour moi, s'insurgea-t-il.

— C'était donc une simple question de vanité masculine ? Vous ne supportiez pas qu'on écrive partout que vous n'aviez pas pu coucher avec votre femme ?

— Le jugement n'a pas été rendu public, rétorqua Adam en accentuant son emprise. La décision était à huis clos. Si j'ai adressé une pétition à la cour pour casser l'annulation, c'est parce que je refuse de renier la plus belle nuit de ma vie.

— La plus belle… ? murmura-t-elle, bouleversée.

— Sam, qui a défendu la cause devant le tribunal du comté, m'a informé il y a quelques heures que le juge avait bien révoqué l'annulation.

— Et alors ? On va devoir divorcer ?

— Le temps est venu de vous parler de mon nouveau rêve, chérie. Celui de passer le reste de ma vie à me laisser provoquer, étourdir et séduire par vous.

— Adam, vous m'avez déjà demandé de vous épouser et j'ai refusé.

— Cette fois, je pose des conditions très strictes, dit-il.

— Ah bon ? répliqua-t-elle, un peu vexée.

— Vous pourriez penser qu'il suffit de ressentir de l'affection pour votre mari, mais, moi, j'exige rien moins qu'une adoration mutuelle, énonça Adam en portant ses doigts à ses lèvres pour les baiser.

Ce rappel du jour où ils s'étaient rencontrés, quand il avait soutenu qu'elle ne trouverait jamais d'homme qui l'adorerait, lui serra la gorge.

Plongeant son regard dans celui d'Adam, elle y découvrit tout ce qu'elle avait besoin de connaître de ses sentiments pour elle.

— De l'adoration ? C'est beaucoup demander, répliqua-t-elle, pensive. Vous risquez d'attendre longtemps si vous cherchez une femme qui vous adore.

— J'attendrai, répondit Adam.

— Et le testament de votre père ? Et le bébé que vous souhaitiez pour affermir votre entreprise ?

— C'est fini, tout ça, répondit-il. Peu après votre départ, Anna May a annulé ses poursuites. Il est apparu qu'Henry n'avait pas du tout envie de prendre la tête de la société et qu'il voulait devenir entraîneur de tennis de haut niveau — tout en touchant régulièrement d'abondants dividendes, bien sûr. J'ai dit que ça pouvait s'arranger.

— C'est magnifique !

— C'est après que vous l'avez sermonnée, en lui disant qu'il fallait souhaiter le meilleur à ceux qu'on aimait, qu'Anna May en est arrivée là. Elle a demandé à son fils ce qu'il voulait *vraiment*, et il a trouvé le courage de le lui dire.

Voyant arriver un couple qui sortait de la maison, Adam leur lança un regard si noir qu'ils battirent aussitôt en retraite dans la salle de bal.

— Dès qu'Anna May a abandonné ses poursuites, reprit-il, Sam n'a eu aucune difficulté à faire ôter cette clause litigieuse du testament de mon père.

— Vous n'avez donc plus besoin d'une épouse ni d'un bébé, conclut-elle.

— Si, j'ai besoin de vous, répliqua Adam en lui serrant les doigts. J'ai besoin de votre présence, de votre amour, de votre confiance en moi, de votre manière de me pousser à devenir meilleur.

— Et le bébé ? demanda-t-elle. Parce que si vous en avez besoin aussi…

— On trouvera une solution, répondit Adam avec insouciance.

— Non ! s'exclama-t-elle en se redressant.

— Non ? Cela signifie-t-il que vous ne voulez pas rester avec moi ? demanda-t-il, le visage blême.

— Adam, je vous aime — je vous adore — et je veux être mariée avec vous, mais je ne peux pas vous promettre de bébé.

— Nous trouverons une solution, répéta-t-il. Peut-être pourrons-nous envisager d'adopter, si vous désirez en avoir un autant que moi. Je sais que vous serez une mère formidable, enfant biologique ou non. Et si vous préférez, nous pourrons nous fier au destin et essayer d'en mettre un en route nous-mêmes. Ma chérie, ma précieuse petite épouse, je t'adore. Reste avec moi pour toujours. Nous prendrons la vie comme elle viendra.

Quelque chose se serra dans son ventre. Existait-il une sensation plus délicieuse et plus insoutenable que celle-ci ? Elle se sentait brusquement si joyeuse qu'elle éclata presque de rire.

— Si je dis non, est-ce que je pourrai garder l'Aston Martin ?

— Bien sûr, gloussa-t-il.

— Je ne crois pas que Mme Lowe appréciera

beaucoup mon retour, le prévint-elle. Il faut que tu y réfléchisses, parce que c'est elle ou moi.

— Je l'ai déjà envoyée à la retraite avec une prime confortable, lui apprit Adam. Je ne pouvais plus supporter les grimaces pincées qu'elle me décochait en guise de sourires.

— Je me suis trompée, dit Casey en se lovant contre lui avec un petit rire.

— Toi, te tromper ? Impossible ! déclara Adam en lui embrassant les cheveux.

— Quand tu affirmais qu'il fallait être égoïste, je croyais être d'accord avec toi. Je disais que je voulais un amour sans chaîne, sans contrainte. Mais non ! Je veux t'être attachée, Adam, et que tu me sois attaché.

— Dans l'amour vrai, on s'enchaîne de soi-même, dit-il, les yeux brillants d'émotion.

Casey sentit son cœur se gonfler d'allégresse. C'était trop beau pour être vrai. Elle avait trouvé l'âme sœur !

A regret, elle se força pourtant à revenir sur un obstacle qui lui paraissait infranchissable.

— Es-tu certain de ne jamais regretter que nous n'ayons pas d'enfant ? Je ne t'en voudrais pas, tu sais.

— Je désirerais avoir un enfant, bien sûr, répondit-il après un silence. Mais, Casey, tu es la seule femme pour moi, bébé ou pas bébé.

Elle lui planta un baiser sur le menton.

— Et pour…

— Ça suffit, ordonna-t-il. Tu peux faire autant d'objections que tu veux, je ne changerai pas d'avis. Je t'aime, tu es ma femme, et nous avons toute la vie pour nous disputer sur les détails. Alors, maintenant, est-ce que tu rentres avec moi, oui ou non ?

— Bien sûr que oui !

Le baiser qui suivit fut interminable. Quand ils se séparèrent, Adam avait les yeux qui brillaient dangereusement.

— Es-tu sûr que nous sommes toujours mariés ? l'interrogea Casey.

— Absolument.

— Alors je sais ce dont j'ai envie, lança-t-elle en lui tendant la main.

Ils fendirent la foule avec une détermination opiniâtre, main dans la main, pour rejoindre au plus vite une des nombreuses chambres d'amis d'Eloïse, quand Casey se figea en entendant la musique de *All you need is love* s'échapper faiblement de la poche d'Adam.

— Qu'est-ce que c'est que ça ? demanda-t-elle en l'attrapant par le revers de sa veste.

— Une sonnerie personnalisée, répondit timidement Adam en sortant son portable. « Ça aide à s'affirmer. »

Lui ayant pris le téléphone des mains, elle coupa la communication, le lui remit dans la poche, puis se hissa sur la pointe des pieds jusqu'à ses lèvres.

— Reste avec moi, et je t'offrirai toutes les affirmations dont tu auras besoin, susurra-t-elle langoureusement.

Épilogue

— Elle ne ressemble pas du tout à sa cousine, constata Casey en reposant leur superbe petite fille dans son berceau avant de la border.

— Elle est bien plus jolie, répondit Adam en se penchant pour examiner sa deuxième femme préférée. Elle ressemble à sa mère.

— C'est vrai, elle est bruyante et elle adore les bolides, acquiesça la jeune femme avec une petite moue.

— Et elle mérite tous les efforts qu'on fait pour elle, ajouta-t-il, conscient que la majorité de ces efforts avaient été fournis par sa femme, dont les trompes de Fallope avaient dû subir deux interventions chirurgicales successives avant de donner naissance au bébé.

Il se sentait en tout cas prêt à tout pour chérir sa famille.

Il vit que la jeune femme avait les larmes aux yeux. Elle avait beau dire qu'elle avait la larme facile en ce moment à cause du dérèglement hormonal, il connaissait la sensibilité de sa femme. Il lui passa le bras autour des épaules.

— Et elle est splendide, d'un bon naturel, intelligente..., énuméra-t-il, continuant à faire la liste des similitudes entre sa fille et sa femme.

— Elle a six semaines ! Tu n'as aucune idée de ce que sera son intelligence. En plus, elle est arrivée avec trois semaines de retard, grommela Casey. Il va falloir qu'elle s'améliore sur le plan des horaires.

— Elle tient ça de sa grand-mère, répliqua-t-il en esquivant une bourrade de sa femme. En parlant du loup, quand doivent arriver Sam et Eloïse ?

— Dans quelques instants, répondit Casey après avoir regardé sa montre.

— Bon, alors ça nous laisse une bonne demi-heure. Depuis qu'ils sont mariés, Sam est devenu aussi incapable d'arriver à l'heure qu'Eloïse.

— Une demi-heure pour quoi ? Oh ! s'écria Casey d'une voix perçante quand il la prit brusquement dans ses bras pour la porter jusqu'à leur chambre à coucher. Avoue qu'à cause de ton bébé je suis devenue une vraie baleine, observa-t-elle comme il titubait légèrement sous son poids.

— Jamais, siffla-t-il, les dents serrées, en la posant sur le lit.

Il commença par ôter son propre T-shirt puis, s'étendant au côté de Casey, appuyé sur un coude, il commença à lui déboutonner son chemisier de sa main libre.

Casey sentait le désir irradier entre leurs deux corps. C'était un phénomène familier et pourtant toujours nouveau.

Elle attira son visage contre le sien.

— Tu es sûre d'être préparée à ça ? murmura Adam contre ses lèvres. Parce que, si tu m'embrasses maintenant, rien ne pourra plus m'arrêter.

Tout excitée à cette perspective, elle balaya la question d'un baiser taquin, qui provoqua chez lui un grognement de dépit quand elle s'écarta de sa bouche.

— L'Adam Carmichael que j'ai épousé s'enorgueillissait de toujours garder son contrôle, répliqua-t-elle en caressant voluptueusement son torse nu.

La prenant par surprise, Adam l'enfourcha d'un mouvement si rapide qu'elle en fut saisie, puis il la cloua sur la couette, prenant sa bouche avec tant d'avidité, de tendresse et d'amour qu'elle envisagea sérieusement de ne plus jamais sortir de ce lit.

— Alors je te demande à l'avance de m'excuser du manque de contrôle dont je ne vais pas tarder à faire preuve.

— Je t'excuse mille fois, murmura-t-elle en se laissant aller à ses caresses avec un soupir épanoui.

PRÉLUD'

Le 1er avril

Prélud' n°76

Un secret au cœur - Linda Style

Au détour de sa vie, Nicole retrouve par hasard l'homme avec lequel elle a rompu des années plus tôt en dépit des sentiments passionnés qu'elle éprouvait pour lui. Il suffirait de peu pour que leur amour triomphe cette fois-ci... Il suffirait d'un secret de moins...

Prélud' n°77

L'héritier - Carrie Alexander

Un héritier qu'on croyait disparu à jamais et qui revient inopportunément pour souffler le scandale et le feu... Soudain, la vie et les certitudes de Sophie, qui l'a adoré, sont bouleversées. Pour le pire ou pour le meilleur ?

Prélud' n°78

L'homme qu'elle n'attendait pas - Karina Bliss

Brillante chroniqueuse et fiancée heureuse, Kate Brogan n'imagine pas d'autre vie que la sienne. Jusqu'au jour où Jordan King — un homme qu'elle trouve pourtant superficiel et arrogant — lui vole un baiser qui lui donne le vertige...

Prélud' n°79

Un ange à ma porte - Tara Taylor Quinn

Depuis l'enfance, Robbie est secrètement amoureuse de son meilleur ami, Eliot, sans oser lui révéler ses sentiments. Mais voilà qu'Eliot a besoin d'une épouse pour éviter l'adoption à son bébé. Pleine d'espoir, Robbie lui propose un mariage temporaire — et blanc...

Prélud' n°80

Nuit de braise - Diana Palmer

Un mariage forcé, une nuit de noces qui s'achève sur une rupture, puis le silence et l'indifférence alors qu'elle est enceinte — Sarina en veut terriblement à Colby Lane. Mais plus encore que le ressentiment, c'est la panique qui l'étreint quand leurs chemins se croisent de nouveau et qu'il rencontre sa fille. *Leur* fille.

Le 1er mars

Rédemption - M.J. Rose • N°318

Psychothérapeute à Manhattan, Morgan Snow est confrontée à la disparition de Cleo Thane, une call-girl de luxe qui comptait parmi ses patientes. Une disparition d'autant plus inquiétante qu'elle survient au moment où un tueur en série s'en prend aux prostituées de la ville dans le but de sauver leur âme...

Noire révélation - Brenda Novak • N°319

Madeline n'avait que 16 ans lorsque son père, le respectable Révérend Barker, a mystérieusement disparu. Vingt ans plus tard, au moment où la voiture de son père est retrouvée, Madeline espère découvrir la vérité sur la nuit du drame. Mais de sulfureux indices sont retrouvés dans la voiture, qui laissent Madeline perplexe, et réveillent de douloureux souvenirs.

Noces de sang - Carla Neggers • N°320

Abigail Browning est veuve. Car l'homme qu'elle aimait a été assassiné pendant leur lune de miel, sur une île du Maine... Sept ans plus tard, elle est devenue flic et ne parvient pas à oublier ce crime, resté impuni. Jusqu'au jour où un appel anonyme la pousse à retourner sur l'île et à affronter le passé de son mari défunt...

Intention mortelle - Karen Harper • N°321

Lauren Taylor se fige lorsqu'elle découvre dans un journal le portrait-robot d'un pyromane recherché par toute la police du pays : elle connaît cet homme. C'est elle qui l'a introduit dans son village isolé du Montana, grâce à son avion de tourisme. Un homme responsable de dix incendies criminels. Un homme qui aime s'attaquer aux femmes seules et les voir brûler vives...

Un printemps à Blossom Street - Debbie Macomber • N°322

Lorsque Lydia Hoffman ouvre sa boutique sur Blossom Street, elle réalise son rêve de toujours. Car à travers la laine qu'elle y vend et les ateliers de tricot qu'elle anime, c'est son goût de la vie qu'elle transmet. L'envie d'avancer envers et contre tout qui guide son existence depuis qu'elle a vaincu la maladie. La boutique devient le rendez-vous privilégié de trois femmes – Jacqueline la bourgeoise, Carol, la jeune mariée en mal d'enfant et Alix la rebelle – qui, par delà leurs différences, vont se découvrir bien plus proches qu'elles ne le croyaient...

La dame au fleuret - Elaine Coffman • N°323

Ecosse et France, 1746

Lady Kenna Lennox doit fuir ses Highlands natales pour échapper à l'ennemi juré de sa famille, lord Ramsay, qui a assassiné son père et ses trois frères. Résolue à venger les siens, elle décide de se rendre à Paris pour apprendre à y manier l'épée avec le meilleur maître d'armes d'Europe, et de rentrer en Ecosse afin d'y affronter lord Ramsay en duel. Forte de cette résolution, elle se rend au port d'Edimbourg par un jour de neige, et use de son charme pour persuader un ombrageux capitaine corsaire, cloué à quai par la tempête, de l'embarquer à son bord...

Neige de sang - Rachel Lee • N°324 *(réédition)*

Quand l'avion où se trouvaient son mari et ses deux enfants explose, Jennifer ne songe plus qu'à mourir à son tour. Suicide ? Il n'en est pas question : ses parents en nourriraient une terrible culpabilité. Elle fait donc appel à un tueur à gages, avant d'apprendre que l'enquête sur la mort de sa famille a conclu à un attentat. Qui se cache derrière ce plan diabolique ? Jennifer va devoir faire vite pour le découvrir, avec l'aide de l'homme qui lui a révélé l'existence du mystérieux tueur. Un tueur embusqué déjà lancé à ses trousses, et que rien ni personne ne peut plus arrêter...

Le venin - Erica Spindler • N°325 *(réédition)*

Enceinte d'un ancien amant de sa mère, un homme pervers et violent, Julianna prend la fuite et décide de faire adopter l'enfant. Mais pas par n'importe qui. Par Richard et Kate Ryan, un couple parfait à ses yeux, à travers lequel elle vit par procuration. Jusqu'au jour où elle décide de s'immiscer réellement dans leur vie. En épiant Kate, elle s'efforce alors de lui ressembler au point de lui voler son identité et sa place dans le cœur de son mari...

L'ennemi sans visage - Heather Graham • N°326 *(réédition)*

Le soir du meurtre de sa mère, la petite Madison a douze ans. Avant de s'évanouir, elle sent l'étreinte glacée de la mort dans le cœur de sa mère, elle voit le sang couler... Douze ans plus tard, elle est de nouveau la proie de visions au moment où des meurtres se produisent. Mais jamais elle ne voit le visage de l'assassin. Les visions enferment Madison dans le cercle de la terreur, tandis que le serial killer se rapproche d'elle. Car ce n'est pas par hasard qu'il choisit chaque fois des femmes rousses, belles, et tatouées d'une rose. Comme elle...

Titres non disponibles au Québec.

Composé et édité par les
éditions Harlequin
Achevé d'imprimer en février 2008

par

LIBERDÚPLEX

Dépôt légal : mars 2008
N° d'éditeur : 13383

Imprimé en Espagne